《红嫂》

传播研究

孙士生 著

山东人民出版社

国家一级出版社 全国百佳图书出版单位

图书在版编目(CIP)数据

《红嫂》传播研究/孙士生著. —济南:山东人民出版社,2014.11

ISBN 978 - 7 - 209 - 08803 - 9

Ⅰ.①红… Ⅱ.①孙… Ⅲ.①妇女—人物研究—临沂—现代 ②文化传播—研究—中国—现代 Ⅳ.①K828.5 ②G12

中国版本图书馆 CIP 数据核字(2014)第 270847 号

责任编辑:马 洁

《红嫂》传播研究

孙士生 著

山东出版传媒股份有限公司
山东人民出版社出版发行

社 址:济南市经九路胜利大街 39 号 邮 编:250001
网 址:http://www.sd-book.com.cn
发行部:(0531)82098027 82098028

新华书店经销

莱芜市华立印务有限公司印装

规 格 16 开(169mm×239mm)
印 张 13.5
字 数 210 千字
版 次 2014 年 11 月第 1 版
印 次 2014 年 11 月第 1 次
ISBN 978 - 7 - 209 - 08803 - 9
定 价 35.00 元

序

　　当初与孙士生商量以红嫂研究作为博士论文选题是基于以下几点考虑：一是为了避免现在博士论文选题普遍出现的宏观叙事却大而无当、或者深耕细挖却又重复重叠的倾向，寻找一个有价值、有新意、有拓展的话题进行深入研究；二是要接地气，要有中国特色、时代影响，而为老百姓所熟知的文学现象；三是他是出生沂蒙山区、成长于沂蒙山区的学子，并且有着从事红嫂研究和宣传的工作经历。现在看来，当初论文选题的确立是正确的。

　　放在眼前的这部根据博士论文修改的书稿，我认为最大的特色就是创新性。这大概是第一部专门研究"红嫂现象"的学术著作。它的价值在于将学术研究与文化传统、地域特色和时代变化结合起来思考，所论问题是当代中国老百姓所熟知而又想要详尽了解的话题。既有书斋的风味，又有社会的辐射，是这部著作最值得称道的地方，又何曾不是博士论文选题的思索路径呢？这部著作开口不大，就是一个"红嫂现象"，但是，"入门"之后，却视野开阔。它远接沂蒙山区的忠义侠义文化、沂蒙山区的女人柔肩担道义的精神，近连革命战争时期英雄形象和流行民间的多种传说。它既聚焦在《红嫂》的作品演变，又放眼于《红嫂》的作品传播。更应该肯定的是，著作在研究《红嫂》作品时，将其放置于时代的变换中考虑，于是一部《红嫂》作品的传播史，也就成为现代中国时代风云的变化史。作为一个沂蒙山人，作者显然对当地《红嫂》传播的组织形式相当了解，成为他这部著作很有特色的一个部分。据我了解，很多组织活动，他就是组织者或亲历者，自我的经历和感受要比任何田野调查来得实在而真实。

其次，作为一个学者，他对《红嫂》的不同艺术形式进行了深入对比研读，是主题传播研究领域中颇有意义的尝试。《红嫂》在半个多世纪的传播过程中不断扩展和演变，有着深刻的政治原因和现实的经济原因，这些原因与艺术和文化传播的因素交织在一起，构成了某种景观，值得深入探讨。本书对此作了较多探索和细致的梳理。在占有丰富史料的基础上，研究采用社会历史学批评方法，兼顾叙事学、文化学、传播学、心理学等的基本观点，在一个相对宏阔的架构上，以平和的心理，深入文本内部，分析其情节、人物塑造和特定时期读者接受心理的契合效应，阐释不同媒介的传播形式是如何实现政治话语向文学话语的审美转换，剖析其50多年来持续赢得观众的深层原因及其传播价值。文本的对比显见不同文本的美学特色固然重要，文字的增删传出的时代风云的变换才是作者真正要追求的著作内涵。来源于生活，升华于研究，影响于受众，这部学术著作有着自我的风采。

孙士生攻博确实不容易。由于各种原因，他不能脱产读书，这就意味着他必须完成自己的本职工作。据我所知，他的课时相当饱满。他没有无故旷课，其上课效果很好，受到学生们的好评。读博期间家里也出现了一些事情，他也坚强地承受，并默默地抚平。在这期间他只要有空就来学校查阅资料，并与我交流学业和研究心得。进入博士论文的写作阶段，时间的安排更是紧凑。博士论文是他完全依靠节假日昼夜完成的。当他将论文交给我时，我很高兴，并为他的刻苦精神而感动。孙士生为人忠厚，与各位同门关系很好。我始终记得他的博士论文通过答辩的那一刻，他的同门们向他祝贺，他憨厚的脸上露出的高兴和喜悦的面容。度过了艰难的攻博岁月，原以为他要歇歇了。现在看见这部书稿，我知道他没有停下脚步，还在前行之中。为他高兴。

当然，《红嫂》50 多年来的创作、演出和传播不仅呈现了文学经典化的过程，揭示了新中国文艺政策的复杂演变，也反映出当代中国社会人们精神风貌的变迁，对它的系统研究其实很有难度，本书难免有许多不足和欠成熟的地方，该课题所揭示的学术意义与理论价值还需深入探讨。

此为序。

汤哲声

2014 年 11 月 11 日于苏州大学北小区教工宿舍

目　　录

绪　论

一、选题依据与意义

　　"蒙山高，沂水长，军民心向共产党。……炉中火，放红光，我为亲人熬鸡汤。续一把蒙山柴，炉火更旺。添一瓢沂河水，情深意长。……"这段芭蕾舞剧《沂蒙颂》中的唱词，在20世纪70年代一度风靡全国，许多年龄稍长的人对此记忆犹新。年轻人听说沂蒙山，大多是听了《沂蒙山小调》的优美歌词："人人那个都说哎，沂蒙山好，沂蒙那个山上哎，好风光。青山那个绿水哎，多好看，风吹那个草地，见牛羊……"一方水土养一方人，千百年来，沂蒙山人用歌声抒发着自己的情感，传递着古老的历史和文化，从古走到今。沂蒙山钟灵毓秀，地灵人杰，不独男子忠孝仁义，女子也不逊须眉。《红嫂》的故事就发生在沂蒙山。

　　沂蒙山是一个人文地理概念，指的是以蒙山、沂水为地域标志的革命老区——沂蒙山区。①它大致是指以今临沂市为主的山东东南部山区，

<hr>

　　①　2011年10月10日，国务院办公厅下发《关于山东沂蒙革命老区参照执行中部地区有关政策的通知》中，确定沂蒙革命老区包括18个县市区：临沂市的费县、沂水县、沂南县、郯城县、平阴县、蒙阴县、临沭县、莒南县、苍山县、罗庄区、河东区、兰山区，淄博市的沂源县，潍坊市的临朐县，济宁市的泗水县，泰安市的新泰市，日照市的五莲县、莒县。

境内北部蒙山、沂山等山脉纵贯南北，有大小山头七千余座。史前，这里是东夷之地。历史上，这里文化灿烂，人才辈出。曾子、荀子、刘勰、诸葛亮、王羲之等圣贤奇才光照千秋。抗日战争和解放战争时期，沂蒙山与井冈山、延安成为中国革命战争最重要的三大老革命根据地，被后人誉为"两战圣地、红色沂蒙"。12 年间（1937～1949 年），这里先后发生过大小战役 4000 多次，掩埋过 10 万将士的忠骨。蒙山之巅，沂水之边，密林深处，青纱帐中，到处是奋勇杀敌的身影。"军民团结如一人，试看天下谁能敌"，终于迎来了红彤彤的新中国。讲述军民鱼水情的小说《红嫂》故事遂成为新生的人民政权证明其合法性的最好"镜像"①，先后被改编成现代革命京剧《红嫂》和芭蕾舞剧《沂蒙颂》，成为对民众进行教化的生动教材。② 在政治权力的推动下，《红嫂》从一篇文学作品演变成了一个"政治寓言"，从"红嫂精神"提升到"沂蒙精神""山东精神"和"中华民族精神的集中体现"，成为当下建设社会主义核心价值体系的重要组成部分。可以说，小说《红嫂》及其演变的典型文本在当代中国文学史上的地位，不是"样板"胜似"样板"③，不是"红色经典"胜似"红色经典"。④ 在"红色经典"研究渐趋客观理性的当下，对《红嫂》这篇容量 23000 字的中篇小说及其多种传播形式，钩沉历史，重释文本，厘定与确认其精神价值取向，自然是选题的重要考量。

　　"红嫂"产生于齐鲁大地的沂蒙山区，是一个值得深思的文化课

---

　　①　李扬在《50～70 年代中国文学经典再解读》（山东教育出版社 2003 年版，第 233 页）中认为："'样板戏'呈现出的正是詹姆斯描述的这种'幻景'。如果说戏剧从来是人们认识自我、观照自身的重要方式，那么，60～70 年代的中国人通过'样板戏'这一虚拟的现实空间来确认自我，则是一种通过叙事建构起来的全新的现代性本质。"

　　②　毛泽东 1964 年 8 月在观看京剧《红嫂》后指示：《红嫂》这出戏是军民鱼水情的戏，演得很好，要拍成电影，教育更多的人，做共和国的新红嫂。

　　③　"八个样板戏"是指京剧《智取威虎山》《海港》《红灯记》《沙家浜》《奇袭白虎团》、革命现代舞剧《红色娘子军》《白毛女》和革命交响音乐《沙家浜》。

　　④　"红色经典"通常指"三红一创、青山保林"，即《红岩》《红日》《红旗谱》《创业史》《青春之歌》《山乡巨变》《保卫延安》《林海雪原》。

题。山东人常以"一山一水一圣人"而自豪。"一山"即泰山，称"五岳之尊"；"一水"即黄河，在山东境内入海，是中华民族的母亲河；"一圣人"即孔子，儒家创始人，尊称"万世师表"。这"一山一水一圣人"，中国独一无二，都可作为中国民族、国家、文化和文明的象征。自古以来，齐鲁之邦多鸿儒、多豪杰，可谓对得起这方水土。人是文化的产物，文化是人类的精神家园。① 齐鲁文化作为一种地域文化，深刻地影响了齐鲁子民的秉性特征。② 在齐鲁文化基础上形成的儒家文化，是古老中国的主流文化，有着极其深厚而复杂的历史内涵。在重视"君君、臣臣、父父、子子"的正统秩序理念和"男女授受不亲"的传统伦理的圣人故里，怎么会建立了"红色革命根据地"和涌现出了如此惊世骇俗的女性？20 世纪的齐鲁文化乃至中国传统文化在这里发生了怎样的现代转型？探索"红嫂"现象背后的文化内蕴，成为本选题的内在动力。

传承了半个多世纪的"大嫂乳汁救伤员"的故事，固然是战争年代人心向背的形象化标志，揭示了中共之所以能够最终取得胜利的根本原因，"红嫂"因而成为 20 世纪主流意识形态塑造的重要文艺作品的人物形象之一，但《红嫂》流传至今，不仅仅是官方推动的结果。任何一种广泛流传的文化意识形态，都不可能强制推行，尤其是文艺作品所负载的特定意识形态，更需要通过其内在的审美机制获得民众自觉的

---

① 英国著名人类文化学家爱德华·泰勒，在他的《原始文化》（上海文艺出版社 1992 年版，第 1 页）一书中，第一次系统地表述了文化的内涵："文化是一种复合体，它包括知识、信仰、艺术、道德、法律、风俗，以及其从社会上学得的能力与习惯。"这是文化的进化论者，将文化视为人类适应自然的手段，认为人类的文化选择是为适应环境而不断进行的，所以，各民族的文化都依着一定的法则，沿着一定的阶段次序向前发展着。

② 司马迁在《史记·货殖列传》中谈道："泰山之阳则鲁，其阴则齐。齐带山海，膏壤千里，宜桑麻，人民多文采布帛鱼盐。临淄亦海岱之间一都会也。其俗宽缓阔达，而足智，好议论，地重，难动摇，怯于众斗，勇于持刺，故多劫人者，大国之风也，其中具五民。而邹鲁滨洙、泗，犹有周公遗风，俗好儒，备于礼，故其民龊龊。颇有桑麻之业，无林泽之饶，地小人众，俭啬，畏罪远邪。及其衰，好贾趋利，甚于周人。"司马迁的话道出了齐鲁子民的性格特色。

"认同"。"红嫂"的塑造过程融合了民间的口碑、作家的创作、艺术表现等传播形态，经过了民间故事、小说、京剧、芭蕾舞剧诸多艺术形式。在笔者看来，受众对不同文本《红嫂》的喜爱，究其原因还是这个故事引人入胜的情节、"救死扶伤"的人道主义情怀和浓厚真实的生活气息所致。不同时期的改编始终坚持"寓教于乐""文以载道"，将政治主体、革命话语与诗意化的艺术诉求较好地结合在了一起。特别是进入新世纪以来，电影《沂蒙六姐妹》、电视连续剧《沂蒙》等以"红嫂"为元素的沂蒙影视剧的播映，引起了广大观众的共鸣，使这一论题的选择具有了开放性和当下性的意义。

二、研究现状与研究方法

小说《红嫂》1961 年问世后，半个世纪来的研究呈现在它的传播过程中。每一种艺术形式出现后就有对它的内容、艺术表现和传播意义等方面的研究，小说、京剧、舞剧、影视剧都是如此。1976 年之前，由于特定社会文化环境的影响，研究基本上是从当时政治形势和文艺政策出发进行分析，整体上体现出浓郁的主流意识形态色彩，但也有一些评论文章比较理性和中肯。1977 年以后，人们对"红嫂"的研究，有许多是对当年创作京剧《红嫂》和舞剧《沂蒙颂》的回忆文章，或是对红嫂原型的追寻，也有结合对《高山下的花环》《沂蒙》等的评论展开论述的。在经济发展的内生驱动下，当地宣传文化部门加强了对其精神价值取向的研究，"红嫂精神""沂蒙精神"的理论阐释氛围渐浓，高扬的意识形态的功能诉求相对淡化。

小说《红嫂》的研究以孙昌熙的文章《〈红嫂〉是本好选集》为代表[①]。该文评论小说《红嫂》"雄健浑厚""善于设'卡'"。《红嫂》的

---

① 孙昌熙：《〈红嫂〉是本好选集》，《山东文学》1963 年第 4 期。

作者"为红嫂一连设立了许多'关卡',因而不仅作品的情节随之波澜起伏,激起惊涛,而且由于人物接二连三出色地突破难关,她的立场、思想和勇敢机智的性格就突出地表现出来了……特别是'喂奶''侦察''请客'三关,尤见匠心……",但也批评"请客"、"关卡"与"喂奶""侦察"缺乏必然联系,没有做到情节发展的有机统一。新时期回忆性文章《红嫂和〈红嫂〉的故事》①和《血与火的岁月——抗战时期的沂蒙山人》②都对《红嫂》的创作缘起和原型做了详细的描述。

对革命现代京剧《红嫂》的研究,由于创演是在"文革"之前,其评论文章与"文革"时期相比要专业理性得多。立论者多从内容的翻新与艺术表现的突破来盛赞京剧改编的成功,又谨慎地指出应注意在"革命"过程中处理好舍弃与吸纳、继承与创新的关系问题。代表性的文章如丹丁的《从塑造正面英雄形象出发》③、李时钊的《崇高的思想 鲜明的形象——喜看京剧现代戏〈红嫂〉》④、布谷的《军民一家 水乳交融——京剧〈红嫂〉观后》⑤、刘开宇的《崇高的思想 感人的形象——京剧〈红嫂〉观后》⑥等。尤其是丹丁的文章,细腻地梳理了《红嫂》从小说到京剧改编过程中,对戏剧矛盾冲突、主题思想、突出红嫂英雄形象和革新京剧表现手法等方面的创新表现,文思缜密,叙论结合。虽然受当时政治时空的影响,评论对文本的政治倾向性及承载的社会功能多有侧重,对剧本革命化的要求过于苛刻,但囿于特定历史时期的研究视野和认知心理,这也不难理解。京剧《红云岗》作为"文革"版的《红嫂》,在剧情和人物设计上体现了"文革"的政治意图和文艺观念,是图解阶级斗争理论的典型文本。1974年《红云岗》上演

---

① 贺俊杰:《红嫂和〈红嫂〉的故事》,《世纪》2006年第3期。
② 苗得雨:《血与火的岁月——抗战时期的沂蒙山人》,《时代文学》2005年第4期。
③ 《人民日报》1964年8月17日。
④ 《光明日报》1964年8月18日。
⑤ 《光明日报》1964年7月5日。
⑥ 《戏剧报》1964年第8期。

后，《人民日报》等主流媒体的评论，昭示出激进时代的历史观、政治观和文艺观。代表性的文章有鲁戈的《学习和运用革命样板戏经验的又一成果——评革命现代京剧〈红云岗〉中英嫂形象的塑造》①、刘祯祥的《细致的刻画　深入的开掘——试谈革命现代京剧〈红云岗〉中英嫂形象的塑造》②、沂蒙山区军民座谈革命现代京剧《红云岗》纪要《军民团结如一人　试看天下谁能敌》③等。其中鲁戈的文章具有典型性，指出《红云岗》的人物形象塑造符合"三突出"的创作原则，"精雕细刻地描绘了普通农村妇女英嫂的光彩夺目的英雄形象，这是努力实践毛主席革命文艺路线的结果，是坚持文艺革命的方向、坚持学习和运用革命样板戏的创作经验所取得的又一可喜成果"。基本上紧跟当时文艺政策的要求，大量复述政治方针的话语。对这一时期的回忆性研究文章有戴嘉枋的《样板戏的风风雨雨》④、袁成亮的《革命现代京剧〈红嫂〉诞生记》⑤等。

1971年，革命现代舞剧《沂蒙颂》公演，尤其是1975年拍成电影放映后，观众反响很大。一方面，淳朴善良而充满温情的沂蒙红嫂的故事，满足了观众对久违的人性之美的渴望，特别是由《沂蒙山小调》演化而来的插曲《我为亲人熬鸡汤》优美动听，成为一时传唱的抒情歌曲；另一方面，这个舞剧被列为"准样板戏"，写作班子秉承威权旨意集体写作了许多评论文章，刊登在"两报一刊"上，代表了无产阶级的专政意志与话语模式，基本没有学术价值。较有可读性的文章有田牛的《军民团结的英雄诗章——评革命现代舞剧〈沂蒙颂〉》⑥、晓牧的《银幕生辉　英雄增彩——评革命现代舞剧彩色影片〈沂蒙颂〉》⑦等，

---

① 《人民日报》1976年3月27日。
② 《人民日报》1974年10月19日。
③ 《人民日报》1974年10月19日。
④ 戴嘉枋：《样板戏的风风雨雨》，知识出版社1995年版。
⑤ 《党史博采（纪实）》2007年第2期。
⑥ 《人民日报》1975年4月22日。
⑦ 《人民日报》1975年6月23日。

也有不乏真知灼见的文章，如洪毅达的《根深叶茂　精益求精——谈革命现代舞剧〈沂蒙颂〉的舞蹈艺术》①、宇晓的《革命的内容　民族在风格——评革命现代舞剧〈沂蒙颂〉的音乐创作》②。另外，冯双白在专著《新中国舞蹈史（1949—2000）》中，对芭蕾舞剧《沂蒙颂》做了专题记载和历史评述。③

2009年以"红嫂"为元素的电影《沂蒙六姐妹》和电视剧《沂蒙》播出后，评论文章众多。虽然是弘扬主旋律的影视剧，但讲述的不再是劳动人民跟阶级敌人斗争的故事，甚至有意掩盖阶级性，强调人性，将宏大的革命题材微观化，用人性打动受众，在催人泪下的叙事中阐释主流价值观，充分发挥红色影视剧的劝服和引导功能。代表性的文章有王坪的《〈战争中的女人·沂蒙六姐妹〉导演阐述》④、洪卫中的《精神的传播　文化的凝聚——评电视连续剧〈沂蒙〉的文化内涵》⑤、宋法刚的《真实的力量　人性的历史——评电视剧〈沂蒙〉》⑥、李掖平的《〈沂蒙〉：一部优秀的平民英雄史诗》⑦、李宗刚等的《对民间诉求的内在规律性诠释——评电视剧〈沂蒙〉》⑧ 等，这些评论都在学术期刊上发表，专业性较强，大多立论精警、阐释深刻，充分肯定影视剧对真实性、观赏性和主旋律精神大众化的追求。

20世纪90年代以来，对"红嫂精神""沂蒙精神"的研究日益深化，有大量文章发表。根据不同时期社会现实的需要，评论文章不断赋予"沂蒙精神"新的内涵。曲文军在《"沂蒙精神"理论研究的

---

① 《人民日报》1975年5月13日。
② 《人民日报》1975年4月22日。
③ 冯双白：《新中国舞蹈史（1949–2000）》，湖南美术出版社2002年版。
④ 《艺术批评》2010年3期。
⑤ 《电视研究》2010年第4期。
⑥ 《安徽文学》2010年第6期。
⑦ 《中国电视》2010年第2期。
⑧ 《山东师范大学学报（人文社会科学版）》2010年第6期。

历史脉络》① 中梳理和分析了沂蒙精神形成和发展不同时期的重要研究文章。有代表性的是 2008 年由中共临沂市委和国防大学合作编写的《沂蒙精神》，书中系统论述了沂蒙精神发生、发展和完善的过程。2011 年 9 月《人民日报》发表了山东省沂蒙精神研究课题组孙守刚等的文章《大力弘扬沂蒙精神，建设核心价值体系》，把"沂蒙精神"升华为"山东精神"和"中华民族自强不息的强大精神力量"，从而把"红嫂精神""沂蒙精神"的研究推向了一个新的高度。2012 年魏本权在《沂蒙精神的生产与传播：以"红嫂"文本为中心》② 一文中，通过关注几十年来有关"红嫂"的各类文本生产，从中解读红嫂文化与红嫂精神的生产机制、传播模式，解读红嫂文化的生产与时代语境之间的内在关联，还原红嫂群体形象的历史本真。魏本权指出，"红嫂"符号的所指内在地包含了爱党爱军、艰苦奋斗、无私奉献、舍己为人等道德品质，"红嫂精神"也随之演绎出来，并成为"沂蒙精神"的时代象征和集中体现。这样，红嫂文本的生产与弘扬沂蒙精神的时代需求相呼应，建构起一套适应弘扬沂蒙精神的话语体系。

对《红嫂》50 年传播的研究，从具象到抽象，从文学文本到政治寓言，再到试图回归文学自身，包容了半个世纪以来中国社会政治文化等各个方面的律动与波折。无论是从主流意识形态的角度，还是从反思意识形态话语机制出发，各种艺术形式有关《红嫂》的研究都存在较大的探索空间，尤其是许多评论囿于习见多是应景式的，学术视野不够开阔，缺少系统梳理和价值评定。根据笔者目前掌握的资料，整体上全

---

① 《大众日报》2011 年 11 月 1 日。
② 魏本权：《沂蒙精神的生产与传播：以"红嫂"文本为中心》，《赣南师范学院学报》2012 年第 1 期。

面研究《红嫂》多媒介传播的著作还没有①（有些研究"样板戏"的论文范围基本上圈定八个样板戏，不涉及《红嫂》或《沂蒙颂》）。

本书的研究想实现三个意图：其一，从大众传播、人际传播和组织传播的视角，尽可能理清《红嫂》真实的传播轨迹，系统探索形成、改编和流传的原因，包括政治、文化、经济诸多因素的影响；其二，回到历史和文学的现场，细读文本，不仅分析不同改编形式的政治文化环境和意识形态，而且深入文本内部，研究分析其情节、人物塑造和特定时期读者接受心理的契合效应；其三，运用大量的史料，从文学的真实性和人性的丰富性出发，对"红嫂精神"的当代传播价值作出判断。

为了实现上述意图，本书的研究拟采用社会历史学批评方法，兼顾叙事学、文化学、传播学、心理学等基本观点，力求在一个相对宏阔的架构上，以平和的心理，细读文本，阐释不同改编形式是如何实现政治话语向文学话语的审美转换，剖析其 50 年来持续赢得观众的深层原因

---

① "媒介"一词，最早出于《旧唐书·张行成传》："观古今用人，必因媒介。"这里的"媒介"是指使双方发生关系的人或事物。其中"媒"字，在先秦时期是指媒人，后引申为事物发生的诱因。《诗·卫风·氓》："匪我愆期，子无良媒。"而"介"字，一直是指居于两者之间的中介体或工具。在英语中，媒介"media"是"medium"的复数形式，大约出现在 19 世纪末 20 世纪初，是指使事物之间发生关系的介质或工具。美国传播学者德弗勒认为：媒介可以是任何一种用来传播人类意识的载体或一组安排有序的载体，通常指所有面向广大传播对象的信息传播形式，包括电影、电视、广播、报刊、通俗文学和音乐。我国学者邵培仁认为：媒介就是指介于传播者与受传者之间、用以负载、传递、延伸特定符号和信息的物质实体，它包括书籍、报纸、杂志、广播、电视、电影、网络等及其生产、传播机构。王一川就传播媒介对于文学的影响曾归纳为四点：首先，媒介就是文学文本的物质传输渠道，从这个意义上来说，没有媒介就没有文学。其次，媒介是作家写作行为的物质结果。作家的写作只有物化为媒介，才能转化为社会的人际传播过程，否则就只能算是内心的潜在文学传播行为。而写作一旦诉诸媒介，就宣告文学传播过程的起始，由此文学进入发行、流通、消费和接受过程。第三，媒介是读者进入文学传播过程的第一环节。读者参加文学活动，首先接触到的既不是文学文本的语言，也不是它所表达的意义，而是传输语言和意义的媒介。如果离开媒介，读者便无法接触文学的语言和意义，从而无从进入文学传播。第四，媒介是影响文学文本的意义及修辞效果的重要因素，由于不同的文学媒介在社会系统或文化语境中扮演不同的角色，因而文学媒介对于文本的意义及修辞效果会发生某种带有实质性意义的影响（王一川：《论媒介在文学中的作用》，《广东社会科学》2003 年第 3 期）。其实，《红嫂》的传播早已溢出了文学传播的范畴，故而本文所指的媒介是广义上的，兼有载体、传播形式和传播机构的含义。

及其传播价值。

《红嫂》首先是个叙事故事，无论哪一种演变文本，都始终在文学框架中讲述，对它产生的社会背景和文化环境的研究是必不可少的。但"文学研究的合情合理的出发点是解释和分析作品本身。无论怎么说，毕竟只有作品能够判断我们对作家的生平、社会环境及其文学创作的全过程所产生的兴趣是否正确"①。所以，本书首先将各种改编文本置于历史和文学的特定语境中解读，既不抹杀一定历史时期政治对文学的规约，更将研究的视角投向文本内部，分析其情节、人物形象塑造和主题意义。正如韦勒克、沃伦指出的："这个小说家的世界或宇宙，这一包含有情节、人物、背景、世界观和'语调'的模式、结构或有机组织，就是当我们试图把一本小说和生活做比较时，或从道德意义和社会意义上去评判一个小说家的作品时所必须仔细加以考察的对象。"② 笔者认为这里将"小说家"引申为各种剧作家，"小说"扩展到戏曲和影视剧本等文学形式，应该同样是适用的。

为了探索《红嫂》50 年传播的深层动力，本文运用了阿尔都塞的"意识形态"理论、福柯的"权力话语"理论和布迪厄的"文化资本"理论③等。笔者在对"红嫂"各种文本进行研究的时候发现，《红嫂》实际上已构成了一种符号资本或话语权力、意识形态权力，这种文化资本源于通过体制的认同，而潜移默化中影响社会行动者，从而实现"文化领导权"，达到"劝服"的传播效果。文学的这种话语权力或意识形

---

① ［美］勒内·韦勒克、奥斯汀·沃伦：《文学理论》，刘象愚等译，江苏教育出版社 2005 年版，第 155 页。

② ［美］勒内·韦勒克、奥斯汀·沃伦：《文学理论》，江苏教育出版社 2005 年版，第 250 页。

③ 文化资本理论是布迪厄社会学思想的重要内容。他将场域（field）作为进行社会学研究的基本单位，以资本（capital）为工具，将对场域的分析扩大到整个社会。场域内存在力量和竞争，而决定竞争的逻辑就是资本的逻辑，资本不仅是场域活动竞争的目标，又是用以竞争的手段。布迪厄把资本分成三种基本类型：经济资本、社会资本和文化资本。在布迪厄看来，不同的资本是可以进行转换的，文化就像一种资本，可以成为一种获得的工具，是手段而不仅仅是目的。

态的功能是通过叙事实现的。阿尔都塞说："意识形态浸透一切人类活动，它和人类存在的'体验'本身是一致的。正因为如此，在伟大的小说里让我们'看到'的意识形态的形式，以个人'体验'作为它的内容。"①这就是说，文学叙事通过特定的叙事语态、叙事结构、叙事视角等叙事规则，通过对包含在叙事话语中的一些经验、事件和人物关系的选择、组织和书写，通过个体化或主观化的生命存在的体验，通过在此过程中所体现出来的价值、信念和感觉，构建了一种对受众而言具有影响力的观物方式和体物方式。②"红嫂"文本的生产与意识形态生产之间也紧密相关。伊格尔顿指出，文本是一个与意识形态相互作用的建构过程。而意识形态"是由一套相对一致的价值、表征和信仰等'话语'构成，它们在物质机构以及与物质生产相关的结构中实现，并反映了个体与其社会状况的经验性关系，由此能够保障对占主导地位的社会关系的再生产的'真实'的认识。"③当然，随着文学观念在当代社会历史语境中的演变，文学话语与意识形态之间的联系越来越间接、越来越隐秘了。但无论如何，文学的话语权的表达总是和某种体制的合法认同联系在一起。文学的文化资本是相对独立的，它与一定社会空间的政治资本、经济资本等相互依赖、角逐和较量。在小说《红嫂》传播过程中，政治权力、经济权力是最主要的支配性权力。"文革"之中，政治权力是强势存在的；"文革"之后，经济权力由弱势变强势，但政治权力仍然在场，只是没有以前那样的垄断地位了。一些公开的意识形态内容，通过传播媒介，对传播大众的价值观念、生活方式或多或少产生影响，其中还有一系列隐藏的控制性的信息，在无意识的层面上对受众产生影响。这在哪个年代都是无可避免的，传媒文化领域也从来都是一

---

① 董学文主编：《西方马克思主义美学的新维度》，北京大学出版社1990年版，第261页。

② 朱国华：《文学与权力》，华东师范大学出版社2006年第1版，第17页。

③ 李永新：《文本是如何被建构的——试论伊格尔顿文学生产理论的英国马克思主义特征》，《福建论坛》（人文社会科学版）2007年第9期。

个意识形态和权力话语斗争的场所，意识形态的有效过程主要就是通过传播媒介来完成，可以说传播媒介在意识形态构建中发挥着极其重要的作用。

"文化领导权"是传播学的重要理论，最早由葛兰西在《狱中札记》中提出，他主张支配阶级往往通过非武力和非政治的手法，借由家庭、教育、教会、媒体与种种社会文化机制，形成市民共识，使全民愿意接受既有的被主宰的现况。这种"领导权"渗透在日常生活当中，通过教育和宣传，它不只会使人们在意识形态的呼吁和召唤中，把许多主流文化的假定、信仰和态度视为理所当然，它也同时超越于所谓的政治经济体制之外，在平民生活中形成微妙且无所不包的力量，它以无形的方式来建构民主国家的文化属性和认同。50年来《红嫂》的传播过程，不论其推动力是政治权力还是经济权力，对"文化领导权"的掌控都是其应有之意，而且是十分成功的，即使目前的文化体制改革看起来是把文化推向市场，以经济效益为中心，但政府通过投资主旋律作品、建设各种"红色"纪念场馆和各种"评奖"仍然牢牢把握住了"文化领导权"（或称"正确的舆论导向"）。

三、本书基本框架

为了理清《红嫂》传播研究中产生的诸多问题，本书从以下六章进行论述。

第一章主要论述小说《红嫂》及其文化内蕴。通过分析小说《红嫂》创作缘起、内容结构及其人物形象，对其思想性和艺术性做出价值判断。并深入挖掘"红嫂"产生的历史文化原因，理清沂蒙传统文化乃至齐鲁文化的现代转换脉络。

第二章主要论述京剧《红嫂》及其演进。分为"京剧《红嫂》的演出与影响""京剧《红云岗》的改编与电影拍摄"和"京剧《情深意长》与京剧《红嫂》的新时期复排"三个环节，具体分析了《红嫂》从小说到京剧不同版本的创作历程，以及情节人物关系的"变"与"不变"。

第三章主要论述芭蕾舞剧《沂蒙颂》与"样板戏"。分析舞剧产生的时代背景，比较舞剧本与京剧本的异同，探求其内在的一致性，研究舞剧的传播价值和效应。并客观公允地评判"准样板戏"《沂蒙颂》与江青的是是非非。

第四章主要论述电影《红嫂》与《沂蒙六姐妹》《沂蒙》《沂蒙情》等沂蒙影视戏曲。重点研究以《红嫂》为元素的影视剧在新世纪的传播主题和传播策略的演变。

第五章主要论述《红嫂》的组织传播。重点对"红嫂"的展会、学术传播及新"红嫂"评选的现实影响进行分析。党政组织通过强大的力量形成上下联动、纵横贯通的传播格局，能够保证传播信息很强的渗透性和对受众注意力的控制，收到较好的传播效果。

第六章论述《红嫂》的传播价值。从文学价值、精神价值和社会经济价值三个维度展开。重点对"红嫂精神""沂蒙精神"的内涵及其现实意义进行诠释，通过跨学科研究的方法，以实现对"红嫂"传播价值的全面把握。

一个感人至深的故事，50多年来历久弥新，它的创作、演出和传播成为一种独特的"红嫂"现象，不仅呈现了文学经典化的过程，揭示了新中国文艺政策的复杂演变，也反映出当代中国社会人们精神风貌的变迁。对它的系统研究看似容易，其实很难，本著作为一个有益的尝试，希望能对其他研究者有所启发。

第一章

小说《红嫂》及其文化内蕴

　　小说《红嫂》主要描写 1947 年孟良崮战役结束后，我军进行战略转移过程中，排长彭林为掩护主力部队转移，力战群敌，身负重伤，与部队失去了联系。国民党"还乡团"的小队长刁鬼反攻倒算，搜捕我军伤员。红嫂上山挖野菜时无意发现因伤重口干而昏迷的彭排长。红嫂来不及回家取水，毅然用自己的乳汁救活了解放军战士。此后，红嫂将彭林掩藏在村外的秫秸垛里，每天为彭林送汤送饭。面对凶残的敌人，红嫂机智应对，最后终于和村支部书记及武工队取得联系，安全地把彭林送回到部队。在这场斗争中，红嫂的丈夫吴二胆小怕事，起初觉悟不高，这给红嫂救护伤员增加了不少困难。后来在红嫂耐心教育下，吴二思想发生了转变，最后亲手打死了企图霸占红嫂的刁鬼，并向村支书要枪，直接参加了对敌斗争。小说 1961 年在《上海文学》第 8 期上发表后，立即引起了广泛的关注，因为它生动地体现了解放战争时期人民军队与人民群众之间那种鱼水深情，情节虽然简单，但反映军民关系的主题和红嫂形象的刻画符合当时主流意识形态和塑造新的工农兵英雄人物形象的文艺政策，先后被改编成京剧现代戏《红嫂》和芭蕾舞剧《沂蒙颂》等，在全国范围内产生了巨大影响。

第一节　刘知侠与小说《红嫂》的创作

　　小说《红嫂》的作者刘知侠以创作长篇小说《铁道游击队》而著

名。刘知侠原名刘兆麟，笔名知侠，1918 年生于河南省卫辉市一个贫困的铁路工人家庭。1938 年 3 月，作为一名喜好文学的爱国青年，他抱着满腔抗日热情到陕北延安参加了革命，在抗日军政大学学习。抗大毕业后留校从事军事教学。1939 年年底刘知侠随抗大一分校到了山东抗日根据地，分配到抗大山东分校文工团工作。其间，刘知侠带领文工团转战沂蒙山区，两次成功冲出了敌人的包围圈。1943 年抗大取消建制改编为教导团，刘知侠随文工团调到山东省文协。这年，滨海抗日根据地召开全省战斗英雄模范大会，刘知侠在会上结识了铁道游击队的英雄们，被他们的战斗事迹所感动，决定把这些英雄事迹写成文学作品。他两次通过敌人封锁线去鲁南的枣庄和微山湖，到铁道游击队中深入生活，为长篇小说《铁道游击队》收集了丰富的素材。新中国成立后，刘知侠担任了济南市文联主任。1954 年出版长篇小说《铁道游击队》。1959 年刘知侠任山东省文联副主席兼山东作协主席，并担任《山东文学》主编。1961 年《红嫂》发表于《上海文学》第 8 期上。

关于小说《红嫂》的创作缘起，山东省原政协主席、党组书记李子超在 1994 年 5 月 25 日的《联合报》上发表了一篇文章：《谈谈红嫂的由来》。文中谈到：1960 年 8 月李子超和刘知侠等人去莫斯科访问，在从莫斯科返回哈尔滨的火车上，二人叙谈今后的创作打算。刘知侠对李子超说："沂蒙山区人民在战争年代付出了很大代价，作出了巨大贡献。你是从沂蒙山区过来的，请你介绍一下沂蒙人民的斗争事迹，我准备写一部有关沂蒙人民支援解放战争的书。"李子超向刘知侠讲的第一个故事是大嫂乳汁救伤员的故事：1947 年，华东野战军在沂南县明生村一带有一个野战医院，九十月间，时任沂南县抗联主任和县委副书记的李子超和县委书记高复隆去医院慰问，军医院政委向他们讲述了一个战士真实感人的故事。有一个伤员，伤还未痊愈，就非要求出院回前线不可。不让他走，他就哭闹。政委找他谈话，他说："我再不回前线，不但对不起党，对不起毛主席，也对不起救我命的那位大嫂！"原来他是孟良崮战役中在青驼寺一带山上打阻击战负伤的。因为是阻击战，敌众我寡，他们一个连完成了阻击任务，但伤亡较大，撤退时他的腿负了重伤。在敌人的追击下，他爬下了山，又爬到一个高粱橼子中藏起来。由于失血过多和过度疲劳，他在高粱橼子中晕过去了。这时，附近村的一位青年大嫂到地里挖野菜时猛地发现了这个伤兵，在一阵惊恐之后，她又仔细看了看，原来是个解放军伤员。她跪下身束，摸了摸伤员的头，知道他发着高烧，昏迷不醒。她晃了晃他的身子，低声叫了几声"同志"，战士微微睁开了眼，连声喊："水，水……"这荒郊野坡到哪里去弄水？进村弄水，太远，也怕被人发现。怎么办？她急中生智，想到了用自己的乳汁去救活伤员。但她又一想，这怎么能行呢？她是个刚生头一个孩子的青年媳妇，叫伤员喝她的奶多不好意思呵！如果被家里人知道了那还了得！这时，她又看了看伤员，嘴唇干裂，面色蜡黄，奄奄一息，如不急救就会死去。她想，能眼看着这为国为民而受了重伤的亲人死去吗?！想到这里，她毅然解开了衣襟，左手抱起伤员的头，右手托着乳头送到伤员的嘴里。几口乳汁吃下去，伤员慢慢苏醒过来。当他睁开眼看到是一位大嫂在用自己的乳汁救他时，他觉得她是自己的母亲，是高尚无私而伟大的母亲在自己身边。他百感交集，哭了。大嫂见他醒了，非常高兴，并告诉他："这里周围都住着国民党还乡团，村支书和干部民兵都转移到界湖一带去了，你好好藏在这里休息，我天天抽空来喂你。"一连两天，大嫂真是这样做的。在第三天晚上，村支书带着几个民兵插回村来，大嫂就把伤员的事如实报告了。村支书叫民兵弄来担架，连夜将伤员送到了军医院。送走了伤员，大嫂以恳求的口气对村支书说："我喂伤员的事，你千万不要向上级汇报，不要表扬我，我的公婆丈夫都很封建，这件事如果叫他们知道了，就把我毁了。"村支书果然严守秘密，未向上级讲这件事。① 政委讲着这个真切感人的故

---

① 贺俊杰：《红嫂和〈红嫂〉的故事》，《世纪》2006 年第 3 期。

事，眼眶里滚动着激动的泪水。李子超和高复隆听了这个激动人心的故事，也不约而同地流下了眼泪。在抗日战争和解放战争年代里，沂蒙山区的人民，特别是妇女，救护伤员的动人事迹是很多的，但一个青年妇女用自己的乳汁救伤员，还是第一次听说。刘知侠听了这个故事后，连声说："太好了，太感动人了，我一定把他写成文章，教育人民，启迪后代。"次年（1961 年），刘知侠的小说以《红嫂》为题问世。刘知侠兑现了自己"写一部有关沂蒙人民支援解放战争的书"的诺言。①

我们从这篇约 23000 字小说的内容看出，其情节、背景、人物等与素材基本一致，几乎就是一篇纪实作品。虽然没有《铁道游击队》的传奇性，但也充分调动和发掘了传统小说的故事性和传奇性因素，写得紧张突兀、曲折有致且环环相扣，这是刘知侠短篇小说创作的特点。②如红嫂发现伤员、掩护伤员；红嫂的丈夫跟踪红嫂，发现隐藏伤员的地方；村里的坏人监视红嫂，差点发现伤员的秘密等：一系列情节的描写，都具有引人入胜、令人读来紧张兴奋的艺术效果。其中，以红嫂用自己的乳汁救伤员，宁肯让自己和孩子挨饿也要把鸡汤送给伤员喝等情节，最为动人。

小说的主题是通过红嫂救护解放军伤员这件事情，反映水乳交融的军民关系，揭示中国革命的胜利是在广大有觉悟的革命群众的全力支援下才取得的。"得民心者得天下"，中国人口中农民占绝大多数，中国革命实质上就是农民革命。没有广大农民的支持，中国革命断不能取得胜利。毛泽东"农村包围城市"革命路线的胜利已雄辩地证明这一点。

① 1963 年 5 月，作家出版社出版《沂蒙故事集》，全书收录的 4 个短篇小说除《红嫂》外，还有《沂蒙山的故事》《英雄的表兄和表妹》和《一支神勇的侦察队》。

② 刘知侠常常引用短篇《铺草》谈自己小说创作的经验。农民王老头与解放军战士张立中因为铺草问题而发生的故事，其中有许多的误会和遗憾：张立中向王老头借铺草，而王老头不给，两人发生争执，遗憾一；王老头和张立中分别受到批评，认识错误，想向对方道歉，遗憾二；两人分别找对方道歉不遇，遗憾三；战斗结束后，王老头又找张立中，张立中已牺牲，遗憾四。在如此短小的篇幅中，刘知侠能够将故事写得这样引人入胜，显然充分调动和发掘了中国古典小说的故事性和传奇性因素。

政权的合法性还需要以文本的形式加以确认和"论证",如此才能为广大民众所完全了解。如同 50 年代的长篇革命历史叙事一样,再次证明了共产党领导的新中国政权的合法性和广泛的群众基础,符合特定时期主流意识形态建构的要求。"它们承担了将刚刚过去的'革命历史'经典化的功能,讲述革命的起源神话、英雄传奇和终极承诺,以此维系当代国人的大希望与大恐惧,证明当代现实的合理性。"① 尤其是乳汁救伤员所隐含的军民鱼水情、母子情,将政权是人民所授予的自然本性表现得淋漓尽致。

描绘 20 世纪上半叶中国共产党领导的民族、民主革命战争的波澜壮阔的历史画卷,是建构与新中国相一致的新型意识形态的政治任务,也是通过叙事为人民群众铸造新的人生价值理念与信仰模式,使文学成为"对广大人民进行共产主义的人生观与人民民主革命教育的武器之一"。② 要求英雄叙事和主流意识形态紧密结合起来,周扬在第一次全国文代会上,代表主流意识形态"说话":"革命战争快要结束,反映人民解放战争,甚至反映抗日战争,是否已成为过去,不再需要了呢?不,时代的步子走得太快了,它已远远走在我们前头了,我们必须追上去。假如说在全国战争正在剧烈地进行的时候,有资格记录这个伟大战争场面的作者,今天也许还在火线上战斗,他还顾不上写,那么,现在正是时候了,全中国人民迫切地希望看到描写这个战争的第一部、第二部以至许多部的伟大作品!它们将要不但写出指战员的勇敢,而要写出他们的智慧、他们的战术思想,要写出毛主席的军事思想如何在人民军队中贯彻,这将成为中国人民解放斗争历史的最有价值的艺术的记载。"③ "每个时代,每个阶级总是根据自己的社会理想和道德标准,通

---

①　黄子平:《"灰阑"中的叙述》,上海文艺出版社 2001 年版。

②　周扬:《坚决贯彻毛泽东的文艺路线——一九五一年五月十二日在中央文学研究所的讲演》,见《周扬文集(二)》,人民文学出版社 1985 年版,第 50 页。

③　周扬:《新的人民的文艺》,《周扬文集(第 1 卷)》,人民文学出版社 1984 年版,第 529 页。

过文学艺术作品来树立自己阶级的'标兵'——理想的英雄人物。"①
这实际上就是通过理想英雄人物的塑造，发挥他们的卡里斯玛效应，向
人民大众灌输主流意识形态观点。

其实，通过塑造工农兵新英雄人物，向人民群众灌输新型的人生价
值理念与信仰模式，也是许多作家内心自觉的追求，并不是随便什么人
都有资格写的。20世纪五六十年代写"革命历史小说"的作家都是战
争的亲历者与参加者。发生在战争中波澜壮阔的场面，英雄志士惊天动
地的英雄业绩与气壮山河的精神品质、血与火的洗礼、生与死的考验等
等，无不使他们产生了巨大的创作激情或冲动，不得不形诸文学。著名
作家冯德英在谈到他的创作动机时就说："想表现出共产党怎样领导人
民走上了解放的大道，为了革命事业人民付出了多么大的代价和牺牲，
从而使今天的人们重温所走过的革命道路，学习前辈的革命精神，更加
热爱新生活，保卫社会主义的祖国。"② 曲波深深地怀念为革命事业献
出青春和生命的战友，为他们的英雄传奇而自豪，在《林海雪原》的
扉页上就题着："以崇高的敬意献给我英雄的战友杨子荣、高波同志。"
在《铁道游击队》的"后记"中刘知侠说："所以有勇气写下去，主要
是铁道游击队的可歌可泣的英雄斗争事迹鼓舞了我。……同时，作为一
个文艺的作者，我熟悉他们在党的领导下所创造英雄斗争事迹，也有责
任把它写出来，献给人民。……可是写出后，自己再看一遍，又使我很
不安，总觉得我所写的，远不如他们原有的斗争那样丰富多彩。"③

小说《红嫂》以红嫂为中心，形成三条叙事线索或三层矛盾冲突。

其一是红嫂和丈夫吴二的夫妻纠葛，这是小说的主要矛盾。红嫂是
贫农的女儿，诞生和成长在革命老根据地里，从小就受党的教育和阶级
斗争的锻炼，有很高的阶级觉悟，热爱党，热爱解放军，舍生忘死救护

---

① 李希凡：《革命英雄典型的巡礼》，《文学评论》1961年第1期。
② 冯德英：《我怎样写出了〈苦菜花〉》，《解放军文艺》1956年6月号。
③ 刘知侠：《铁道游击队》，上海文艺出版社1987年版，第608～609页。

伤员。她的丈夫吴二出身中农，胆小怕事，狭隘自私，"生怕血迸到身上"，"连树叶落下来都怕砸破自己的头"；他对敌人存有一定的幻想，"不想革命"也不当"反革命"；他深深痛恨地主"还乡团"，却总是忍气吞声，逆来顺受；他怕敌人杀头，多方阻拦红嫂救护伤员，而且封建思想浓厚。

其二是红嫂与"还乡团"小队长刁鬼的侮辱与反侮辱的斗争。刁鬼不仅穷凶极恶，挖空心思地搜捕伤员，而且垂涎于红嫂的美貌，借搜捕伤员打红嫂的坏主意。

其三是红嫂与解放军伤员彭林走和留的冲突。彭林想到红嫂艰难危险的处境，不忍再牵累她，坚决要回部队去，可红嫂担心彭林的安全不让他走。

这时的红嫂形成三面夹击，她"感到有一种难言的委屈情绪，在冲击着她。要知道有多少事在绞着她的心啊！而且这些事情又都集中在一起了。为了掩护彭林她要千方百计地逃过敌人的眼睛，更头疼的是她还得应付着刁鬼的不时纠缠；而彭林呢？她不仅要好好地照顾他，为他的伤势担忧，使人不安的是彭林现在又有了偷偷溜走的念头。为了对革命负责，她还得为彭林的安全操心；而自己的丈夫呢，不但不能为她分忧（她又是多么需要一个助手的帮助啊），现在竟也向她进攻了。红嫂一想到这一切，真像万箭穿心，她真想痛快地哭一场，心里才感到舒畅些！可是她是个倔强的女人，她硬将涌出的泪水压下去，使它往肚子里咽。"①

这就把故事情节推向了高潮，红嫂的立场、思想和勇敢机智的性格突出地表现出来了。吴二在红嫂的教育下，逐渐觉悟过来。红嫂与丈夫一起机智地摆脱了刁鬼的纠缠，假意逢迎，并以此为"钓饵"，打死了刁鬼。村支书率领武工队将彭林安全转移。党的领导、武装斗争和光明

---

① 刘知侠：《沂蒙故事集》，作家出版社1963年版，第38页。

未来都在文本中标示出来。

小说对红嫂、吴二、刁鬼三个人物的刻画反映了农村贫农、中农和地主三个阶层在革命斗争中的基本动向，符合毛泽东对农村社会阶级分析的观点。虽然小说阶级斗争阵线比较分明，但还没有受到后来"三突出"创作原则的影响，人物性格没有达到"完美"的程度。小说叙述了红嫂的特定身份和产生的历史文化背景，也是红嫂成长的典型环境：出身贫寒、善良淳朴、长期受地主阶级的压迫；在革命的洪流中受到熏陶，积极参加革命根据地政权的巩固；革命唤醒了她的主动性，使她舍生忘死，甘愿毁家支援战争小说中红嫂一出场，就给读者以深刻的印象，她带有贫困和饱经战争创伤的沂蒙山区的地域特征：

红嫂正拿着小铁铲和一只提篮，在小树林边上的田野里挖野菜。她虽然只有二十五六岁年纪，可是她的头上却蒙了一块黑色的破头巾。她的腿带呢，按她的年龄，在这山区最流行的是束粉红色的，现在她却束着一条深灰色的，她身上那件有不少补丁的上衣，又脏又破，一直拖到膝盖。至于脸上呢，已失去了青春的红润，被一层油黑的灰渍遮盖住了。从她的服饰和脸色上看，很少人会认为她是个青年妇女。昨天上午解放军从这里渡沂河，一个战士从远处向她问路，竟喊了她声"大娘"。①

历经八年抗战，贫瘠的沂蒙山热切地呼唤和平，国共内战再起，使许多人家揭不开锅，靠挖野菜充饥。这里的描述都是符合生活真实的。危难时刻见真情。小说最感人的情节是红嫂乳汁救伤员的描写：

红嫂坐在伤员的身边发急，急得她像坐在针毡上那样痛苦，怎么来挽救身边的战士？就是现在有人从她身上挖一块肉给战士吃了，能把战士救活，她也会甘心乐意的。

这时，着急的红嫂的手突然碰到自己隆起的胸部，婴儿半天没有吃奶了，她感到乳房胀得发痛，一意识到这一点，红嫂为抢救伤员而布满

① 刘知侠：《沂蒙故事集》，作家出版社1963年版，第18页。

焦急和愁闷的脸上，豁然开朗。可是随着意识到的那件事，她的脸刷得红了，像块红布样的一直红到耳根，她的脸上像有把火在呼呼地燃烧。她感到自己的耳朵有点烫人。

是啊，她毕竟是一个年轻的少妇啊！而躺在她眼前的又是个男的青年战士……一想到将要到来的情景，红嫂的心里像无数头小鹿在乱撞。

可是眼前的现实又是多么急人啊！现在最重要、最严肃的问题，不是其他，而是救命，是一刻也不容迟缓地挽救一个革命同志的生命。

红嫂的脸孔红了一阵又白一阵，最后她下定了决心，毫不迟疑地靠近了彭林，把彭林的头轻轻搬起，把它放在自己的腿上，她迅速地解开了衣襟，把上身向彭林的头部伏下去……

阳光从秫秸堆的隙缝里透射进来，它照着红嫂的脸，她的面孔上的红云褪去了，现在显得那么庄严、神圣和崇高。①

这场景将沂蒙女性淳朴、善良、坚韧不屈和慷慨无私的灵魂透视到了极致。

小说用大量的篇幅塑造了吴二这个"中间派"——典型的中农形象。红嫂救护伤员的主要困难在家庭内部。吴二不仅胆小怕事，而且思想很封建，当他发现红嫂在救护一个年轻的解放军伤员时，怀疑他们有不正当的男女关系，只见吴二"眼睛就红了，他胸中的怒火想要一下子向红嫂身上喷射过来似的"，他"抓住红嫂前胸的衣襟，来势是那么凶猛，抓的是那样紧，想要把红嫂一下子提起来似的"，并怒吼似的叫着："好啊！你竟给我干出这样的好事！"这个细节是真实的，符合吴二的人物性格特点。沂蒙山区深受儒家伦理文化的影响，妇女"饿死事小，失节事大""男女授受不亲"的封建观念根深蒂固。真实故事中的大嫂不愿让人宣传自己乳汁救伤员，就是出于对传统封建思想的顾虑。吴二虽然深爱着自己的妻子，什么都可以让着妻子，仅有的两只老母鸡杀给

---

① 刘知侠：《沂蒙故事集》，作家出版社1963年版，第25页。

妻子吃，自己汤都舍不得喝，但绝不愿意戴"绿帽子"。他最后的转变其实也是被迫的，他打死刁鬼，正是因为刁鬼在侮辱他心爱的妻子。吴二最后参加了对敌斗争，多少有些勉强和不得已。

小说把伤员彭林基本上写成了一个单纯的被救护者。虽然写了彭林不愿连累红嫂，急于回部队英勇杀敌的心情，但他身负重伤等着救援，情节展开不多。小说重点歌颂红嫂的革命品质，所反映的军民关系的主题重点也在于民拥军、民爱军。这也为小说的后续改编提供了空间。孙昌熙在评论中认为："为了做到情节发展的有机统一，为了更严格的考验红嫂的勇敢机智的性格，或者说让这个性格更加放出异彩，是否可以让坚壁伤员的事件最后暴露在刁鬼手里，从而为红嫂设立起一个更复杂、更尖锐、更难突破的'关卡'？然后'柳暗花明'绝处逢生，不仅在情节上可以获得出奇制胜的艺术效果，而且红嫂这个人物也获得了更广阔的用武之地。"[1] 实际上这个情节改动既能"考验"红嫂，也能"考验"彭林，两个主人公都有戏就开掘了主题。"军民团结如一人，试看天下谁能敌"的主题高度在京剧本中变成了现实。另外，小说《红嫂》的开头，有相当长的篇幅写"我"与彭林中校相遇的过程叙述，迟迟不接触与红嫂有关的正题，穿靴戴帽，拖泥带水，让人读起来沉默难耐，这或许是刘知侠创作长篇小说的惯性使然。

第二节　民间故事："红嫂"的原型追寻

小说《红嫂》反映了革命战争时期沂蒙女性的牺牲奉献精神，"红嫂"以乳汁救子弟兵的故事经过很多次文艺形式的表现与强化，已经成为沂蒙女性美丽而崇高的象征。没有生活中真实感人的大嫂故事，就不会有文学的"红嫂"。到底谁是现实生活中真正的红嫂呢？一直是人们

---

[1] 《山东文学》1963 年第 4 期。

心中的一个谜。找到这个生活中的原型，虽然无关文学的真实性，但找到这个进行革命传统教育的生动教材，对官方更有现实意义。

前面我们提到刘知侠创作小说《红嫂》的缘起，与李子超讲述的亲身经历的一件往事有关。李子超讲得很简单，后来他才告诉人们，是另一个故事，故事主人公希望保密，所以久久没有宣传。李子超的本意似乎在说明青驼寺一带的佚名青年大嫂才是"红嫂"的生活原型。起初，人们是根据小说的叙事进行寻找的。小说《红嫂》中刘知侠叙述"我"在沂水西部的山区会到了"红嫂"，而且小说最后落款"1961年4月25日完成于沂水东岭"，显示刘知侠是在沂水采访完成写作的。由此看来，艺术的原型应该在沂水县。但对"红嫂"的原型到底是谁，还说不清，其中经历了不少周折。

开始认为"红嫂"的原型是沂水县桃棵子村的祖秀莲。据《临沂百年大事记》载，1941年冬天，日本侵略军出动五万余人对沂蒙根据地进行大扫荡。当时八路军山东纵队司令部驻在沂水县西墙峪村，侦察参谋郭伍士在侦察敌情时与日军遭遇，他身中数枪，昏迷在山崖中。村民祖秀莲发现后，急忙把他背回家里，给他喂水擦洗伤口。当搜查的鬼子进村后，祖秀莲急忙把郭武士藏在屋后秫秸团里。日寇走后，她又把郭伍士藏在离家不远的山洞里，她一天三顿去送饭。为了给郭伍士补养身体，祖秀莲东取西借，没白没黑纺线换小米熬汤。郭伍士藏在洞里，不能动弹，洞里潮湿闷热，缺医少药，伤口生了蛆，祖秀莲就用芸豆挤成汁滴进郭武士的伤口……经过一个月多的精心照顾，郭伍士终于伤愈回到前方。战争结束后，郭伍士退伍来到沂蒙山，认祖秀莲为母，为她养老送终。祖秀莲救郭伍士的事迹确实感人，典型的红嫂式人物。

著名诗人苗得雨认为，李子超战时在沂南县任抗联主任和县委副书记，他说的故事在沂南县的可能性更大，而且《红嫂》中最感人的情节是乳汁救伤员。1974年，苗得雨作为文学作者，第一个去寻访红嫂原型。苗得雨跑了沂南几十个村庄，在马牧池公社横河村找到了这一情节的原型——哑女明德英。

明德英出生在沂蒙山腹地沂南县岸堤镇的一个贫苦农民家庭，儿时因一场重病烧坏了听觉神经，从此也就失去了语言能力。25 岁那年，明德英嫁给了长她十多岁的本县马牧池乡横河村的李开田。1941 年冬敌人包围了驻在马牧池村的山东纵队司令部，追一个战士到李家前面坟地一带，战士与敌人周旋着，躲藏中右肩被打伤。此时明德英在门外看见了，连忙放下怀中不满周岁的小儿子，领战士到空坟里藏起来。敌人追到墓林处，未见被追的战士，刺刀指向明德英的嘴，问战士跑哪去了，明德英哑哑着朝西山指了指，敌人向西山追去了。敌人走后，明德英连忙去看战士，见战士因流血过多昏迷过去。她把战士背回家，顾不得烧水，便挤了奶水灌上，战士得救了。小儿子却摔伤了大脑，得了终生的痴呆症。这个战士伤好走后，一直没有消息，不知叫什么名字，也不知以后的情况和现在的地址，可能已不在人世了。就是这一个故事给了知侠创作的灵感。①

开始人们认为这个战士是庄新民，可后来从庄新民 1988 年 8 月 30 日的一篇回忆材料《沂蒙老爹》（收在《沂南党史资料》第 6 期）才了解到这个故事和庄新民的故事不是一回事。小说《红嫂》中，为了制造悬念和冲突，红嫂的丈夫胆小怕事，是衬托红嫂形象的中间人物，可现实生活中明德英的丈夫李开田是个可歌可泣的“红哥儿”。李开田不仅和妻子将那个用乳汁救活的伤员送归前线，而且他们营救小八路庄新民的事迹也感人至深。

1942 年冬，日寇继 1941 年“铁壁合围”后，又进行“拉网合围”大扫荡，担任山东纵队军医处卫生所看护员的庄新民被冲散了，当时小庄才 13 岁。机关为防敌人扫荡，平日让大家穿便衣，方便同群众一起到处转移。瘦弱的小庄混到了难民堆里，原本虚弱的他又犯了胃病，饥

---

① 苗得雨：《血与火的岁月——抗战时期的沂蒙山人》，《时代文学》2005 年第 4 期。

饿、焦渴的小庄肚子疼得如针挑刀挖。一次遇上了李开田，李开田知道是自己的战士，便给他地瓜干吃，又一起各处跑。一天下午，在马牧池东北方向的一个山谷里遇上敌人包围。李开田说："别怕，到时候就说是我的儿子！"人们被关在一个寺庙里。第二天，敌人手持上了刺刀的枪，从人群中拖出小庄，一再审问是不是八路。小庄和李开田都一直父子相称，身份没暴露。敌人拴着他们带到沂水城，十几天后，又让大家赶一群牛驴往西走，到了坦埠，又到了泰安。鬼子说："你们都是'良民'的，可以走了的！"大家被解开了绳子。小庄在转移与被抓的一路上，鞋磨破，脚烂了，腿碰伤，头碰破，多少艰难，全靠李开田的照顾。有时走不动了，李开田背着走，解脱了敌人后，李开田领着他奔往家乡。到了家，同妻子一起想方设法为小庄养伤与掩护。晚上小庄与他们夫妇、孩子睡在一间破草房里，直到伤好，小庄才恋恋不舍离开李家，回到了部队。走时，李开田夫妇含泪相送，说："孩子，找不到部队再回来啊，这里就是你的家！"小庄也哽咽着说："爹，大娘，有机会我一定回来看望二老！"小庄走老远，还见两老人站在村头不断地招手。后来，战争连年，小庄一直未得机会去看望二老。1949 年过江留上海工作。1955 年审干清查他这段历史，小庄想方设法与李家联系，联系上后才知道了李开田夫妇的名字。李开田 1956 年去上海一趟，此后联系不断，建立了非同寻常的父（母）子情。

　　尽管明德英救伤员的事迹发生在抗日战争时期，而小说中的故事发生在解放战争时期，但我们从小说中看到的故事与明德英的事迹具有很大的相似性：同样都在受伤战士生死关头用乳汁施救；小说《红嫂》所救的战士彭林在新中国成立后，留在上海工作并与红嫂一家有亲密联系，而现实中的明德英所救的战士庄新民在解放上海后也留在上海工作，与明德英一家也有着亲密联系。于是明德英被公认为沂蒙红嫂的生活原型，赢得了人们的尊重和爱戴。1970 年，济南军区、南京军区野营拉练的部队，大都绕道路过沂南县，为的是让官兵们亲眼看一看用乳汁救伤员的沂蒙红嫂。著名演员田华、王玉梅、倪萍、郎咸芬等都到明德英家乡体验过生活。1992 年山东省政府授予明德英"山东红嫂"荣誉称号。1995 年 4 月，明德英去世。当地政府为其立碑纪念。碑文曰：

> 四一年冬，日寇举五万虎狼之师犯我沂蒙。我军民协力同心，奋勇抗战。岁冬，寇军围我山东八路军指挥部，我将士奋力突围。内一八路战士身伤数处，至横河村外被哑妇明德英收救。是时，日寇追逐在前，搜捕于后，而战士失血过多，生命垂危。明德英悉力照顾，喂其乳汁，继而得救，直到康复归队，再战顽寇。壮哉！伟哉！明德英之所举，可谓惊天地、泣鬼神，气贯长虹。为弘扬沂蒙精神，继红嫂之芳迹，今铭斯碑，以励后人。①

这么看来，小说与原型对照，最大的不同是故事发生的背景。明德英救伤员的事迹发生在抗日战争时期，而小说中的故事发生在解放战争时期。刘知侠参加过抗日战争和解放战争，而且长期在沂蒙山区工作过，他创作《红嫂》的素材虽然是从李子超那里得来的，但从小说落款"1961 年 4 月 25 日完成于沂水东岭"看，在动笔写作前他肯定也做过进一步的采访。虽然"文艺作品中反映出来的生活却可以而且应该比普通的实际生活更高，更强烈，更有集中性，更典型，更理想，因此就更带普遍性"②，但是我们还是想知道，为什么作者把解放战争时期作为小说的故事背景而不是抗日战争时期呢？

无论是抗日战争时期还是解放战争时期，沂蒙山区都是抗击敌人的主战场和重要根据地之一，人民群众的牺牲和奉献都是巨大的。是刘知侠为了兑现"写一部有关沂蒙人民支援解放战争的书"的诺言使然，还是与刘知侠的个人经历有关，抑或是与话语讲述的时代背景有关系？长篇小说《铁道游击队》，是根据抗日战争时期活跃在枣庄至临城铁道线上的一支抗日游击队的事迹创作而成的。刘知侠先后两次到铁道游击

---

① 临沂地方史志编撰委员会编：《临沂地区志》，中华书局 2001 年版。
② 毛泽东：《毛泽东选集（第 3 卷）》，人民出版社 1991 年版，第 861 页。

队采访，就在他完成提纲准备动笔创作这部长篇小说时，解放战争打响了，国民党集中了几十万的兵力，对山东解放区进行了重点进攻。刘知侠作为一名山东兵团《前线报》特派记者，随军参加了举世闻名的淮海战役。1959 年出版的短篇小说集《铺草集》描写的都是在支援前线工作中的感受。他后来封笔之作、20 万字的纪实文学《战地日记——淮海战役见闻录》，也是根据在淮海战役时的日记整理而成的。或许刘知侠切身感受到了解放战争期间沂蒙人民的奉献精神：淮海战役期间，不到 500 万人口的沂蒙山区，就出动常备随军民工 34 万人，临时民工 140 万人，用十一万辆小车将两亿八千万斤粮食，七十万斤食油，八十六万斤猪肉、七十二万斤咸盐、数十万斤马草、百万双军鞋源源不断送往火线。那时节，支前车队八百里，村村灯火夜夜明……①

　　笔者认为，小说故事背景的选择，也与 50 年代政治文艺政策有密切关系。从 1951 年对电影《武训传》的批判，到 1954 年对俞平伯《红楼梦》研究的批判，再到对胡风文艺思想批判，文学完全被纳入到政治斗争的轨道，成为现实政治斗争需要的体载物。特别是 1958 年，周扬提出"文艺是阶级斗争的晴雨表"② 之后，"阶级斗争"话语日益笼罩各个领域，受环境的影响，文学也越来越贴近这样的写作趋势。作为山东文联的领导，刘知侠对于新中国成立后政治文艺政策的变化应当比较敏锐。第一次全国文代会上，周扬对新的人民的文艺所做的阐释强调，要把"民族的、阶级的斗争与劳动生产作为作品中压倒一切的主题"，塑造出"人民中的各种英雄模范人物"，与此相对应的是，"语言要做到相当大众化的程度"，"和自己的民族的特别是民间的文艺传统保持密切的血肉关系"。③

---

① 李存葆、王光明：《沂蒙九章》，作家出版社 1992 年，第 8 页。
② 周扬：《文艺战线上的一场大辩论》，《人民日报》1958 年 2 月 28 日。
③ 周扬：《新的人民的文艺》，《周扬文集（第 1 卷）》，人民文学出版社 1984 年版，第513 页。

　　《铁道游击队》就是体现"民族的、阶级的斗争"的成功文本，塑造了一支由煤矿铁路工人和部分农民组成的抗日游击队的英雄群像，继承和借鉴了中国民族民间艺术传统中的表现手法，不仅很有可读性，而且契合了主流意识形态的要求①。抗日战争时期，本来民族矛盾是主要矛盾，阶级矛盾是次要矛盾，但根据50年代初期新的形势要求，反映中国共产党领导下的革命历史斗争的文本往往把二者交融在一起。《铁道游击队》在反映民族的斗争的同时，也反映阶级的斗争，而"民族的"斗争最终落脚于"阶级的"斗争上，甚至"阶级"的斗争凌驾于"民族的"斗争之上。文本中我们几乎看不到共产党之外的武装力量，文本的结尾部分把"民族的"斗争和"阶级的"斗争重叠在了一起，日本侵略军和国民党军队已经合谋并成为阶级的敌人。如此以来，"民族的"斗争消解到了"阶级"的斗争之中，成为"阶级"的斗争的衍生物②。

　　所以，1961年创作的《红嫂》就干脆把背景推后到解放战争时期，把故事展开的逻辑主线定位于农民阶级与地主阶级的斗争。实际上，从后来政治形势的发展来看，刘知侠是有先见之明的。小说《红嫂》发表一年后的1962年8月，毛泽东在中共中央北戴河工作会议上就提出了"千万不要忘记阶级斗争"。如此看来，马克思的下述著名论断还是很有道理的："统治阶级的思想在每一个时代都是占统治地位的思想，这就是说，一个阶级是社会上占统治地位的物质力量，同时也是社会上占统治地位的精神力量。支配着物质生产资料的阶级，同时也支配着精神生产资料，因此那些没有精神生产资料的人的思想，一般地是隶属于这个阶级的。"③ 值得注意的是，小说《红嫂》采用了历史回顾与现实

---

　　① 刘知侠因刘少奇受迫害。据刘知侠的夫人刘真骅回忆，由于《铁道游击队》里第七十二章详尽地描写了铁道游击队掩护胡服（刘少奇的化名）过陇海铁路的历史事实，在"文革"中成为刘知侠的一大罪状，横遭挞伐，备受折磨。这表明文学已完全沦为阶级斗争的工具。

　　② 李宗刚：《在主流意识形态制导下的十七年文学英雄叙事》，《山东师范大学学报》（人文社会科学版）2005年第6期。

　　③ 中共中央马恩列斯著作编译局编译：《马克思恩格斯选集》（第1卷），人民出版社1995年版，第98页。

描写相结合的叙述方法，回顾历史比较真实可信，但接触现实的描写难免有矫饰之感，没有（没敢）反映 1961 年前后沂蒙山区饥荒的真实状况，而是花香鸟语，粉饰太平。虽文学环境所致不能苛责作家，但也能说明作者的谨慎心态，缺失了文学的忧患意识。

第三节　"红嫂"产生的文化内蕴

一、忠义和侠义文化精神的传承

（一）忠义文化精神的传承

没有血缘和亲情，没有律条约束，红嫂为什么能够在那么复杂的环境下，作出如此惊天动地的感人之举？我们还记得，在山东作家冯德英的《苦菜花》中，花子为营救革命军人姜永泉，牺牲了自己的结发丈夫老起。其实艺术真实与生活真实高度一致，战争年代在沂蒙山这种壮举数不胜数。沂南县"沂蒙母亲"王换于宁愿让自家的两个孙子停止吃奶而夭折，也要让两个儿媳妇去喂养革命后代。临沭县有位李大爷，家里有个八路军的孩子，敌人逼他交出来，他宁死不交。敌人连同他的孙子一起抓去，只许他抱回一个来，李大爷宁肯舍弃自己的亲孙子，毅然决然地把八路军的孩子抱回来，而自己的孙子却惨遭敌人的杀害。沂水县西墙峪村的张孝治，家中住着七位八路军伤员，日军逼近村前，张孝治先把伤员一个个背到村外山洞掩护起来，然后才回来背自己年迈的老父亲，刚到村口，遇到我野战医院受伤的田桂英，老父亲连忙让儿子把自己放下去救田桂英，张孝治背着田桂英冲出重围，田桂英得救了，而自己的父亲却倒在了敌人的刺刀下。费县大青山战斗后，大批伤员都掩藏在老百姓家里，布袋峪村妇救会长马大嫂，一家掩藏三个伤员，日军进村扫荡时，她的丈夫在外监视敌人，与敌人搏斗死在敌人的刺刀下，她的独生儿子为保护伤员引开敌人，被敌人包围而壮烈牺牲。

沂蒙山人为什么对共产党及其所领导的军队这么忠诚？笔者认为主要来自忠义文化传统在沂蒙山区的深厚积淀。

忠义文化精神最初是先秦时期的显性文化观念，其主要倡导者要数儒家创始人孔子，其含义指封建臣子对国家以及国君的忠贞不二与尽智尽力，乃至牺牲个人的一切，是封建臣子的一种道德规范。如屈原"竭忠尽智以事君"（《楚辞·惜诵》）；诸葛亮事蜀汉刘备父子"鞠躬尽瘁，死而后已"（《出师表》）；岳飞以"事君以能致其身为忠，居官以知止不殆为文"（《岳忠武王文集》卷5《奏乞解军务札子》）律己，尽忠报国。《水浒传》中，忠义更是梁山英雄行事的基本道德准则，尤其是宋江成了忠义的化身（虽然宋江表现出来的忠是愚忠）。随着《三国演义》《岳飞传》《水浒传》的故事以文学、戏曲、曲艺等形式在社会上广泛流传，忠义文化精神成为全民的集体无意识。虽然忠义思想的末流，在封建时代已经成为封建皇室愚弄人民的精神鸦片，其消极作用是显而易见的，但其负面影响主要在封建士大夫阶层，在民间社会忠义作为道德伦理规范原意没有发生大的变化。人们崇拜的是红脸忠义的关公，憎恶的是白脸奸恶的曹操。用"有情有义"来褒奖人，"无情无义"鞭挞人，"背信弃义"是人生抹不掉的污点。

"忠"与"义"在先秦时两个独立的概念。两字连缀较晚。"忠"作为一个历史概念，在中国历史上不同的时期有着不同的内涵。《论语·学而第一》开宗明义就是"曾子曰，吾日三省吾身，为人谋而不忠乎？与朋友交而不信乎？传而不习乎？"注云："尽己之谓忠"。孔子认为"忠"作为一个道德规范是指自己内心中一种真诚地对人对事的态度，以及由此诚实地为他人谋事做事的行为，是规范人与人之间相互关系的范畴。孔子在回答子张问"行"时说"言忠信，行笃敬"（《论语·卫灵公》），在回答樊迟问"仁"时言"居处恭，执事敬，与人忠"（《论语·子路》），在回答子张问"政"时曰"居之无倦，行之以忠"

（《论语·颜渊》），在回答子贡问"友"时说"忠告而善道之"（《论语·颜渊》）等。"忠"还具有规范公私伦理范畴的意义。《忠经》认为"忠者，中也，致公无私"。《左传》中记载，晋大夫赵文子说："临患不忘国，忠也。"晋国大夫旬息说："公家之利，知无不为，忠也。"可见，"忠"也是民对待国家的态度和行为。秦汉以后，"忠"的忠君色彩渐浓，局限在"忠臣"一伦而且"愚忠"的成分大大增强。"忠"几乎成为专制制度和愚昧思想的代名词，其实这是对"忠"的误解。不只是对"君"，对于普通的人也有一个忠的问题。老百姓"忠君"只是忠于明君，对于"昏君"常常揭竿而起，这就是历次农民起义都得到人民响应的原因。孔子很反对愚忠，对路对心才能忠。在孔子时代，"君"并不稀奇，到处都是大大小小的君。诚而不欺，与人为善，先人后己，先公后私，忠于事业，忠于自己的国家，是中华民族的优秀传统美德，且已内化为一种思维定势，积淀于国人的心理结构之中。

　　义者，宜也，是合宜、应当、应该之意。义的基本内涵是威仪、美善、公平、正义、适宜，是做人的根本准则。在孔子以前，"义"的观念早已出现和存在。《左传》隐公元年载，郑庄公曾谓共叔段"多行不义，必自毙"，"不义，厚将崩"。所谓"不义"，就是不合于道德原则的行为。孔子把"义"纳入自己的思想体系之中，《论语·里仁》中他关于"义之与比"的提法，明确地把"义"确定为行为和思想趋向的社会性准绳，认为"君子有勇而无义为乱，小人有勇而无义为盗"（《论语·阳货》）。孟子格外突显"义"，提倡赞美"舍生而取义"，"仁""义"并举，提出了以"仁义"为主体的"仁、义、礼、智、信"等美德相统一的道德规范体系。他说："仁，人心也；义，人路也。舍其路而弗由，放其心而不知求，哀哉！"（《孟子·告子上》）"生，亦我所欲也；义，亦我所欲也。二者不可得兼，舍生而取义者也。生亦我所欲，所欲有甚于生者，故不为苟得也；死亦我所恶，所恶有甚于死者，故患有所不辞也。"（《孟子·告子上》）"义"有大义和小义层次上的差别，墨子认为"义，志以天下为芬，而能利之，不必用。"（《墨子·经说上》）意思说"义"就是立志把天下的事情作为自己分内的事，而善能利于天下人，自己不一定要求被君主任用。墨家讲的这种义就是大义，自己被任用相比之下就是小义。一个有道德的人重要的是坚持大义，利人利天下，克己奉公。墨家这种"义"的观念，在民间社会常常体现为不畏强暴、急人所难、舍己助人和知遇必报的侠义精神，流传甚广。应该说，"义"作为华夏民族普遍认同的价值范畴，体现的是传统社会的正义、正道和道义，是公利、利他和奉献。

综上，作为传统社会的伦理道德规范，"忠""义"具有同质性。在学理上，"仁"是儒家伦理的核心原则，"忠""义"是"仁"的表现。而在现实生活中，不论从教化的内容与目标还是实际社会影响力上看，"忠""义"都是处于核心地位的，"忠义"思想是决定人格价值取向、区分善恶标准的核心和规范、联系人们各种关系的重要纽带。

（二）侠义文化精神的积淀

在诸子百家中，侠义与墨家渊源极深。《墨子·经上》中提出了"任，士损己而益所为也""任，为身之所恶以成人之急也"的"任"侠观念，把急人所难、扶危救困作为平民社会的人生价值趋向与道德行为准则加以提倡，这便是侠义文化精神的最早含义，墨子本人就是这种精神的实践者。墨家思想的主要内容是"非命""节用""勤生薄死""兼爱""交利"等等，在"强劫弱""众暴寡"的弱肉强食的春秋战国时期，墨家反映了人民的要求和渴望。墨家认为天下乱源在于统治阶级"单（殚）财劳力，奢侈无度"，民有三患，即"饥者不得食，寒者不得衣，劳者不得息"。要解决这些社会问题，必经"兼相爱，交相利"，强调"有力者疾以助人，有财者勉以分人，有道者劝以教人"，"天下之人皆相爱"。"墨子兼爱，摩顶放踵，立天下为之"。墨翟当时的追随者甚众，学说影响很大，成为与儒家并称的显学。梁启超曾言：

"今欲救亡，厥维学墨。"可见墨家崇尚除暴安良、济危救困、拯民于水火的侠义精神。也有学者徐斯年先生认为，诸子百家为立论言说之士，大多重"言"，以"立言"而"见德"，侠则无论"武"与"不武"，均为实行者，以"力行"而"见德"，故诸子自诸子，任侠自任侠，二者不可混同。①刘若愚先生也有论墨家与游侠的区别："第一，游侠是帮人打仗专家（可为任何人作战），而墨家是有主义的帮人打仗专家；第二，墨家进而讲治国之道，而游侠不过一夫之勇；第三，游侠对其道德只身体力行之，而墨家不仅实行其道德，且将此道德系统化、理论化，并欲使之普遍化。""大致说来，墨家关心政治和社会的平等，游侠只讲个人主义"。②无论如何，侠的倡扬个性、反正统本性，其主持公理正义的果决独断，是对统治者及社会恶势力的蔑视、挑战和抗争。所以，自汉武帝罢黜百家、独尊儒术之后，墨家在朝廷庙堂已成绝学，但侠文化却以反正统的形态在民间社会得以发展。任侠精神作为一种文化心理积淀成民族集体无意识，而慕侠尚义成为民间百姓的行为准则和价值尺度。统治阶级对侠义精神的否定，不只是因为尚武、崇力，与教化背道而驰，更主要的是在于侠士们身怀绝技或结成帮会，或聚啸山林，是恃武行侠，有力量与统治者相抗衡，这一点普通的老百姓是做不到的，满足了劳动人民尤其是弱势群体的需要。因而狭义精神的实质是反抗精神，所谓"路见不平，拔刀相助"，且不管什么样才算作"不平"，只要拔出刀来，恃强凌弱者、欺压百姓者就怕了。

　　鲁迅先生在《华盖亭序编·学界三魂》里曾说过，在中国的国魂里，有一个官魂，有一个匪魂。闻一多先生当年也曾称引英人威尔斯《人类的命运》中的一个观点："在大部分中国人的灵魂里，斗争着一个儒家，一个道家，一个土匪。"据闻一多先生解释，威尔斯所说的

---

① 徐斯年：《侠的踪迹》，人民文学出版社 1995 年版，第 56 页。
② 刘若愚：《中国之侠》，周清霖等译，三联书店 1991 年版，第 11 页。

"土匪"，包含着中国文化精神中的游侠传统。① 著名学者杨义先生认为，公元前四世纪左右，"齐"文化与"鲁"文化融合再生为"稷下学派"，稷下诸子将"政"与"学"分开，促成了学术的"百家争鸣"局面，从此"齐鲁文化"成为整体。经过汉、宋、明的演化，齐鲁文化发生了巨大变异并添加进了"江湖"与"豪侠"文化因质。② 追根溯源，此论断的确精当。

"江湖"的本义就是江和湖，扩大一些可指江河湖海。古籍中较早使用"江湖"一词的是《庄子·大宗师》："泉涸，鱼相与处于陆，相呴以湿，相濡以沫，不如相忘于江湖。"这里给人的感觉江湖就是广阔与自由。《史记·货殖列传》写范蠡功成身退，"乃乘扁舟，浮于江湖，变名易姓，适齐为鸱夷子皮，之陶为朱公"。含义越来越丰富了，接近于与庙堂和朝廷相对的在野和民间。古代中国社会结构是以宗法网络为基础的。人们按士、农、工、商职业分为四类，以宗法网络为经纬，再辅以行政制度把人们组织起来加以管理。但在主流有序社会之外，古代社会的任何阶段，都有脱离这个社会秩序的"脱序"的人。因为失去土地，主要是以个体方式脱离了自己原先所在的网点，盲目流入城镇，以合法和不合法的手段谋生，这类人称为"游民"。③ 游民活动的空间构成了一个无形的江湖，变成了与显性社会相对的"隐性社会"，不被主流社会所认同，一定程度上与朝廷对立。江湖是官府和法律难以管到的地方，奉行弱肉强食的丛林法则，充满了刀光剑影、阴谋诡计、明争暗斗，极具危险和不安定感。要在江湖上生存和发展，不仅要有力量和能力，更重要的还要结成团伙，人多势众，去争取属于自己或不属于自己的利益，最简单者结拜义兄义弟，复杂者结成秘密会社，所以在江湖上混最重"交

---

① 闻一多：《关于儒、道、匪》，载《闻一多全集（第3卷）》，三联书店1982年版，第469页。

② 李钧、杨新刚：《齐鲁文化与现代中国文学"国际学术研讨会"综述》，《文学评论》2004年第6期。

③ 王学泰：《水浒与江湖》，中国工人出版社2004年版，第26页。

友"，为朋友两肋插刀，一诺千金，行侠仗义，扶危救难，这就是侠义。梁山泊一百零八人，互相视为异姓兄弟，以至于"不能同年同月同日生，但愿同年同月同日死"，"生生相会，世世相逢，永无短阻"，把"声气相求"的非血缘关系升华为血缘关系更有过之而无不及。

"豪侠"就是武侠，侠客一般尚武，精于技击，而且勇敢，胆量过人，胸中充满了豪气。其核心价值是"忠""义"，忠勇，正直，不在于武功高低，没有武功一样称豪侠。如宋江讲义气，仗义疏财，忠于朋友，是个江湖豪杰。其价值取向来自儒家朴素的人本主义。《论语·学而第一》开宗明义就是"曾子曰，吾日三省吾身，为人谋而不忠乎？与朋友交而不信乎？传而不习乎？"注云："尽己之谓忠"。侠者之德是行为文化，"忠"作为他们立身行事的伦理准则，"尽己"至少包括两方面的内涵：一为诚信，偏重于立身，二为力行，纯属行事，而且二者必须统一于行事。在侠者的行为方面，这种尽己品行的极致表现，便是不问成败，无论利弊，唯义所之。"豪侠"之义，一是舍生取义。孔孟讲的"杀身成仁""舍生取义"在武侠身上体现得最为充分，突出表现在先秦的"刺客"那儿。二是知遇必报。自古以来，中国人的传统是"士为知己者死，女为悦己者容"，这可说是侠客的真实写照。三是一诺千金。言必行，行必果，讲信用是侠客的行为准则和道德观念，也是中国普通民众所推崇的美德之一。诚如司马迁所说："布衣之徒，设取予然诺，千里诵义，为死不顾世，此亦有所长，非苟而已也。……要以功见言信，侠客之义又少曷可少哉。"（《史记·游侠列传》）四是除暴安良，疾恶如仇，喜好打抱不平，舍己助人。五是顾全大节，能替国家民族分忧解难。宋以后，由于新儒家伦理观念对武侠阶层产生了影响，许多儒家的伦理观与武侠的传统伦理观相融合，形成了较以前侠义传统内涵丰富的忠义武侠观。其中，传统武侠的最高伦理准则与儒家的最高伦理取向相结合，就形成了武侠精神的最高境界——"为国为民"的大侠精神。所谓大侠精神，就是指武侠信奉"先天下之忧而忧，后天下之乐而乐"的"忧国忧民"的儒家伦理，同时又坚奉侠义传统，将武技和侠义观念运用到为国家、为民族、为民众谋利的行为中去，也就是指一种儒化了的侠义的观念①。

自古以来，忠诚、守信、义气的观念渗透、沉淀在山东人的灵魂深处，英雄情结成为一大传统。而深受齐鲁儒家文化影响的沂蒙山区，忠义和侠义文化传统的积淀非常深厚。

近代的沂蒙山，交通闭塞、经济落后，社会黑暗，民不聊生。尤其是民国时，天灾人祸不断，人民群众流离失所。穷山恶水出刁民。沂蒙地区山峰林立，是土匪打家劫舍的藏身之地，有"神山磨山，蟊贼三千"之说。据《临沂地方志》记载，1916 年至 1935 年间，骚扰临沂地方的股匪，有名的就有 50 股之多，仅较大的土匪团伙就有刘桂棠、孔美瑶、尹世相等，他们对村民敲诈勒索，绑架人质，洗劫全村，手段极为残忍。"各方居民，闻风而逃，莫不胆碎，哭声遍野，惨不忍闻。""五四"时期的沂蒙作家王思玷在他的作品中真实描述了鲁南人民的痛苦生活。《瘟疫》描写了一个小村庄在接到招待过路部队命令后的恐慌气氛，侧面反映了沂州府一带的土匪、兵匪给百姓造成的灾难像"瘟疫"一样可怕。《偏枯》描写了年轻农民刘四的不幸遭际。刘四是一个泥瓦匠，他勤奋善良，一生"从没做过坏事"，为了一家老小，他当牛做马，出力流汗。不幸的是他却得了偏枯（偏瘫）躺在床上动弹不得，全家陷入绝境。刘四唯恐自己拖累了妻子儿女，不得已走上了绝境中农民别无选择的"卖妻鬻儿"的路。他们卖掉了唯一的农具和最后一只母鸡，将大儿子送到寺院，小儿子卖给别人。妻离子散的悲剧情景刻画得淋漓尽致。

国民党统治下的沂蒙人民过着乱世人不如狗的生活，长夜难眠赤县天。共产党及其武装力量为沂蒙人民分田地，争平等，谋福利，给灾难

---

① 董跃中：《武侠文化》，中国经济出版社 1995 年版，第 116 页。

深重的沂蒙山带来了光明和希望。新民主主义革命文化所倡导的推翻剥削阶级、建设大同社会的理想，具有先锋性、包容性和平民性，与沂蒙文化讲忠诚、信用、平等、仁爱的忠义传统相合，所以沂蒙人民很快接受了共产党的倡导，对党很忠诚。毛主席派来的队伍在这里生根、壮大，沂蒙山区成为红色摇篮。这里不存在讲正统孝道的问题，你国民党不仁我也不义，谁对我有利我就拥护谁，沂蒙山穷，沂蒙人民务实，根深蒂固地有一种反抗精神。

在一个黑暗、腐败的时代，建立新的公正合理的生活世界的梦想，总是那样激荡人心。"红嫂的少女生活，是在翻天覆地的斗争中度过的。她参加过减租减息、反奸诉苦的群众运动，斗争过地主，受了一辈子苦的父亲翻身了。"这是小说中红嫂行动的基础，她爱我们的战士不是无缘无故的爱，她恨地主还乡团也不是无缘无故的恨，是因为共产党八路军帮助她全家过上了好日子。同时，知恩图报，济困扶危，敢于牺牲也是"忠义和侠义"思想的体现。就连红嫂的婚姻大事也是父母之命媒妁之言。"由父母做主自小定的亲"，红嫂长大后虽然有些不愿意，要退婚，但最终还是嫁了过去。这里明显表现出红嫂对父母的"孝"和红嫂父母的"信"。同样是解放区，红嫂及父母对婚姻的承诺就有别于赵树理笔下的小芹的婚姻自觉，可以看出沂蒙山人受传统忠义文化的影响之深。红嫂要救解放军伤员的义无反顾的决绝态度，同样也彰显了侠义文化对她的浸润。

二、柔肩担道义：战争中的女人

中国革命胜利的法宝是依靠人民群众，建立巩固的农村革命根据地。一来可以筹粮筹款，提供稳定的后勤补给，救治伤员；二来可以补充兵员，寓兵于民，打人民战争。而实际上在广大的农村，青壮年劳力基本上都参军了（共产党的军队、国民党的军队和伪军），可以依靠的力量主体只有妇女、老人和孩子。

抗战初期，共产党八路军在沂蒙山区开辟根据地的工作是非常艰难的。沂蒙山区由于传统文化的深厚，妇女经济地位低下，一直不得不依附于家庭，没有权力参与社会管理和历史的进程，被限制在家庭之内，围着锅台转。"三从四德""男女授受不亲"的封建意识很浓，加之受国民党谣言"共产党共产共妻"的影响，妇女原本是革命中最落后最不积极的一个群体。为扭转局面，中共基于人民战争的方针和农村实际，非常注重发挥妇女的作用，把妇女解放斗争纳入到民族和阶级解放的进程中，女性便从社会的边缘被纳入了社会的中心。当然，妇女解放也基于中共的政治信念，"在任何社会中，妇女解放的程度是衡量普遍解放的天然尺度"①，但首先是其现实斗争的紧迫需要。其时，由于中共没有掌控国家政治经济资源，不仅要动员男人参军参战，而且其军队的所有给养包括军装军鞋，都需要女性的参与和支持。为此，中共首先积极宣传先进的革命思想，切实开展根据地的政权建设，打土豪、分田地，让长期受苦受难的农民得到实惠，感受到了当家做主的尊严，与国民党的统治形成了鲜明的对照，老百姓从内心里拥护共产党八路军。其次，放手发动群众，壮大人民武装。除了发展以男性为主的武装力量外，组织了以妇女为主的"识字班"②"妇救会"等组织，以调动女性参与抗战的积极性。

"识字班"的基本功能是针对没有识字能力的女性，对其进行扫盲的一种初级教育形式，当然"识字班"也兼有个性启蒙的功能，提倡婚姻自主、男女平等。"识字班"不仅教年轻女性识字学文化，而且学政治，传播马克思主义思想和共产党的政策法规，极大地团结和争取了年轻妇女，使之成为妇救会、党组织的得力助手。

---

①　《马克思恩格斯选集（第3卷）》，人民出版社1995年版，第411~412页。
②　"识字班"是抗战时期沂蒙山区青年妇女利用小学中午放学的空当，组织青年妇女去学习文化的午校，后来成为青年妇女的团体名称。现在沂蒙山区农村泛指未婚女青年。

　　"妇救会"是妇女救国会的简称，是共产党为发挥妇女作用，在沂蒙抗日根据地建立的妇女组织。当时的主要任务是拥军支前，组织妇女为中共领导的军队准备军鞋、军粮等军需物资，照顾伤病员，抚养八路后代，充分利用自身的优势团结广大妇女，奔走呼号，支援抗战。西方有位哲人曾经说过：一场动员起广大妇女自愿参加的战争，是必然胜利的。沂蒙山区的妇救会就是这样一支妇女组织，真正发挥了"天下兴亡，匹'妇'有责"的历史作用。

　　从1940年8月26日发表在《大众日报》上的《山东妇联总会工作纲领》来看，当时根据地妇女的工作范围包括：动员广大妇女参加除奸、放哨、送情报、侦察敌情、封锁消息、掩护部队等工作；每个妇救会员要成为动员及鼓励丈夫、儿子上前线的模范，帮助扩军；组织妇女战地服务团、工作队、女自卫队、慰劳队、洗衣队、缝衣队，切实做到帮助前方巩固后方，建立巩固的抗日根据地；发动广大妇女积极参加生产运动，以提高敌后农村生产建设，粉碎敌人之经济封锁政策；争取百分之二十五的妇女参加各级政权及各级参议会，彻底实行妇女参政权利；发展家庭手工业、农村副业、纺织业、开办各种合作社、小工厂、作坊等，以增加抗战生产及妇女之收入，改善妇女之生活，提高妇女经济地位；解除妇女大众的封建压迫（如缠足、穿耳等），在抗日高于一切的原则下，争取妇女抗日自由、婚姻自由，反对童养媳、纳妾、蓄婢、虐待妇女之行为；加强妇女之教育，提高妇女之学习热情及工作能力，以发扬艰苦深入实际的工作作风；开展乡村国民教育及社会教育事业，普遍开办妇女识字班、流动训练班、夜校、识字小组、读报小组等，以扫除文盲，提高妇女的文化政治水平；等等。

　　这些举措涵盖了军事、政治、经济、文化各个方面，在沂蒙山革命根据地得到了普遍实施，广大妇女在政治上、经济上、家庭中和社会上的地位随之有了根本的改变。她们不仅在拥军优属、扩军支前、生产备战中发挥了巨大作用，而且勇敢地破除各种封建观念和陈规陋习，使沂蒙人民的传统美德得到升华。妇女对于共产党及其八路军的支持，我们来看几个出自李存葆、王光明的长篇报告文学《沂蒙九章》的真实故事：

1947年5月12日下午，孟良崮大战迫近。汶河岸边东波池村接乡政府指令，于五小时内在汶河上架一桥，保证队伍准时通过。时须眉丁男，随军支前，耆老稚齿，离家避战，村中惟剩女娘青娥，就地待命。是年二十初度的乡妇救会长李桂芳，村妇救会长刘日梅受命后，聚集众姐妹计议，终于酿成应急良策。傍晚，一团人马进发至河边。团长见河上无桥，心如火灼。"架桥——"，忽闻李桂芳一声令下，众姐妹肩荷门板，旋即跃入河中，两姐妹一组，门板互衔，项背相望，一座"女儿桥"眨眼间合成，战士们跋前踬后，不忍涉足，李桂芳厉声呼道："时间就是生命！快！过桥——"团长一挥手，战士们捷身轻步踏上了人桥。水深流急，柔肩不堪负重，姐妹们咬紧牙关，岿然不动。一小时过后，一团人马全部从人桥上踏过，众姐妹上岸后，一个个瘫卧沙丘……孟良崮战役奏凯，人们发现，在这团人马所经途中的土坎上，石崖上，绝壁上，到处皆书有李桂芳、刘日梅的芳名……

莒南县洙边村"识字班"班长梁怀玉，生得娟秀娇媚，平素见人，脸泛红潮。在全村参军动员大会上，却一扫腼腆，出语激昂："谁第一个报名参军，我就嫁给谁！"她话语刚落，遂有一青年抢过"彩球"："我报名！"捷足先登者家贫如洗，年逾三十，其貌不扬。玉马铁鞍，本难匹配，村人感叹唏嘘。柔女一诺千金，彩凤随鸦。是日晚，壮夫靓女，长枕大被，永缔鸳盟……翌晨，村中有十余青娥送情郎奔赴沙场……临沭县曹村有位刘大娘，颇具"刺字于子背"之岳母风范。其长子参军，半载殉国，又送次子、三子从戎。次子、三子浴血伐寇，亦相继马革裹尸。生有五子的刘大娘，三忍丧明之痛，再送四子、幺子出征……而后，每逢区里召开参军或支前动员会，只消刘大娘往台上一坐，台下便群情沸腾。

蒙山脚下有老媪名郭云英，彼十六岁即搓麻绳做军鞋，至二十岁出阁时已做军鞋三百余双。当她欲将最后所做两双军鞋上交时，开国大典之礼炮已响彻京都，无人再收纳之。她遂将那两双军鞋携至婆家，珍匿篚底。她依旧企盼有朝一日队伍进村，再拱手送上深情一片。然其所居山村地处阴山之背，队伍再未路过。八十年代初，有文士进村搜征战争年月的民兵故事，大娘变拜托来者将那两双军鞋转送部队。来者捧物泪下，回肠九转。时过境迁，这两双军鞋已显古拙，但来者当即便窥得其特有之价值，遂将其呈送博物馆。博物馆已做革命珍物陈列……我们过访郭大娘时，见六十初度的大娘已腰弓背驼，瘦削的脸上挂有菜色。她掀起打着补丁的裤腿，双膝下两胫上，各有一条搓麻绳印下的亮剑似的疤痕……①

　　这就是小说中"红嫂"的成长背景："随着经济的翻身，文化也翻身了，妇女也得到了解放。她参加了识字班，又是秧歌队中舞蹈最活跃最惹人目的一个。"实际上，小说多次提到"红嫂经常想着少女时代的生活，怀念那些难忘的革命同志和战士们的亲切形象"，作为情节延续的动力。她对党、对革命、对解放军有着从心底发出的热爱，对阶级敌人"还乡团"有着刻骨的仇恨，这种感情是生活给予她的，是她接受共产党教育启发的结果。没有中共红色革命文化的传播，冲破几千年封建枷锁的束缚，沂蒙妇女的精神面貌不会发生巨大变化，也不会有"红嫂"关键时刻乳汁救伤员的惊人之举。甚至可以说，共产党若不解开压在妇女身上的枷锁，便不会有农村革命根据地的巩固和对战争的持续支撑。②

---

　　① 李存葆、王光明：《沂蒙九章》，作家出版社1992年版，第3页。
　　② 杨桂柱在《红嫂第一人明德英》一书中，结合人物原型明德英的事迹，对产生"红嫂"的原因探源比较朴实：第一，好善乐施、济危救命的人文观念是造就"红嫂"的原始动力；第二，博爱众生、慈母情怀的乡土人情是造就"红嫂"的道德基础；第三，爱憎分明、疾恶如仇的品格特征是造就"红嫂"的直接动因；第四，共产党人在沂蒙山区实践全心全意为人民服务宗旨的必然产物，沂蒙妇女感受到只有共产党才是她们的靠山和希望（党和八路军的教育）。

— 第二章 —

京剧《红嫂》及其演变

第一节 京剧《红嫂》的演出与影响

小说《红嫂》的发表，虽然引起了文坛的关注，在各地引起了强烈的反响，但作为一篇中篇小说，其分量毕竟有限，其影响远不及当时诸多的长篇革命历史小说，与作者的成名作《铁道游击队》相比也逊色不少。如果不是时代风云变化，中共文艺政策对于戏曲（剧）的挖掘和利用，小说《红嫂》绝不会有今天的知名度。

一、京剧《红嫂》诞生的时代背景

戏剧（包括话剧、戏曲和歌剧）和电影等在中共左翼文学中，是受到特别关注的艺术样式。一方面，戏剧等拥有各阶层的大量观众，尤其是那些不识字或识字不多的大众所能够和乐于接受的样式。另一方面，与小说、诗等的不同之处是，戏剧不仅是一种交流"工具"，它本身就是交流。作者、导演、演员集体创作并与剧场观众共同体验一种人生经验，合力构造一种想象的世界，接受者的参与表现更明显。因此，强调文艺对政治的配合和文艺的教诲宣传效用的革命文艺家，总是十分重视这种样式。① 尤其是戏剧这种工农大众的文艺形式，在 20 世纪 40 年代的延安文艺中是备受关注的。毛泽东提出对于传统戏曲（"旧剧"）改革的"推陈出新"的方针，1944 年他在给新编历史剧《逼上梁山》的作者的信中指出："历史是人民创造的，但在旧戏舞台上（在一切离开人民的旧文学旧艺术上）人民却成了渣滓，由老爷太太少爷小姐们统治着舞台，这种历史的颠倒，现在由你们再颠倒过来，恢复了历史的面目，从此旧剧开了新生面……"②

新中国成立后，毛泽东仍然重视旧戏新编，用旧的形式配合现实政治。在 20 世纪 50 年代以后，重视戏剧、电影的传统得到继续。到 20 世纪 60 年代初，随着文艺指导思想的"左"倾化，毛泽东越来越不满足这种旧瓶装新酒的做法，要求对旧戏实行从形式到内容的革命，他对中国文艺界的现状感到不满。1962 年 8 月，毛泽东在北戴河中央工作会议上提出："阶级斗争要年年讲，月月讲，天天讲。"1963 年 9 月，他在中央工作会议的讲话中对文艺界明确要求：反对修正主义要包括意识形态方面，除了文学以外，还有艺术，比如歌舞、戏剧、电影等等，都应该抓一下。要"推陈出新"，"陈"就是封建主义、资本主义、要把封建主义、资本主义推出去。"出新"，就是要提倡新的形式，旧的形式要搞新内容，形式也得有些改变。11 月，毛泽东又对《戏剧报》和文化部接连两次进行了尖锐的批评，他说：一个时期的《戏剧报》尽宣传牛鬼蛇神，文化部不管文化，封建的、帝王将相的、才子佳人的东西很多，文化部不管。要好好调查一下，认真改正，如不改正，就改名"帝王将相部"、"才子佳人部"或"外国死人部"。③ 可见毛泽东对当时文艺界的批评越来越严厉，以至于做出了两次批示。在 1963 年 12 月 12 日的批示中，他认为

---

① 洪子诚：《中国当代文学史》，北京大学出版社 1999 年版，第 163 页。

② 《毛主席于 1944 年在延安看了〈逼上梁山〉后写给杨绍萱齐燕铭二同志的信》，《人民戏剧》1950 年 4 月 1 日创刊号。

③ 薄一波：《若干重大决策与事件的回顾（下）》，中央党校出版社 1999 年版，第 1226 页。

"戏剧、曲艺、音乐、美术、舞蹈、电影、诗和文学"等，"问题不少，人数很多，社会主义改造在许多部门中至今收效甚微。许多部门至今还是'死人'统治着，许多共产党人热心提倡封建主义和资本主义的艺术，却不热心提倡社会主义的艺术"。在 1964 年 6 月 27 日另一次批示中，批评全国文联和所属各协会，以及"他们所掌握的刊物的大多数"，"十五年来，基本上（不是一切人）不执行党的政策，做官当老爷，不去接近工农兵，不去反映社会主义的革命和建设。最近几年，竟然跌到修正主义的边缘。如不认真改造，势必在将来的某一天，要变成像匈牙利裴多菲俱乐部那样的团体"。[①]

毛泽东的尖锐批评给当时文艺界的领导者很大的压力。中国戏剧家协会主席田汉表态：一切坚定地执行文艺为工农兵、为社会主义事业服务方针的戏剧工作者，都应该满腔热情地对待现代戏的创作演出。同时，中宣部、文化部向全国发出了关于 1964 年 6 月在北京举行"全国京剧现代戏观摩演出大会"的通知，以实际行动虔诚地接受毛泽东对文艺界的批评。[②]

二、京剧《红嫂》的创作与演出

为了参加"全国京剧现代戏观摩演出大会"，山东省文化部门决定先在全省举行京剧汇演，并直接点名在当时小有名气的淄博京剧团参加此次汇演。淄博市京剧团当时准备参加汇演的是一出关于地方地下党组织秋收暴动的现代京剧。后来，当时任文化局局长的陈荣卿拿来一本省文联主席刘知侠写的小说《红嫂》说：这部小说讲述的是沂蒙山一位

---

① 洪子诚：《中国当代文学史》，北京大学出版社 1999 年版。
② 大会进行了 6 轮近两千场的演出和分演，来自全国 19 个省区市的 29 个剧团，演出了《芦荡火种》《红灯记》《奇袭白虎团》《节振国》《红嫂》《智取威虎山》《洪湖赤卫队》《红岩》等 35 个剧目。

村嫂用自己的乳汁抢救解放军伤员的感人故事，反映了军民之间的鱼水深情。小说具有很强的时代气息，所以剧团决定排练《红嫂》一剧。这时离参加全省京剧汇演只剩下不到一个月的时间了，而且连剧本也没有。为了抓紧时间，《红嫂》六场戏剧本的写作选了六位作家来完成，每人创作一场，演员队伍也挑选了三组，分别排练，哪个组演得好就选哪一个组。这在淄博京剧团历史上还是第一次。经过一番认真的修改剧本和排练，杨淑萍最终脱颖而出成为"红嫂"主角。

京剧最讲究唱腔。负责《红嫂》唱腔设计的岳绪智，为了细致地表现剧中人物的性格特点，在张（君秋）派唱腔的基础上加入了其他流派的唱腔，而且在过门的乐曲中还穿插进了当代革命歌曲。剧中有一场戏表现的是解放军战士彭林在山涧里养伤时百感交集的场景，当剧情展现彭林想到战友们在前方奋勇杀敌、自己却不能为百姓做什么而心急如焚的情景时，按照京剧设计规律，音乐应该有一个过门。岳绪智大胆创新，不用传统的过门曲调，而把《三大纪律八项注意》的曲调加进去，结果效果非常好，把人物的思想、情感烘托得淋漓尽致。

通过20多天的紧张排练，在山东省京剧汇演中，淄博京剧团演出的《红嫂》一炮打响，与山东省京剧团创作的《奇袭白虎团》（"一红一白"）一起获得晋京参加"全国京剧观摩演出大会"的入场券。不少行家认为："这个戏取材好、立意新，为京剧旦角的表演闯出了一条路子。"

为了保证晋京演出成功，把《红嫂》打造成精品，1964年3月，山东省对《红嫂》进行了再加工。山东省文化局组织戏剧家、音乐家到淄博京剧团帮助修改了剧本和唱腔，组织著名导演尚之四、王杰、孟丽君帮助导演加工，还请小说《红嫂》的作者刘知侠介绍当时沂蒙对敌斗争的情景和军民血肉关系。这次修改使剧本大到结构，小到表演动作、唱腔设计、舞美灯光都上了一个台阶。著名的《红嫂》中心唱段

"续一把蒙山柴炉火更旺，添一瓢沂河水情深意长"就是这时增添的。①

同时山东省文化局还决定在全省挑两名演员来加强《红嫂》的力量，最后决定由梅兰芳的徒弟、青岛京剧团的张春秋饰演红嫂的 A 组，淄博京剧团原来饰演红嫂的杨淑萍作为 B 组参加观摩汇演。为了演出更加协调，又把周信芳的弟子、青岛市京剧团的演员李师斌调来演彭林。

1964 年 5 月底，淄博京剧团携《红嫂》抵京参加全国京剧大汇演。第一场演出在北京二七剧场，精彩的表演和感人的剧情，引得观众连连叫好。第二场在首都剧院演出的时候，刚从国外访问回来的周恩来自己买票前去观看，演出结束后，接见演员时说：这个戏的题材好，演得更好，唱腔的创新也非常好。并要求看一看淄博京剧团饰演的红嫂。第二天，在首都剧场专门为周恩来安排了由杨淑萍主演的《红嫂》。看后，周恩来专门召集《红嫂》剧团领导召开了一个座谈会，他说："两个红嫂各有特色。张春秋饰演的红嫂端庄大方，很有大家闺秀的气质；杨淑萍饰演的红嫂有生活，有沂蒙山人民的朴实。两个红嫂要相互学习。"座谈会上周恩来还就《红嫂》的乐曲、唱腔提出了意见和建议。剧团随后进行了反复修改推敲排练。每修改一次，周恩来都会看一遍，可见周恩来对这个剧的重视非同一般。某种程度上，《红嫂》的成功凝聚着周恩来的心血。

由于周恩来的大力推荐，全国京剧观摩演出结束后，1964 年 8 月，《红嫂》与《奇袭白虎团》剧组专程到北戴河为毛泽东、朱德等领导人演出。8 月 12 日，《红嫂》在北戴河亮相，毛泽东在观看过程中频频点头，当红嫂唱那段《熬鸡汤》的二簧慢板时，毛泽东停止了吸烟，手打着节拍体味着唱词与唱腔的含义。演出结束后，毛泽东同朱德等特地上台，同演员们一一握手，连道具工人也没落下。当握到"红嫂"张春秋的手时，毛泽东亲切地说："演得好，谢谢。"记者们拍下来这个

①　袁成亮：《党史博采（纪实）》2007 年第 2 期。

有历史意义的镜头，就是现在流行的毛泽东会见《红嫂》剧组的照片。第二天，《人民日报》等各大报刊，都在头版头条报道了毛泽东接见《红嫂》剧组的消息及照片。

在随后召开的座谈会上，毛泽东说："《红嫂》这台戏可用'玲珑剔透'来概括。剧本编写得细致，人物表演得细腻，充分体现了军民之间的鱼水情深。"座谈中，毛泽东还特别专业地提到《红嫂》的唱腔风格要有英雄人物的大家风范。《红嫂》选用的是张派唱腔，其中穿插了一句南梆子，毛泽东认为："京剧里南梆子是用来表现小家碧玉的传统人物，而红嫂是革命中的英雄人物，还是用西皮原板好。"剧中"熬鸡汤"一场戏开始用的是四平调转慢板转快三眼，毛泽东说："传统文戏四平调表现的还是小家碧玉，二簧慢板表现的则是大家气派的人物，还是用二簧慢板好。"可以看出毛泽东很内行，他希望把红嫂塑造成真正的革命英雄，而不是小家碧玉式的人物。由此，我们可以感悟到 60 年代革命现代京剧之所以能够成为一场运动的深层原因。时代在变化，舞台上的英雄人物也需要有全新的精神风貌。座谈会上江青对毛泽东说："这个戏演得太紧张了。"（或许是这个原因，江青在后来搞"样板戏"时，没有把《红嫂》作为"试验田"）毛泽东说："这个戏就该紧张嘛，还乡团回来了，怎么能不紧张？《红嫂》这出戏是军民鱼水情的戏，演得很好，要拍成电影，教育更多的人，做共和国的新红嫂。"显然，毛泽东不仅对能在演惯了帝王将相、才子佳人的京剧舞台上塑造出红嫂这样一位农村劳动妇女形象感到满意，对它能够发挥的艺术教育功能更为重视。

京剧《红嫂》终于走进了中共高层领导人的视野，并得到了认可。这是小说《红嫂》所不能达到的知名度。① 毛泽东的评价给了剧团很大

----

① 在全国京剧现代戏观摩演出大会上，京剧《红嫂》获文化部优秀剧目奖。一个地市级的剧团不仅誉满京华，而且蜚声全国。报名学习《红嫂》的院团，猛增到 56 个，创全国之最。就连全国著名的京剧表演艺术家关肃霜、赵燕侠、刘秀荣和吴素秋也慕名而来。

鼓舞，山东省将其作为省内重点剧目进行帮扶。为了提高节目质量，省领导又对许多角色进行了演员调整，把青岛京剧团的演员王玉瑾调去演刁鬼。1964 年，文化部根据毛泽东的指示决定将《红嫂》拍成电影，但几经周折，直到 1976 年 9 月《红嫂》（张春秋主演）才被八一电影制片厂搬上银屏，并改名为《红云岗》。

三、《红嫂》从小说到京剧的变与不变

《红嫂》改编成京剧，剧本一万字左右，全剧只有六场戏（本文指1964 年晋京演出本。由于不断改编，也有的版本是八场戏），比较精炼，是一个很结实的中型剧目。演出时间大约两个小时。剧本在叙事内容、主题思想和主人公红嫂的形象方面与小说基本一致，最感人的情节仍然是红嫂乳汁救伤员及冒着生命危险救护伤员。但在戏的主要矛盾冲突上和突出塑造红嫂英雄形象方面，比小说有很大调整，主要原因是贯彻毛泽东"千万不要忘记阶级斗争"口号、关于塑造正面人物的英雄形象是社会主义文艺的最首要任务的文艺政策。

（一）不变：乳汁救伤员

乳汁救伤员是戏的核心。上山挖野菜的红嫂发现昏迷中的伤员"头热似火烧，唇焦气短"，急需喝水，但"冷水不能救伤员"，"回家烧水路太远，又怕遇见还乡团。伤势严重不容缓，点滴温水把人难。哪怕只有一滴水，亲人的生命能保全。左思右想无主见……"百般无奈中，红嫂手抚胸脯，急中生智想到用自己的乳汁去抢救伤员：

奶！（向前几步，又难为情地站住，唱【散板】）——此事叫我好为难！

红嫂的迟疑是符合生活真实的，一个年轻的媳妇怎好把奶让一个外人喝，何况还是给一位年轻的男子！红嫂毕竟生活在"男女授受不亲"

的古训流播的齐鲁大地。然而沂蒙妇女的淳朴，救人一命的热心肠，对解放军的热爱，终于使红嫂霎时迈过了千道封建伦理的屏障，毅然解衣开怀：

　　我，这是想到哪去了！（唱快板）同志们为革命英勇奋战，穿枪林，冒弹雨，负伤阵前，亲人他为我们生死不顾。救亲人，还顾得什么羞羞惭惭！到此时我就该当机立断，（持水壶下场，少时，捧壶上，唱【散板】）只好是用乳汁抢救伤员。

　　剧中没有直接表现红嫂手托乳房喂伤员的场面，而是采取幕后挤乳进水壶，然后出来再喂的处理办法。这一艺术化的虚构，是小说作者刘知侠在初次改编京剧剧本时想到的。虽然有失红嫂的思想高度，但足以表明红嫂对革命的忠诚和对封建伦理道德的大胆突破，成为全戏最感动人心的一幕：中国革命正是有像红嫂一样无数女性不惜一切代价，以乳汁、鲜血和生命哺育人民军队的无私精神，才托举出一个独立自主的新中国。

（二）变化一：突出敌我矛盾

　　任何文本的生产与传播，都离不开特定的时代语境，《红嫂》的生产与传播也离不开特定时代文化语境的制约。那次戏剧观摩汇演虽然是在"文革"之前，但当时文艺上"阶级和阶级斗争"几乎是所有作品的主题。改编者认为，小说原作在表现红嫂救护伤员的整个斗争过程中，把笔锋集中在红嫂和丈夫吴二之间的夫妻内部矛盾上，二人除了救护伤员的态度不一致，还掺杂着对吴二封建思想的批判，忽略了敌我斗争是主要矛盾的客观事实，而红嫂和敌人的矛盾，又被集中在侮辱与反侮辱的斗争上，这样的描写损害了作品的主题，也损害了正面人物的光彩。因而，京剧本从提高主题思想和加强正面人物形象的要求出发，对原作所提供的两类不同性质的矛盾冲突重新做了调整，紧紧抓住和围绕着敌我矛盾的主线，展开四重矛盾斗争。

①红嫂救护伤员的行为，是在地主还乡团盘踞在村中、处于敌人严密监视和威胁之下展开的，尤其又是青纱帐落的秋天，活动不易隐蔽，红嫂和伤员随时都可能发生意外；②红嫂正是需要有人协助的时候，她因丈夫吴二却胆小怕事，不便马上把救护伤员的事告诉他，而吴二怕红嫂进进出出招惹是非，又从"内部"给她增加困难，使红嫂的处境更加艰难复杂；③家中的粮食被敌人抢掠一空，自己吃糠咽菜都成问题，到哪里弄饭菜给伤员吃？④敌人已经从各种迹象中判定伤员是红嫂掩护的，只是还不知道藏在什么地方，不便马上动手行凶，而红嫂这时还没能与山上的游击队取得联系，不能马上把伤员转移到安全地带，伤员和红嫂一家的生命危在旦夕。

这四重矛盾的解决，都是通过人物的言行来实现的，从多方面加强红嫂的行动，突出她热爱共产党、热爱解放军、忠于革命、敢于斗争、勇于负责的品质。为使主题更鲜明，强调从政治上揭露敌人的阴险和恶毒，改编者删掉了红嫂的丈夫吴二怀疑她有不正当行为的描写，不写他的封建思想，集中写他的政治态度。二人的冲突不是单纯的夫妻纠葛，而是一个有很高思想觉悟的贫农女儿与一个典型的中农的矛盾。同时，删掉了原作中地主还乡团小队长刁鬼垂涎红嫂的描写，并将他的身份由地主狗腿子改为地主分子，这是重大的改写。因为改编者认为原作写刁鬼垂涎红嫂和红嫂计毙刁鬼，虽然有戏，但玩"美人计"的格调不高，与主题的严肃性不协调，甚至把严肃的政治斗争庸俗化了。"革命的文艺，如果放松了从政治上揭露和打击敌人，企图从淫秽上做文章，那是很难激起人们的阶级仇恨的，最终也就不能不影响到整个作品的思想性和艺术性。"①

这样，剧本把戏剧冲突紧紧集中在救护伤员这件事情上，"立主脑，减头绪"，敌我之间展开了一场尖锐的斗争。红嫂舍生忘死、一心一意

---

① 丹丁：《从塑造正面英雄出发》，《人民日报》1964 年 8 月 17 日。

救护伤员，刁鬼穷凶极恶、挖空心思搜捕伤员，敌我斗争，针锋相对，你死我活，不可调和。而事实上，对于一个受共产党和解放军教育多年的根据地青年妇女来说，如果没有地主还乡团的监视和威胁，救伤员本是件平常事，红嫂遇到的困难，正是地主还乡团造成的，绝不是丈夫的落后思想作怪的结果（尽管也会造成一些困难）。原作用主要篇幅渲染吴二从落后到觉悟的转变，喧宾夺主，无疑不能"鼓舞人民群众的革命斗志"，影响教育效果。而"革命的文艺，应当根据实际生活创造出各种各样的人物来，帮助群众推动历史的前进"。①

（三）变化二：突出正面人物的英雄形象

首先是树立和突出红嫂的英雄形象。1962 年以后的文艺政策提出，塑造正面人物的英雄形象是社会主义文艺的最首要的任务，也是一切文艺创作的核心问题。对照要求，1961 年创作的《红嫂》小说虽然主题是好的，但红嫂的形象不够高大和突出，必须进行修改。为此，中共山东省委明确要求剧本修改要摒弃一切不利于正面人物的描写，努力加强和突出正面人物的英雄形象。红嫂的形象描写比原作有两个方面的不同。

一是突出红嫂的革命气质和英雄性格。红嫂一登场，便写她舍己为人，帮助生病的张大娘逃难。写她由于藏公粮及吴二贪恋盆盆罐罐、磨磨蹭蹭，才误了转移时机，被地主还乡团堵截回村。改变了小说中的叙述："由于孩子的赘手，又没有东西吃，更主要是吴二对敌人还存有幻想，因此转了几天，吴二就逼着红嫂带孩子回家了"。这一改，红嫂内在的革命主动性就有了。如第三场，重点表现红嫂对解放军伤员的关怀备至和机智勇敢。红嫂亲手杀了自己仅有的一只鸡，煮汤为伤员增加营养（原作是吴二杀鸡为红嫂催奶水），并满怀激情地唱道："点着了炉

---

① 毛泽东：《在延安文艺座谈会上的讲话》，《毛泽东选集（第 3 卷）》，人民出版社1991 年版，第 861 页。

中火，放出红光，青烟起火光闪闪，非同寻常。平日里只煮过，粗茶淡饭，今日里为亲人，细熬鸡汤。续一把蒙山柴，炉火更旺，添一瓢沂河水，情深意长。但愿他早日里，恢复健康，闹革命求解放，重返前方。"唱词颇有些浪漫色彩，既表达了对解放军的无限情深，又使红嫂带有蒙山沂水的地域特色，真实感人。红嫂煮好鸡汤之后，正要设法送给伤员的时候，刁鬼突然一步闯进家来。这时剧本安排的红嫂与刁鬼的对话很能表现红嫂的机智勇敢：

刁鬼（抓不着破绽，旁敲侧击）：吴二嫂，很忙吧？这几天也未见你出门？

红嫂（沉着地）：是队长没有看见，这几天我可是常常出去进来的。

刁鬼（紧逼地）：走亲戚还是走娘家？

红嫂（以守为攻地）：这两天还有闲心顾那些，粮食全都让人拿走了，出去拾把柴禾，剜点野菜，好过日子。

刁鬼（张口结舌。突然闻到肉香味，揭开锅盖一看，得意忘形地）：这锅里的"野菜"倒不错。又不逢年，又不过节，熬鸡炖肉地，舍得吗？

红嫂（反戈一击）：怎么舍不得，吃了也比让黄鼠狼子拉了去好！

这里红嫂对刁鬼的三问三答，语意双关，针锋相对，咄咄逼人，比起小说中写红嫂对刁鬼的纠缠假意逢迎、强作笑脸来，对于表现红嫂临危不乱、敢于斗争的英雄性格增色不少。

二是剧本为加强人物行为的可靠性，弥补小说中红嫂孤军奋斗的缺陷，把小说中只露过面的"穷苦老大娘"设计为张大娘，成为群众力量的代表和红嫂的助手。为了保持红嫂形象的完整统一，不写吴二的封建思想，也不把吴二写得过分落后（虽然小说的描写更有生活基础、更真实，他的家庭出身、经济地位决定了他的落后性，更符合毛泽东对中国社会各阶级的分析，但改编者认为，那样写忽略了吴二所处的典型环

境和时代背景，没有显出党的教育和革命斗争锻炼的作用）。吴二的转
变是这场戏的关键，团结一切可以团结的力量，决定红嫂能否把握对敌
斗争的主动权。小说中红嫂争取吴二的办法是简单"警告"的办法：
"伤员的事情，你已经知道了，咱可得说明白。你帮助不帮助是一回事，
你可不能破坏，害了伤员。如果由于你的动摇，伤员叫敌人捕去杀害
了，那么，咱们就不是夫妻，我们中间划了一条界线，那就是革命和反
革命的界线。那时，我们就各干各的。敌人一定会对付我。说实在的，
要是伤员丢了，我也没脸再见革命同志，我不会平白就此了事，我将和
他们拼了。到时候，你也脱不了身，敌人也不会饶恕你的！那一切都完
了！"这虽然表现了红嫂的革命坚定性，但毕竟没有体现红嫂的机智，
也没有体现夫妻之间的亲情。京剧《红嫂》则以动之以情、晓之以理
的办法促变：

吴二：（唱西皮快板）

果然是她把那伤员掩藏，

这件事倒叫我心内发慌。

孩他娘你可曾仔细想过，

被刁鬼知道了定遭殃。

红嫂：（接唱快板）

做此事担风险何曾不想，

更难忘解放军恩重情深，

军为民民爱军鱼水一样，

救同志脱险境理所应当。

吴二：孩他娘，你说的倒是不错。可我就怕——

红嫂：你光怕有什么用？要想不受那些坏蛋的欺负，就得想办法
对付他们。再说，俺藏伤员的事，看来刁鬼已经知道了，你就是不
管，刁鬼也不会饶过我们。我看现在只有一条路，赶快想办法与支书
联系上，一来可以救出我们的同志，二来我们全家也好借此机会一同

上东山啊。

　　吴二：（唱西皮散板）

　　孩他娘说的话真有远见，（转二六）

　　倒叫我心惭愧哑口无言。

　　夫妻成亲两年半，

　　二人处世不一般。

　　她办事说干就干真果断，

　　我是迁迁磨磨难难难。

　　我一眼看不到三尺远，

　　她是黑是白看得周全。（转流水）

　　对敌斗争她坚决勇敢，

　　我胆小怕事畏缩不前。

　　救伤员她不顾生命危险，

　　我不能替她分担，

　　反给她增加了许多困难。

　　罢！事到临头就得这样干，

　　孩他娘，救伤员我与你一同分担。

　　这样吴二态度的转变于情于理都比较自然，也通过夫妻对比烘托了红嫂的机智勇敢。小说和剧本都是吴二打死了刁鬼，但小说写吴二打死刁鬼完全出于个人利益冲突，因为刁鬼正在他的家里企图侮辱红嫂；剧本写吴二经红嫂教育提高了觉悟后，跟红嫂一起到山上接伤员脱离险境的时候，为了救伤员才打死了跟踪而来的刁鬼。这些调度和变化都凸显了红嫂的英雄形象，使之更丰满高大。

　　剧本的主题思想这样一来就更为突出了。红嫂的形象凸显了根据地人民对共产党和解放军的热爱之情，这是民爱军。为了突出军爱民，军民患难与共、生死一家的血肉关系，剧本改编了小说中把解放军战士彭林写成一个单纯的被救护者的角色，增添了一些情节和细节。如在第五

场戏里面，当彭林在红嫂的呵护下伤势开始好转时，他半屈着膝，用拐
棍在为救护他的亲人挖野菜。他从红嫂带来足够吃三天的干粮这个细节
中，发现了村里的情况正在恶化，就不顾自己的伤势严重，挣扎着要趴
回前线去：

　　彭林：（唱西皮快三眼）
　　这几日多亏了红嫂照应，
　　乡亲们爱部队情比海深。（看山下）
　　山脚下好村庄惨遭火焚，
　　听枪声还乡团又在杀人。
　　恨不得下山去杀敌雪恨，
　　怎奈我负重伤力不从心。
　　睡梦中曾几度冲锋陷阵，
　　醒过来独一人伫守山林。（望空）
　　猛抬头望雄鹰腾空穿云，
　　思首长想部队急坏彭林。
　　战友们在前方龙腾虎跃乘胜前进，
　　恨不能肋生双翼，
　　飞赴前线痛歼敌人。（剜菜）
　　……

　　彭林：啊！（唱摇板）
　　红嫂的话儿委曲婉转，
　　看得出她为我左右为难。
　　她强将实情腹内咽，
　　怕我听了心不安。
　　为救我她冒着生命危险，
　　我怎能让她全家受牵连。
　　我，我得走，（想起伤势，接唱散板）

我就是爬，也要返回前线。

尤其最后一场戏里，当刁鬼要摔死红嫂的孩子的千钧一发之际，彭林挺身而出，把敌人吸引过去，并趁势打落敌人的手枪，搏斗起来。这既展示了解放军战士彭林的英雄形象，又完整地体现了军民鱼水情的主题思想。

（四）变化三：突出表现现代生活的程式

京剧《红嫂》的成功，固然是因为主题鲜明，从政治第一出发，塑造了正面人物的英雄形象，但改编者没有忘记"我们的要求，则是政治和艺术的统一，内容和形式的统一，革命的政治内容和尽可能完美的艺术形式的统一"①，这样才能收到"团结人民、教育人民、打击敌人、消灭敌人"的战斗作用。京剧《红嫂》保持和发扬了京剧艺术的固有特色，从生活、剧本的主题和人物出发，合理地运用、革新和发展了京剧传统的表现方法，在唱腔、舞蹈、表演等方面形成了独特的风格。前面我们提到该剧在过门的乐曲中穿插进了当代革命歌曲，烘托人物思想感情就是一例。毛泽东对这台戏的"玲珑剔透"的概括，也主要是指艺术方面。

戏曲艺术主要是通过歌唱来刻画人物形象。张春秋的表演功底深厚，所扮演的红嫂，演唱朴实清新，在化用传统唱腔和程式动作方面表现娴熟。李师斌扮演的彭林更善于运用比较强烈的形体动作和内心节奏表现人物的情感。第二场戏的表演最为精彩。剧作者只为红嫂提供了30句唱词和几句短短的念白，而彭林只有五句唱词和三句念白（总共才五个字）。从红嫂上山挖菜写起，表现她恨地主还乡团横行无忌到盼解放军早日打回来，从发现野地上的血迹到找到伤员，从知道伤员口渴如焚到毅然用乳汁救伤员，这当中的愤恨、企望、关怀、焦

---

① 毛泽东：《在延安文艺座谈会上的讲话》，载《毛泽东选集（第3卷）》，人民出版社1991年版，第869页。

急、为难、果断和欣喜等情绪心理的发展变化，主要是通过唱腔表达出来的，听起来脉络清晰，感情充沛。第五场戏可以说是全剧的高潮。地主还乡团越逼越近，红嫂能不能教育吴二，使他坚强起来，和自己一道冲出险境救护伤员呢？红嫂最后下定决心，"只要救出彭排长，纵然是赴汤蹈火，牺牲性命又何妨。我一心只向共产党，遇困难更需要意志坚强"。这大段的歌唱表现了红嫂的革命责任感，也深深地感动了观众。演出收到这样一种艺术效果：观众会思考自己在此时此刻会怎么做，通过自己与红嫂的对比，从而实现文艺宣传教诲的功用。

第二节　京剧《红嫂》的改编与电影的拍摄

一、《红云岗》的拍摄

1964 年毛泽东在看了革命现代京剧《红嫂》后评价很高，要求拍成电影，教育更多的人，做共和国的新红嫂。文化部随之决定由上海天马电影厂将《红嫂》拍成电影，由青岛京剧团的张春秋、李师斌、王玉瑾分别饰演红嫂、吴二和刁鬼。没想到一波三折，一拍就是 12 年。1965 年电影导演傅超武带着《红嫂》主演们，先后多次到红嫂故事的发生地沂南县马牧池乡体验生活。1966 年初，《红嫂》剧组来到上海，试好镜头准备开始开拍时，"文化大革命"爆发了，电影停拍。①

1970 年，在江青下达了将《红嫂》改编成芭蕾舞剧的任务后，一

---

① 从 1966 年到 1970 年，全国各大电影制片厂几乎都陷于瘫痪，整个电影界都没有故事片的生产。观众能看到的电影除了"三战"（《地雷战》《地道战》《南征北战》）外，就只有新闻纪录片和科教纪录片。为贯彻毛泽东关于"大力普及样板戏"的指示，自 1970 年开始，八个"样板戏"电影陆续开拍，这样京剧《红嫂》的拍摄就被推后了。

心想在山东再出个"样板戏"（第一个是《奇袭白虎团》）的山东党政军领导，鉴于京剧《红嫂》本来就是该省的"土特产"，所以闻风而动，专门写了报告主动请缨，一方面要求在改编后重新排练，上演京剧《红嫂》，另一方面请求江青给予"关心"和"指导"。承蒙江青批示"同意"，山东省委特将这一改编排演任务，先交给了当年创作并首演这出戏的青岛市京剧团，同时要省京剧团对此予以全力支持。经过反复修改，1970 年《红嫂》剧组晋京演出，辗转于人民剧场、首都剧场、民族文化宫等各大剧场，每天都有演出，一待就是 11 个月。由于山东省委得罪了江青的干将于会泳等人，《红嫂》被江青冷落了很长一段时间。①

　　直到 1974 年，《红嫂》剧组并入山东省京剧院，剧组重新修改排练，新组成的剧组由山东省文化局局长宋玉庆主管，刘世勋仍任编剧，尹宝忠任导演，扮演红嫂的仍是张春秋，彭排长换上了较年轻的演员杨光刚。剧组按照江青"要改名，要脱开那个地方，原来作者有问题"（笔者注：刘知侠在《铁道游击队》里写了刘少奇）的"指示"，首先将《红嫂》改名《红云岗》，剧中"红嫂"改为"英嫂"，吴二改为郑英田，彭排长改为方铁军。1975 年 3 月，《红云岗》作为山东省晋京参加文艺调研的剧目，在京接受了江青的"审查"。又历时一年多的加工之后，于 1976 年 4 月正式投入电影拍摄。其间，周恩来、毛泽东先后去世，又经历了唐山大地震，电影拍拍停停，直到 1976 年 9 月才最终拍完。这距离 1964 年决定拍电影已有 12 年之久。张春秋感慨地说："刚接《红嫂》任务时我 38 岁，拍电影的时候已经 50 出头了，红嫂都

---

　　① 1972 年夏天，江青让于会泳、钱浩梁和刘庆棠三位"样板戏"干将到山东避暑休养，借此机会关心一下京剧《红嫂》，江青此时欲将《红嫂》扶植成"样板戏"。山东省革委会主任、济南军区司令杨得志亲自迎接，盛情款待。但于会泳三位从济南到青岛游山玩水，始终对《红嫂》的改编不置可否，还执意要上属军事机密的岛屿观光，在部队造成恶劣影响，也激怒了山东党政领导，济南军区遂将三人行为以"非常活动"之名上书中央军委。（戴嘉祊：《样板戏的风风雨雨》，知识出版社 1995 年版，第 220～223 页）

熬成红奶奶了！"可见"文革"时期政治人物对文艺指涉的程度。

二、《红云岗》的人物设计

作为第二批"样板戏"之一，《红云岗》其实就是"文革"版的京剧《红嫂》，核心元素大嫂乳汁救伤员没变，主题歌颂军民团结没变，但剧情和人物设计更体现了"文革"的政治意图和文艺观念，是图解阶级斗争理论的典型文本。人物形象更符合江青在《谈京剧革命》① 里的要求和"三突出"的创作原则②。

全剧七场戏，比《红嫂》增加了开头一场。剧本突出以阶级斗争为纲，帷幕一拉开，就展示了阶级斗争的尖锐情势："军民团结，消灭蒋匪"书写在红云岗上。这正是戏的主题所在。第一场戏，《珍藏军鞋》，英嫂家中珍藏着一双军鞋，上面就绣着"军民团结，消灭蒋匪"八个字。围绕军鞋拆或藏的冲突，让英嫂回忆她苦难的家史，揭示英嫂性格形成的原因。伟大领袖说过："世上绝没有无缘无故的爱，也没有无缘无故的恨。"英嫂爱解放军是有着深厚的阶级根源的。英嫂是沂蒙山区老革命根据地一个"进门背柴禾，出门挎菜篮"的贫农女儿。在旧社会，她一家尝尽人间剥削苦："忆当年我爹爹欠租难偿遭残害，我的娘被赶出门冻死荒野、霜盖雪埋，抛下我无家孤儿又被逼去抵债，皮鞭下度日月难熬难挨……"英嫂的出身类似《白毛女》中的喜儿。八路军进沂蒙雾散云开，使她苦尽甘来。新旧社会的鲜明对比，使英嫂具有了强烈的阶级爱憎。"心头凝聚爱和恨，手拨灯花做军鞋。军民情谊

---

① 1966 年 5 月 10 日，《人民日报》发表江青《谈京剧革命——一九六四年七月在京剧现代戏观摩演出人员座谈会上的讲话》指出，"塑造出工农兵形象，塑造出革命英雄形象，是社会主义文艺的主要任务或首要任务"。《红旗》杂志第六期为此发表题为《欢呼京剧革命伟大胜利》的社论。

② 《文汇报》1968 年 5 月 23 日发表于会泳的文章《让文艺舞台永远成为宣传毛泽东思想的阵地》，提出"在所有人物中突出正面人物来，在正面人物中突出主要英雄人物来，在主要英雄人物中突出中心人物来"的"三突出"创作原则。

深似海，针连线线连心怎能剪拆！"当乡亲们转移遇敌受阻时，她当机立断，提出了暂回村坚持斗争、找机会再奔东山的正确主张，表现了英嫂机智勇敢的性格和对敌斗争的"灵活性"。立意显然高于京剧《红嫂》叙述一家留下的原因是吴二贪恋盆盆罐罐而耽误了时机，为以后英嫂行动的展开作了铺垫，为突出英嫂的英雄形象设置了一个很高的起点：苦大仇深且机警勇敢。

后面的六场戏，剧本紧紧围绕敌我矛盾这场主线展开。从"珍藏军鞋"到"抢救亲人"，这是合乎逻辑的发展，围绕抢救、护理、掩护伤员的全过程，剧本安排了英嫂与刁鬼的四次正面冲突：①第二场中刁鬼带领还乡团挨家挨户搜查，闯入了英嫂家，英嫂沉着机智地应付；②第四场的"情深意长"中，刁鬼已把搜查目标集中到英嫂身上，面对敌人的一连串逼问，英嫂对答如流，反唇相讥，并将计就计地挫败了刁鬼"欲擒先放"的阴谋；③英嫂为伤员送完汤饭下山途中，发现刁鬼上山搜查，为了保护伤员，她改变了上东山找支书的计划，与敌周旋，引狼离山；④第七场，在刁鬼快要发现伤员藏处的千钧一发之际，英嫂拧哭孩子吸引敌人，并不惜牺牲自己和孩子的生命来保护伤员，斗争达到了高潮。在这不断激化的敌我矛盾冲突中，以敌人的凶残狠毒、阴险狡诈反衬英嫂的英勇顽强和一心向党，逐渐树立起她的光辉形象。

但这样英嫂的形象还不够高大夺目。"红花还要绿叶扶"，英嫂作为拥军爱党的代表人物，她的活动必须有广泛而深厚的群众基础，才能证明毛泽东"革命战争是群众的战争，只有动员群众才能进行战争，只有依靠群众才能进行战争"的论断。为此，《红云岗》安排了以下的情节：张大娘担着风险，为伤员敛集干粮，准备刀伤药；赵大爷在粉碎敌人的阴谋诡计中，献出了自己的生命；还有机智的小明，勇敢地挑起了传递信息、掩护红嫂活动的担子；胆小怕事的中农郑英田也在妻子英嫂的教育帮助下，挺起胸膛，走向了战斗前列……这些描写比《红嫂》中只有张大娘一个人，更能显示红嫂的榜样力量，也从侧面丰富了英嫂的英雄形象。

为了"在正面人物中突出英雄人物，在英雄人物中突出主要英雄人物"，戏剧在重点写民拥军的同时，也注意了军爱民这一侧面，用方铁军来烘托英嫂的英雄形象。剧中的方排长，是一个从小饱经风霜的放牛娃，"黄连树下长苦蒿苦度生涯，野菜充饥宿山林经冬历夏"，受尽了国民党的剥削压迫，是共产党把他救出了苦难深渊，把他培养成一个革命战士。"参军后时刻铭记党的话，与人民共患难骨肉一家"，这里想表明英嫂和方铁军是一根藤上的苦瓜，拥有共同的阶级基础和阶级利益。人民军队本来就是穿了军装的工农群众，军民关系本质上就是阶级关系，军民团结有天然的血肉联系。民拥军，英嫂唱出了"若不是同志们浴血奋战，像俺这受苦人怎把身翻？"军爱民，方铁军唱出了"看山下乡亲正受难，恨不能一步跨阵前痛把敌歼"。英嫂"豁上掉了脑袋"掩护方铁军，方铁军负重伤陷敌后睡梦中也想着把敌杀，为的是一个共同的革命目标，就是"迎来个新中国地久天长"。这样，一个20世纪40年代的革命文学故事由此演变成了70年代的政治宣言。正如华莱士·马丁所说：文学叙事后面"都有一部历史，以及一个对于未来的希望。我们每个人也有一部个人的历史，我们自己生活的叙事，这些故事使我们能够解释我们是什么，以及我们被引向何方"①。

综上，1964年的京剧《红嫂》，历经十年"文革"完成的《红云岗》，红嫂乳汁救伤员的故事完全"纯粹化"了——人物、情节被本质化、抽象化，每一个人物的意义都由他所属的抽象的阶级本质所决定。每一次演出，都是结合政治形势对毛泽东政治军事路线正确性的一次确认，甚至是对当时"两个阶级两条路线斗争"的影射。应验了克罗奇的那句名言：一切历史都是当代史。它是掌握国家政权的现代人对某一社会过程做出的带有"规律性"的"合法"解释。改名《红云岗》后，

---

① 华莱士·马丁：《当代叙事学》，伍晓明译，北京大学出版社1991年版，第2页。

演出是在 1974 年邓小平复出并主持中央日常工作之际。到 1976 年拍摄电影时，反击"右倾翻案风"开始了。《人民日报》社论认为，电影《红云岗》"是对党内那个不肯改悔的走资派污蔑社会主义'今不如昔'，革命样板戏是'一枝独放'等无耻谰言的有力批判！"① 有论者甚至把地主还乡团的"反攻倒算"与"反击右倾翻案风"联系起来，指出："《红云岗》通过艺术的典型向人民表述了一个历史的真谛：以英嫂为代表的千百万真心实意拥护革命的群众是革命事业坚不可摧的铜墙铁壁。一切搞复辟倒退的反动派都将在他们面前碰得粉碎——无论是当年的地主还乡团还是今天那些自命为还乡团的走资派！"② 但由于《红云岗》完成拍摄完成不久，江青等人就倒台了，所以《红云岗》的艺术成就和知名度远不如京剧《红嫂》，以至于该剧的唱腔没有一首能够流传开来。

第三节　京剧《情深意长》与京剧《红嫂》的新时期复排

随着"文革"的结束，"样板戏"也在艺术舞台上销声匿迹了。但 20 世纪 80 年代末 90 年代初以来，"样板戏"的一些经典片段唱曲又重新流行起来。北京、上海又陆续复排公演了整出的京剧《红灯记》《沙家浜》《智取威虎山》等，演出不仅场场爆满，而且创出了当时戏曲舞台上少有的连演百场的记录。这说明，抛开"样板戏"产生的背景和生产机制、意识形态外，它与当时的受众接受心理有某种契合之处，能够给他们带来审美享受和精神滋养，这或许是许多人所始料不及的。尤

---

① 鲁戈：《学习和运用革命样板戏经验的又一成果——评革命现代京剧〈红云岗〉中英嫂形象的塑造》，《人民日报》1976 年 3 月 27 日。

② 施苑：《在激烈的矛盾冲突中塑造无产阶级的英雄形象》，《人民日报》1976 年 3 月 28 日。

其是像《红嫂》所表现的主题，与主流意识形态相一致，成为市场经济条件下，进行革命传统教育不可多得的作品，因此它的复排得到官方的大力支持。

2000年11月5日，应文化部邀请，淄博京剧院晋京在长安大戏院演出了现代京剧《红嫂》。该剧以朴实的表演风格、优美的唱腔和丰满的人物形象赢得了京城戏剧界和广大观众的强烈反响。36年前看过《红嫂》的老观众说，《红嫂》又回来了。著名戏剧理论家郭汉成、中国艺术研究院副院长薛若琳等认为，淄博京剧团恢复演出此剧没有搞所谓的大制作，没有搞得满台都是木材钢铁，而是注重刻画人物，丰富了后面几场戏的内容，比原作有提高和改进，复排是成功的。11月9日，《红嫂》又在全国政协礼堂演出，中宣部、文化部的领导和上千名京剧爱好者一起观看了节目，时任宣传部长丁关根在会见全体演员时说，这是一部反映军民鱼水情、进行革命传统教育的作品，现在就缺少这样的作品。

2007年为参加山东省第九届齐鲁文化艺术节，淄博京剧院把《红嫂》改编成《情深意长》，在淄博和济南进行公演。这次改编，由于剧本充分发挥了中国戏曲大写意的表现方法，在美和情上下功夫，努力适应当代观众的审美观念，结果场场爆满，好评如潮。《情深意长》表演文武兼备，声情并茂，红嫂形象音乐以《沂蒙山小调》为元素，做到闻声知人。唱腔在继承传统的基础上，适当揉进现代的音乐元素及蒙山特色音调，高亢明亮，韵味醇厚。但这次改编也有不足之处：改名《情深意长》本身不如《红嫂》叫得响，品牌丢失了；服装道具唯美也有不真实感，如演员服装整洁如新，连伤员服装都一尘不染，血迹难寻；剧中重要的道具——熬鸡汤的炉灶，本应是泥制的，却看起来像陶罐，不真实。

2009年作为国庆60周年献礼剧时，又改回《红嫂》，在剧情、唱腔、舞美等方面均做了调整，全力打造精品剧目。

此次重拍避开了原版本"高、大、全"的影子，把红嫂还原成沂蒙山区普普通通农家妇女的形象，使其更具时代特色，符合现代人的审美标准。导演由淄博京剧团团长耿卫东担任，角色均由淄博京剧院的演员出演，红嫂由崔岐饰演，彭林由周庆孝扮演，吴二由马占波饰演。

把英雄还原成人，让他们更生活化。首先在人物处理上设计红嫂这个形象要战胜自我羞涩的心理，战胜自己丈夫的懦弱，战胜刁鬼残暴的行为，来细腻刻画红嫂乳汁救伤员的行为，是人性善举的体现。摒弃了过去过分政治拔高和"三突出"的创作原则。张大娘的戏份有所加重，加入给红嫂看孩子、给红嫂报信等情节。原版中伤员被发现时因为红嫂被跟踪，复排中红嫂的表现更机智一些，她与丈夫吴二一起设计让刁鬼中了支书的埋伏，支书带领着民兵与刁鬼的还乡团展开一场精彩的武打戏，吴二用镢头将刁鬼打死，使剧情更具戏剧冲突性。为体现一种视觉美，演员的服装风格化，红嫂的衣服不打补丁。

唱腔方面，继承传统大胆创新。基本恢复到 1960 年京剧《红嫂》的原貌，作为原版中最主要的唱段"我为亲人熬鸡汤"已经成为经典，戏迷耳熟能详，保留原肠腔不变。为了体现该剧的沂蒙特色，整场音乐以不断出现的《沂蒙山小调》的旋律来突出地域特色，唱腔顺畅柔美，与剧情、节奏、人物较准确地结合在一起，受到观众的赞誉。该剧荣获新中国成立 60 周年山东十大经典剧目奖。颁奖词说：一位沂蒙大嫂用乳汁挽救了生命垂危的战士，这一独特精巧的选材构思，将军民鱼水情做了具象与象征高度结合的表现。朴厚机智的英嫂形象，伴随着"点着了炉中火红光闪亮"优美旋律，穿过岁月，不停息地向观众输送着玲珑剔透、情韵悠长的温馨与美感。英嫂的质朴形象也成为山东大嫂的标志性形象。

时隔近半个世纪，《红嫂》缘何能够再度焕发出神采呢？首先，红嫂精神魅力永存。作为反映军民关系的主题，具有长久的生命力，因为军队作为共和国的钢铁长城，永远需要人民群众的拥护。它是用京剧反映老百姓爱护解放军、保护解放军较早的一出戏，在京剧表现现代生活方面是有突出贡献的，具有一定的历史地位。它能够超越特定的历史阶段而显示出永久价值和现实意义。文化传播是社会文化仪式和文化的生存与再生，正如 J. 凯利说道："传播的最高表现并不在于信息在自然空间内的传递，而在于通过符号的处理和创造，使得参与传播的人们构筑和维持有序的、有意义的、成为人的活动的制约和空间的文化世界。"①其次，以生活的真实表现主旋律，随着时代变化，常演常新。复排中以 1964 年演出为参照，真实地反映沂蒙山区百姓的真情实感，表演规范朴实，红嫂很像当时的农村大嫂。同时既丰富了红嫂的内心世界，力避正面人物概念化，也进一步开掘了刁鬼的内心世界，抛弃反面人物严重脸谱化的做法，使红嫂与刁鬼的冲突既有阶级冲突，又有人性冲突，人物形象丰满鲜活，令观众倍感亲切。第三，加强了名段唱腔，唤起了观众的记忆。复排时对"乳汁救伤员"和"为亲人熬鸡汤"等片段做了新的加工处理。如把喂奶过程艺术地处理在台上，当沂蒙小调响起，一束红光定格处理，产生了极其强烈的感染力。同时舞美设计上的创新和突破，给人以新鲜感、时代感。这表明，任何艺术品种只要不断更新自身的生命机制，以适应变化了的时代要求和人们的审美趣味，就会具有长久的生命力。

---

① 蒋晓丽、石磊：《传播与文化——文化视角下的传媒研究》，华夏出版社 2008 年版，第 74 页。

第三章

芭蕾舞剧《沂蒙颂》与"样板戏"

第一节 "样板戏"的形成

　　"样板戏"的全称为"革命现代样板戏"。关于"革命现代样板戏"的提法，最早发端于毛泽东。据周恩来在《京剧现代戏观摩大会上的讲话》（1964 年 6 月 23 日）回忆，毛泽东在 1962 年八届十中全会第一次提出了"要提倡演为社会主义服务的现代的革命戏"，1963 年又批判性地重申了这一态度："许多共产党人热心提倡封建主义资本主义的艺术，却不热心提倡社会主义的艺术，岂非咄咄怪事！"周恩来在同一讲话中又简称为"演革命的现代戏"，从此"革命现代戏"的名称就得到了普遍使用。

　　其实早在 20 世纪 40 年代的延安时期，毛泽东就对戏曲方向问题留下了两个纲领性文献：一是 1942 年为延安评剧院所做的题词"推陈出新"；二是 1944 年看了《逼上梁山》后写给杨绍萱、齐燕铭的信，提出"旧剧革命"的思想。毛泽东认为，戏剧小舞台就是政治大舞台的缩影，舞台是由什么人占领就是表现了世界属于什么人，历史是由什么人创造的。戏剧舞台上表现的都是帝王将相、才子佳人，都是封建主义的东西，而让工农兵登上舞台，真正成为社会主义的主人公，这才是戏剧作为政治服务工具的目的和任务。1942 年 5 月，《在延安文艺座谈会上的讲话》明确了毛泽东的文艺观和戏剧观，"为什么人的问题是一个根本的问题，原则的问题"，"文艺是从属于政治的，要使文艺成为整个革命机器的组成部分，作为团结人民，教育人民，打击敌人，消灭敌人的有力武器，帮助人民同心同德地和敌人做斗争"，"以政治标准放在第一位，以艺术标准放在第二位"。1951 年毛泽东又提出了"百花齐放，推陈出新"的方针。旧剧形式的艺术性加上反映革命性与人民性的时代内容，便是毛泽东提倡的革命现代戏。但是 20 世纪 60 年初，随着时局的变化，毛泽东对这种"旧瓶装新酒"的做法不满意了。1964 年 6 月中央工作会议上，毛泽东说："唱戏这十五年根本没有改，什么工农兵，根本不感兴趣，感兴趣的是那种封建主义同资本主义，所谓帝王将相、才子佳人。"① 开始考虑对旧剧实行从形式到内容的全面革命，从而掀开了突出创造新的文艺形式的"样板戏"的序幕。

那么"样板"一词何来呢？1965 年 3 月 16 日，《解放日报》上一篇署名"本报评论员"、题为《认真地向京剧〈红灯记〉学习》的短评中，首次出现了"样板"一词，文中写道：

……看过这出戏的人，深为他们那种战斗的政治热情和革命的艺术力量所鼓舞，众口一词，连连称道："好戏！好戏！"认为这是京剧革命化的出色样板。上海戏剧工作者更是争相传告，纷纷表示要向京剧《红灯记》学习。

这是"样板"一词最初见诸报刊。由于"样板"一词新颖别致，又契合了人们对这出优秀京剧现代戏赞美和欲作为学习榜样之意，因此"样板"一词当即被上海戏剧界圈内人所认同。1965 年 3 月 22 日，《光明日报》又发表了上海著名越剧艺术家袁雪芬赞扬《红灯记》的文章《精益求精的样板》，文章说：

---

① 戴嘉祊：《样板戏的风风雨雨》，知识出版社 1995 年版，第 19 页。

……看了《红灯记》，我进一步体会到要演好革命现代戏，首先要老老实实自我改造……中国京剧院同志们的辛勤劳动，为我们起到了样板的作用，我和上海的广大观众带着同样的心情向他们感谢！

这样，"样板"一词的影响也波及北京。① 1965 年《戏剧报》第 3 期，在《比学赶帮，演好革命现代戏》的通栏标题下，发表本刊评论员文章道：

我们希望，全国各地区各剧种，首先是那些古老剧种，都能够在毛泽东思想的光辉照耀下，在深厚的工农兵群众生活基础上，以艰苦的艺术劳动，创造出、锤炼出优秀作品、优秀演出，不仅为本地区本剧种树立起样板，并且赶上和超越《红灯记》以及其他优秀剧目，把整个戏剧战线上的比学赶帮运动一步一步地推向高峰！

1967 年《红旗》杂志第 6 期发表《欢呼京剧革命的伟大胜利》的社论，首次正式使用了"样板戏"的说法。社论指出：

京剧革命已经出现了一批丰盛的果实，《智取威虎山》《海港》《红灯记》《沙家浜》《奇袭白虎团》等京剧样板戏的出现，就是最可宝贵的收获。它们不仅是京剧的优秀样板，而且是无产阶级的优秀样板，也是无产阶级"文化大革命"各个阵地上的"斗批改"的优秀样板。京剧革命的这些辉煌成就像春雷一样的震动了整个艺术舞台，它意味着无产阶级的百花已经到了盛开的时节了！……

1967 年 5 月 31 日，《人民日报》发表题为《革命文艺的优秀样板》的社论，以党和国家舆论的官方定性，正式命名京剧《智取威虎山》《海港》《红灯记》《沙家浜》《奇袭白虎团》、革命现代舞剧《红色娘子军》《白毛女》、革命交响音乐《沙家浜》为八个革命样板戏。社论强调指出：

这八个革命样板戏突出地宣传了光焰无际的毛泽东思想，突出地歌

---

① 戴嘉枋：《样板戏的风风雨雨》，知识出版社 1995 年版，第 25 页。

颂了历史主人公——工农兵。它贯穿着毛主席为工农兵服务、为无产阶级政治服务的革命文艺路线，体现了"百花齐放""推陈出新""古为今用""洋为中用"的正确方针，做到了"革命的政治内容和尽可能完美的艺术形式的统一"，成为"团结人民，教育人民，打击敌人，消灭敌人的有力武器"。

从此，"八亿人民八台戏"，"样板戏"成为"无产阶级文艺的典范"，在中国大陆家喻户晓，深入人心。

"样板戏"的创作原则有两条。

第一条是必须坚持毛泽东革命文艺路线，反对"反革命修正主义文艺路线"，强调以阶级斗争为纲的"基本路线"，这是"样板戏"最具政治灵魂的部分。"两条路线"的斗争剑拔弩张，你死我活，最终在"样板戏"的胜利面前宣告了"反革命修正主义文艺路线"的彻底破产：

戏曲舞台上高高地竖起了毛泽东思想的伟大红旗，把被帝王将相、才子佳人所盘踞的舞台变成工农兵大显身手的舞台；把宣传封建主义、资本主义的阵地，变为宣传毛泽东思想的阵地。这是毛泽东革命文艺路线的伟大胜利……京剧革命的胜利宣判了反革命修正主义文艺路线的破产，给无产阶级新文艺的发展开拓了一个崭新的新纪元。①

这显示出"样板戏"的实质是"醉翁之意不在戏"，在于政治斗争的根本目的。

第二条创作原则是"三突出"（"三陪衬"）。"三突出""三陪衬"都源于毛泽东《在延安文艺座谈会上的讲话》，"你是无产阶级的文艺家，你就不歌颂资产阶级而歌颂无产阶级和劳动人民"，"也写反面的人物，但是这种描写只能成为整个光明的陪衬"。1964年江青在《谈京剧革命》一文中说："剧本还是要主题明确，结构严谨，人物突出，不

---

① 社论《欢呼京剧革命的伟大胜利》，《红旗》1967年第6期。

要为了每个主要演员人人来一场戏而把整个戏搞得稀稀拉拉的。京剧艺术是夸张的，同时一向又是表现旧时代旧人物的，因此表现反面人物比较容易，也有人对此很欣赏。要树立正面人物却是很不容易，但是我们还是一定要树立起先进的革命英雄人物来。"1968 年，《智取威虎山》剧组系统化为"三突出"原则。围绕"三突出"的具体操作规程是"三陪衬"：用反面人物陪衬正面人物，用正面人物陪衬英雄人物，用其他英雄人物陪衬主要英雄人物。"三突出"原则的核心是全力树立起无产阶级革命英雄的典型形象，并在革命队伍内部以主要英雄代表时代精神和历史的必然性，在敌我之间绝对压倒反面人物，从而在舞台上也突出对地主资产阶级的全面专政。"三突出"还被要求贯彻到各个艺术部门中去，在"样板戏"的全剧音乐中突出唱腔，乐队中突出民族乐器三大件（高胡、二胡、月琴），西乐中突出弦乐组（大、中、小、低提琴），从而使伴奏既有民乐滋味又有西乐厚度。与"三突出"守则相一致的还有"三个打破"，即打破唱腔行当、打破唱腔流派、打破旧有格式，坚持从人物出发，创作出刚健爽朗、朴素大方足以表现时代新人物、新思想的唱腔，一扫旧京剧那种妩媚的闺秀气、儒雅的书生气以及陈腐的宫廷味。按照江青的提法，唱腔设计上还需做到"三个对头"，即思想感情对头、性格气质对头和时代气息对头，反对旧京剧那种脱离人物、脱离时代精神的水腔和老调。①

这种创作原则在很大程度上是"中世纪式"的，事实上是企图严格维护的社会政治等级在文学结构上的体现。

芭蕾舞剧《沂蒙颂》的创作都严格遵循了这些原则。

第二节　芭蕾舞剧《沂蒙颂》的诞生

第一批"八个样板戏"宣布之后，培养"样板"仍在继续进行。

---

① 谢柏梁：《中国当代戏曲文学史》，高等教育出版社 2006 年版，第 201 页。

1970 年毛泽东发出要普及"样板戏"的号召，"样板戏"的创作和演出随之达到高潮。1970 年开始，北京、上海等地正式组织了较大规模的第二批"样板戏"的创排，1972 年 5 月在纪念毛泽东《在延安文艺座谈会上的讲话》发表 30 周年之际，第二批"样板戏"名单出炉：中央乐团的《钢琴伴唱〈红灯记〉》，中央乐团的《钢琴协奏曲〈黄河〉》，中国京剧院的"革命现代京剧"《红色娘子军》，中国京剧院的"革命现代京剧"《平原作战》（即《铁道游击队》），北京京剧团的"革命现代京剧"《杜鹃山》（初名《秋收起义》），上海京剧团的"革命现代京剧"《龙江颂》和《磐石湾》（即《南海长城》），中央芭蕾舞团的"革命现代芭蕾舞剧"《沂蒙颂》（即《红嫂》）和《草原儿女》（即《草原英雄小姐妹》）。这样，到 1974 年，"无产阶级培育的革命样板戏，现在已有十六七个了"①。然而，第二批样板戏总体艺术质量不能与第一批相提并论，只有京剧《龙江颂》《杜鹃山》、芭蕾舞剧《沂蒙颂》、钢琴伴唱《红灯记》、钢琴协奏曲《黄河》五个剧目尚可与第一批的艺术质量相媲美。②

一、《沂蒙颂》的前身：芭蕾舞剧《红嫂》

50 年代末，中共中央针对"大跃进"所造成的国民经济严重失调的困难局面，提出了"调整、巩固、充实、提高"的方针。中宣部 1962 年也发出了《关于当前艺术工作若干问题的意见（草案）》，对文艺政策微调，强调贯彻"双百方针"，特别强调批判地继承民族遗产和吸收外国文化。1964 年中央芭蕾舞团为迎接新中国成立 15 周年创演的革命现代芭蕾舞剧《红色娘子军》取得巨大成功，塑造了琼花和洪常青两个革命英雄人物形象，使擅长于表现外国王子、公主仙女的芭蕾语

①　初澜：《京剧革命十年》，《红旗》1974 年第 7 期。
②　戴嘉枋：《样板戏的风风雨雨》，知识出版社 1995 年版。

汇成为抒写无产阶级英雄人物成长历程的手段，振奋了中国芭蕾艺术工作者的创作热情。同一时期，上海舞蹈学校开始了芭蕾舞剧《白毛女》的创作，而北京芭蕾舞蹈学校（刚从北京舞蹈学校独立出来）则开始创作芭蕾舞剧《红嫂》，作为1965年应届毕业生的实习剧目。三部舞剧都在充满阶级对立和阶级仇恨的冲突中，讴歌了"军民鱼水一家亲"的军民关系，发挥了芭蕾舞长于抒情的艺术特点，深情的咏唱给观众留下了"声形并茂"的印象，"万泉河水清又清，我编斗笠送红军"，"大红枣儿甜又香，送给咱亲人尝一尝"，"炉中火，放红光，我为亲人熬鸡汤"都成为军民鱼水情的赞歌。

虽然芭蕾舞剧《红嫂》的创演没有《红色娘子军》和《白毛女》那样产生巨大影响而列为第一批"样板戏"，但"文化大革命"后期，中央芭蕾舞团在芭蕾舞剧《红嫂》基础上创作的《沂蒙颂》被列为第二批"样板戏"，也算是后来居上，因此芭蕾舞剧《红嫂》的改编之功不可抹杀。

①舞剧《红嫂》根据同名京剧改编而来，但京剧《红嫂》是一出唱功戏，靠唱腔和道白，情节表现得清楚细腻。芭蕾舞主要是靠舞蹈语言来展现剧情，把京剧《红嫂》的核心事件"乳汁救伤员"用直观的动态形象来表现是有很大困难的。如何把红嫂复杂细腻的心理活动用舞蹈语言传达给观众？作为舞剧首席男、女舞者的解放军伤员和红嫂不是夫妻也不是恋人关系，那么如何运用芭蕾"双人舞"的表演程式？这是改编中遇到的很大困难。改编者在处理这类人物关系的表现中形成了独特的结构模式，即舞剧的事件展开和人物命运发展不是以男、女首席舞者来共同担当，而是以红嫂一个人为内核来辐射——应对伤员、丈夫、刁鬼等各种人物。编导抓住红嫂救伤员、伤员感激红嫂、敌人抢走红嫂之子以逼其交出伤员等全剧的几个关键点，浓墨重彩，使人物形象鲜明突出，注意了艺术表现中抒情和叙事相结合的特点。

②将京剧《红嫂》中吴二的中间人物形象改为正面人物形象，舍

去了许多繁琐的教育说理的交代（也是舞剧所难以表现的情节），从而使情节和人物更加集中，以伤员遗留的军帽作为贯穿全剧的线索。

③根据情节所规定的时间、环境以及不同人物的性格去编舞蹈，避免为舞而舞的现象，力求赋予每一个动作以一定的内容。为此，舞剧演出删去了原来两段有损红嫂形象的舞蹈：一段是红嫂在家里拿着"支前模范"的舞蹈，避免给观众造成自我表扬的感觉；另一段是红嫂被刁鬼追踪而让另一个妇女穿自己的衣服把刁鬼引开，避免使观众产生红嫂嫁祸于人的感觉。这些探索对《沂蒙颂》的编演都是非常宝贵的经验。

④借鉴中国人喜闻乐见的歌舞结合的艺术形式。剧中增加了几段伴唱来烘托气氛，不仅加强了艺术感染力，而且缩短了中国观众与芭蕾这种外来艺术形式之间的距离。①

二、江青与芭蕾舞剧《沂蒙颂》的诞生

1970 年开始大规模创演第二波"样板戏"，江青给中国舞剧团（原中央芭蕾舞团）下达了将《红嫂》改编成芭蕾舞剧的任务，并指定刘庆棠负责。因刘知侠当时已被打成"修正主义分子"，江青还专门嘱咐："《红嫂》从内容到形式都要改好，要另起名，要脱开那个地方，原来作者有问题。"舞剧团迅速成立了由李承祥、徐杰、栗承廉、郭冰玲为编导，马运洪任舞美设计，刘廷禹、刘霖、杜鸣心任作曲的创作班子，在芭蕾舞剧《红嫂》基础上进行创演。

首先将剧名改为《沂蒙颂》，吴二改名鲁英，红嫂变成了英嫂，彭林变成方铁军，刁鬼变成了赖金福，符号化的精心命名凸显了创演时代的特定要求。创作组从 1971 年初到沂蒙山区体验生活，半年时间里六下沂蒙，走访了当年救护过解放军的大娘 100 多位，积累了丰富的创作

---

① 于平：《中国现当代舞剧发展史》，人民音乐出版社 2004 年版，第 89 页。

素材。为了使舞剧音乐具有山东地方特色，几位作曲家又去了胶东，对胶东的秧歌、民间小调及整个山东的戏曲音乐都进行了广泛搜集。在此基础上，创作组初步拟定了一个剧本框架，确定了剧中的人物、事件、情节梗概。音乐选择了清新优美、脍炙人口的《沂蒙山小调》作为主人公英嫂的音乐主题，舞美人员也根据当地风景绘出了布景小样。

《沂蒙颂》的编创排练紧张有序地进行。剧中英嫂由程伯佳饰演，方排长先由刘庆棠饰演，后改为青年演员张肃。剧情、人物在舞剧《红嫂》基础上再加工，尽力挖掘出适合舞剧表现的情节和细节，根据在沂蒙山体验生活的积累，按大型舞剧来创排。江青亲自审看了彩排后，从舞蹈、音乐、布景、道具到服装的颜色、补丁的位置，挑出了不少毛病。尤其是第二场，英嫂熬鸡汤的那场戏，对英嫂抓鸡、剥蒜、哄孩子等动作，做了具体细致的"演示"。江青最关键的意见是《沂蒙颂》的内容不够一出大型舞剧，存在结构松散、拖沓的缺陷，要求"有多长搞多长，不要贪大"。创作组根据江青的"指示"，重新进行了舞蹈和音乐设计，经过几次反复修改，最后形成了由序幕、四场戏和尾声组成的中型芭蕾舞剧。

1971年8月，《沂蒙颂》试验性演出。新华社、《人民日报》8月4日报道了江青等人邀请荷兰国际知名电影导演尤里斯·伊文思和法国电影工作者玛斯琳·罗丽丹，女作家韩素音和陆文星观看试验演出的情况。《沂蒙颂》的演出得到了江青的认可。

1972年初，《沂蒙颂》在北京天桥剧场开始了试验性公演，引起了很大的反响。究其原因，在"样板戏"盛行的年代，淳朴善良而又充满温情的沂蒙红嫂的故事，满足了观众对久违的人性之美的渴望。尤其是剧中的音乐，一反当时"慷慨激昂"的主调，以深沉、委婉、细腻而又有张有弛的情感抒发，将英嫂这个普通农家妇女的内心世界和情绪波澜作了淋漓尽致的刻画。由《沂蒙山小调》演化而来的歌曲《我为亲人熬鸡汤》不胫而走，成为人民挂在嘴边的抒情歌曲。[①] 剧中演唱这首歌的单秀荣，也像在芭蕾舞剧《白毛女》中领唱的朱逢博一样名声大振，成了备受公众欢迎的歌唱演员。[②]

北京试演后，剧组去山东等地巡回演出听取意见，所到之处一片赞誉之声。据编导李承祥回忆，在沂蒙山区演出的时候，老乡们搭起土台子，用盖汽车的油毡布铺在台上，除了一些小型道具外，英嫂做饭的炉子等都是从老乡家里现借的。听说首都的剧团来跳"脚尖舞"，乡亲们从十里八方赶来，崎岖的山路上有很多独轮车推着老大爷、老大娘前来看戏。山坡上站满了观众，创下了四万多人观看一场戏的记录。特殊时代的文艺政策和文艺活动，给沂蒙山人在穷困饥馑的岁月中，留下了一段至今抹不掉的破天荒的高雅艺术——"红色芭蕾"，不知是骄傲还是酸楚，许多过来人至今记忆犹新。

江青对自己所抓的这出芭蕾舞的成功很为得意。《沂蒙颂》1973年5月16日正式对外公演，多次到上海、广州等地演出，还出访过德国、奥地利等国家。1975年美国总统福特访华时应邀观看了这出舞剧。1973年底《沂蒙颂》获准进八一电影制片厂投入影片的拍摄，并在3个月后拍摄完成。但直到1975年5月23日，为纪念毛泽东《在延安文艺座谈会上的讲话》，展示文艺革命的新成果时才得以正式公映，这部精编版的《沂蒙颂》从此才真正进入广大观众的视野，给国人单调乏味的文化生活带来了一丝清新。铁凝的中篇小说《麦秸垛》描写村民和知青们看够了黑白影片《南征北战》《地道战》后，端村人花40块钱请来彩色电影《沂蒙颂》的场景，我们摘取片段看其传播效果：

电影很晚才开演，片名叫《沂蒙颂》，真是部带颜色的新片子。鲜

---

① 《我为亲人熬鸡汤》歌词：蒙山高，沂水长，军民心向共产党。心向共产党，红心迎朝阳，迎朝阳。炉中火，放红光，我为亲人熬鸡汤。续一把蒙山柴，炉火更旺。添一瓢沂河水，情深意长。愿亲人，早日养好伤，为人民，求解放，重返前方，重返前方。

② 戴嘉枋：《样板戏的风风雨雨》，知识出版社1995年版，第218页。

艳的片头过后，便是一名负了伤的八路军在乱石堆里东倒西歪地挣扎，一举一动净是举胳膊挺腿，后来终于躺在地上，看来他伤得不轻。

又出来一位年轻好看的大嫂，发现了受伤的八路军，却不说话，只是用脚尖捣碎步。后来大嫂将那八路军的水壶摘下来，捣着碎步藏到一大块石头后面去了，一会又举着水壶跳出来。她用水壶对着战士的嘴喂那战士喝，后来战士睁开了眼。人们想，这是该说句话的时候了，却还不说，两个人又跳起来。人们便有些不安静，或许还想到了那四十块钱的价值。

放映员熟悉片子，也熟悉端村人，早在喇叭里加上了解说。他说这部片子不同于一般电影，叫"芭蕾舞"，希望大家不要光等着说话，不说话也有教育意义。然后进一步解释说，这位大嫂叫英嫂，她发现受伤的战士生命垂危，便喂他喝自己的乳汁。战士喝了英嫂的乳汁，才得救了。"请大家注意，那不是水，是乳汁！"放映员喊。

"乳汁"到底使几乎沉睡了的观众又清醒过来。

"乳汁是什么物件儿？"黑暗中有人在打问。

"乳汁，乳汁就是妈妈水呗！"有人高声回答道。端村也不乏有学问的人。

那解释很快就传遍全坑，最先报以效果的当是端村的年轻男人。在黑暗中他们为"乳汁"互相碰撞着东倒西歪。

老人们很是羞惭。

那些做了母亲的妇女，有人便伸手掩怀。

姑娘们装着没听见那解说，但壕坑毕竟热烈了。①

可以看出，"芭蕾舞"这种高雅艺术虽然受到文化素质较高的大城市观众的欢迎，但对普通老百姓还是比较陌生，存在欣赏距离的。从不同人群的反映看，红嫂的大胆义举未必能够被理解，"教育意义"未必

---

① 铁凝：《麦秸垛》，作家出版社1992年版，第169～170页。

能够实现，倒是对那个禁欲年代的人们是一种人性的启蒙。这也许是《沂蒙颂》的编创者所未想到的。虽然是小说的叙事，但《沂蒙颂》公映时（1975 年）铁凝正在河北农村插队，应该是有生活体验的。朱寿桐认为，"样板戏的创作宗旨表面上是为工农兵服务，但根本的政治目标是为政治服务，为宣传服务，作教育民众、武装民众的思想武器"，"从而在艺术策略上完全不顾广大民众的欣赏习惯和接受心理"。① "准样板戏"《沂蒙颂》虽然思想和艺术上是成功的，但也存在没有考量普通百姓的欣赏习惯与艺术趣味的问题。

　　关于江青与"样板戏"的关系是一段很难厘清的公案。虽然许多"样板戏"在成为样板之前就已经存在，但是作为"样板戏"的扶植者江青有权对剧本进行选择、改编。在大部分"样板戏"中，女性形象普遍得到推崇。《沂蒙颂》是歌颂女性爱护解放军的，受到毛泽东的称赞，江青是知道的。"文革"再怎么混乱，军队没有乱，因为"钢铁长城"不能倒。《沂蒙颂》作为江青一手扶植的"准样板戏"，江青身份在红嫂角色上的投影是完全有可能的。戏剧是虚拟人生的演绎，过眼烟云式的镜像表演，戏剧人生实质就是梦幻人生，作为样板戏的扶植者，江青有可能将这种内心深处的隐秘欲望通过戏剧投射出来。话语是一种权力，话语权掌握在谁手里，决定了社会舆论的走向。福柯认为："权力是生产性的，它能够创造现实，创造对象的领域，包括能够按照自己的意愿来对主体进行规训和控制，从而产生所需要的、驯服的主体。"②

　　时过境迁，《沂蒙颂》的认识价值和审美价值不可抹杀。正如"样板戏"研究学者祝克懿所说，江青作为第一夫人及"中央文革领导小组"副组长，以超常的个人能量严重损害了中国的文学艺术。但大量的史料告诉我们，在毛泽东个人威望如日中天的"文革"时期，江青不

---

① 朱寿桐：《朱寿桐论戏剧》，江西高校出版社 2002 年版，第 208 页。
② 米歇尔·福柯：《规训与惩罚》，刘北成、杨远婴译，北京生活·读书·新知三联书店 2007 年版。

具备决定戏剧界文艺界乃至整个中国命运的能力，是毛泽东作为党的领袖以及他在党内的绝对领导地位和个人威望，具体而言，毛泽东以他的《在延安文艺座谈会上的讲话》以来的文艺观，宏观上也是客观上导引了戏曲现代戏的发展方向。平心而论，演员出身的江青，懂得一些艺术规律，加之她挂职为"电影指导委员会"委员、"中宣部文艺处"副处长，有机会大量接触国内外优秀的电影艺术、戏剧艺术，吸收了一些东西，所以有些意见有一定的参考价值。[①] 的确，江青老家是山东诸城，离沂蒙山区很近（甚至就在沂蒙山区范围内），农村生活的常识她还是有的，根据她的"指示"提炼的一些舞蹈动作，颇具乡土气息，也在情理之中。

第三节　芭蕾舞剧《沂蒙颂》的成就评说

《沂蒙颂》的成功，在很大程度上得益于芭蕾艺术，它是一门历来以女性为主角的艺术。《沂蒙颂》比较充分地利用了芭蕾舞女演员抒发情感的各种技能表现。2002 年出版的《新中国舞蹈史（1949～2000）》一书认为："《沂蒙颂》以革命斗争的现实题材为艺术表现的对象，塑造了一个朴实勇敢、真诚无私的山东老革命根据地的妇女形象。它是在《白毛女》《红色娘子军》之后用芭蕾艺术的形式反映中国人民现实生活比较成功的作品，演出后曾受到人们热烈的欢迎。就其舞剧艺术史上的价值来说，《沂蒙颂》剧在舞蹈语言上的创新是值得注意的。它们坚持从生活出发，选取典型动作，努力使观众一看就懂，同时又时刻注意其舞蹈造型之美。具体做法是，在生活动作的基础上，吸取民间舞与戏曲表演身段中有用的动作，同时和芭蕾舞的技巧有机地结合起来。《沂蒙颂》剧的舞蹈语言具有较明快简洁，表现力强，兼有生活美和舞蹈美

---

① 祝克懿：《语言学视野中的"样板戏"》，河南师范大学出版社 2004 年版，第 355 页。

的特点。"《沂蒙颂》的音乐中有大量的山东民歌素材，其中《沂蒙山小调》是英嫂主体音乐的基础，形象较为鲜明，在舞剧中较好地起到烘托情绪、塑造人物形象的作用。为了强调英嫂性格中刚强有力的一面，编者还选用了中国北方农村气息浓烈的板胡，作为演奏英嫂主体音乐的主奏乐器。这独具匠心的设计，在舞剧创作中收到了很好的效果。"①对于该剧的缺点，本书认为，整体结构按照"三突出"的原则去设计，创作存在公式化、脸谱化的现象。斗转星移，距离《沂蒙颂》创演三十多年后，作为专门为新中国舞蹈写史的著作，其评论无疑具有相当的权威性。

一、《沂蒙颂》剧情和人物形象塑造

芭蕾（Ballet）一词，来源于意大利语的 Ballare，意即跳舞；又来自古拉丁语的 Ballo 一词，意指在晚会上表演舞蹈；最后用法语的 Ballet 确定下来，并一直沿用至今。芭蕾舞起源于 15 世纪下半叶的意大利，最初作为一种简单的娱乐形式，由王公贵族在各种宫廷庆祝活动和宴会上亲自表演，因此也叫"席间芭蕾"。后在古朴民间舞蹈的基础上从一种游戏性质的舞蹈逐渐演变成一种具有确定风格、舞步与技巧的艺术形式，于 17 世纪后半叶走出宫廷，登上了舞台，开始成为剧场艺术。18 世纪下半叶，芭蕾发展成为独立舞蹈体，继而成为舞剧。19 世纪初，芭蕾艺术开始了从内容到形式的巨变，尤其是以"足尖舞"技术为代表的舞蹈语汇与交响乐为主题的创作思维臻于完善。古典芭蕾舞的主要特点：女舞者穿着有裙子的舞衣；一般都以童话传说或神话故事为题材；音乐多是舞曲或名曲，尤其是柴科夫斯基的芭蕾舞剧组曲；男舞者很多时候辅助女舞者做出漂亮的技巧动作。其中最有代表性的艺术经典

---

① 冯双白：《新中国舞蹈史（1949~2000）》，湖南美术出版社 2002 年版，第 75 页。

就是古典芭蕾《天鹅湖》。以至于在某种意义上，《天鹅湖》成为芭蕾舞的同义语，而"天鹅"则成为这门起源于宫廷贵族的舞蹈艺术的"形象大使"。

中国的舞剧创作始于新中国成立后。1950年诞生了最有代表性的两部舞剧作品，分别是由华南文工团创演的《乘风破浪解放海南》和由中央戏剧学院舞蹈团创演的《和平鸽》。虽然这两部舞剧都带有强烈的革命功利性和现实针对性，即响应世界"保卫和平大会"的号召，声援"抗美援朝"的反侵略战争，但它们也都追求表现的真实性和思想的鲜明性。特别是《和平鸽》，几乎聚集了新中国最优秀的编剧、编舞与作曲人才，被茅盾、光未然称作是我国大型舞剧的"第一次尝试"。如同光未然在1950年9月21日的首演说明书中所写到的："舞剧是现实生活高度的提炼。我们不能要求它把政治生活的概念，用简单化的方法翻译为舞蹈的形象。我们也不能要求舞蹈形象的创造，处处符合生活细节的真实。舞蹈的表现方法，最接近于诗，最接近于音乐的表现方法。我们首先要求的是感情的真实，即思想概念的血肉化……"《和平鸽》显然更多学习了西洋舞蹈的优点，而较少顾及当时国人的欣赏习惯，以至于引发了"大腿满台跑，工农兵受不了"的议论。[①] 直到1959年，新中国舞蹈创作10年后，才排演了具有中国风格的"民族舞剧"《鱼美人》，无论是主题结构还是舞蹈的表现手段，都达到了一个新的高度，避免了自然主义生活哑剧的机械呈现，为最终在黄土地上放飞自己的"红天鹅"积累了可贵的经验。60年代初，京剧现代戏改革使"古为今用"的文艺方针取得实绩，怎样用西洋艺术表现中国化的农民革命和阶级斗争故事，成为探索的焦点。1964年，由文化部、中国音协和中国舞协联合召开了"首都音乐舞蹈工作座谈会"，又称"三化座谈会"，提出了音乐舞蹈艺术应如何更加革命化、民族化和群众化的问

---

① 于平：《中国现当代舞剧发展史》，人民音乐出版社2004年版，第67~70页。

题。1964 年 9 月，改编自同名电影的现代芭蕾舞《红色娘子军》赴京演出。同年，从"新歌剧"走向新舞剧的《白毛女》试演成功。《红色娘子军》与《白毛女》是中国芭蕾舞剧发展的里程碑，两者虽然后来被定为"样板戏"，打上特定时期的政治标记，但由于广大文艺工作者的精心打磨，成为贯彻毛泽东"洋为中用"思想更深层次的实践，从内容到形式都具有鲜明的中国风格和中国气派，以其独有的中国特色自立于世界芭蕾舞艺术之林。《红色娘子军》在广州演出后，在广州市总工会举行的工人座谈会上，工人们发表观感："过去看《天鹅湖》，跳来跳去，不懂它什么意思；这次看《红色娘子军》看懂了，合工农兵口味"，"过去看《天鹅湖》，感觉轻飘飘、软绵绵；看了《红色娘子军》，斗志昂扬，激起阶级仇恨，鼓舞人心"。① 这说明《红色娘子军》迈出了芭蕾舞革命化、民族化、大众化的关键一步。

《红色娘子军》与《白毛女》对芭蕾舞中国化的贡献主要有三方面。

①从题材内容上完成了由神话叙事到民族革命叙事的成功转向。"无论是吴清华从个人复仇到寻求阶级解放的'冲出虎口'，还是喜儿饱尝家人惨死、白头度日地'走出山洞'，都是二十世纪二十年代沉重历史屈辱的重压下一个民族崛起的隐喻。其中所蕴含的主题不仅暗合了当代前期艺术创作的史诗性情结，而且巧妙地弥合了舞剧召唤结构与大众审美习惯的天然鸿沟，呈现出民族认同与自我认同的双向同一。"②

②揉进传统艺术表现技巧，革新了芭蕾舞蹈的表现内容、表现手段与表现风格。两剧在尊重芭蕾艺术表现规律的基础上，结合京剧艺术的身段步态，运用传统古典舞蹈技巧，一改芭蕾"独舞"与"双人舞"的纤弱品格与单一色彩，创造性地刻画了新颖刚健的艺术形象。

③以鲜明的音乐主题贯穿舞剧始终。音乐"通过对中国民间音乐与

---

① 《〈红色娘子军〉工人座谈会纪要》，《舞蹈》1965 年第 2 期。
② 惠雁冰：《"样板戏"研究》，中国社会科学出版社 2010 年版，第 117 页。

现代新音乐技法的借鉴，极大地拓展与强化了音乐的表现空间与表现能力，从而建构了以主题性、形象性与民族性为基本音乐内涵的新芭蕾音乐体制"①。

在一"红"（《红色娘子军》）一"白"（《白毛女》）被定为"样板戏"红遍全国六年之后，革命现代舞剧《沂蒙颂》于 1973 年 5 月 16 日正式公演了，成为探索艺术革命化、大众化和民族化的"准样板"。

作为一部中型舞剧，《沂蒙颂》由序幕、四场戏和尾声组成。序幕：乌云蔽山乡，转战打豺狼。1947 年秋季，沂蒙山区战火弥漫炮声隆。英嫂和乡亲们送别转战山冈的鲁英和武工队。国民党匪军官将解放军排长方铁军负伤后丢失的毛巾交给赖匪，命他三天内抓到伤员。第一场：乳汁胜甘泉，军民心连心。在孟良崮战役中身负重伤的解放军排长方铁军强忍疼痛追赶部队，终因伤重缺水而晕倒在地；来山里挖野菜的英嫂发现了解放军伤员，在无水可取的紧急状况下用自己的乳汁解救伤员；此时正逢还乡团头目赖金福搜查伤员，英嫂将伤员巧妙地隐蔽在山坳里。第二场：深夜熬鸡汤，军民情意长。英嫂回到家中，杀鸡熬汤准备为伤员补养身体，丈夫鲁英是武工队长，得知英嫂救了方排长，立即带人回来接应；赖金福认定伤员被英嫂藏起，闯进英嫂家逼问下落，英嫂虽遭毒打却守口如瓶；赖金福故意放松监管，乘英嫂上山探视伤员之际紧紧跟随。第三场：艰辛护伤员，英勇斗敌顽。方排长走出隐藏处进行晨练，英嫂和女友春兰冒险前来送鸡汤；还乡团跟踪而至，英嫂为掩护伤员而引开敌人。第四场：舍己救亲人，聚歼还乡团。还乡团将英嫂带回村子再行逼问，以英嫂的孩子相挟——不交出伤员就摔死孩子；危急之时，方排长挺身而出，宁可牺牲自己也要保护孩子；此时鲁英所率武工队赶到，一举歼灭还乡团，营救了亲人。尾声：红日照沂蒙，战士返前方。沂蒙山群峰巍峨，沂河村红旗招展。方排长满载乡亲们的深情

① 惠雁冰：《"样板戏"研究》，中国社会科学出版社 2010 年版，第 121 页。

厚谊，告别英嫂，重返前线。

显然，舞剧本比京剧本在情节和人物上更加集中。在京剧《红嫂》把吴二由胆小怕事、思想落后的中农改作正面人物的基础上，舞剧进一步改编为村支书和武工队长，成为英雄人物之一，使其兼备了原京剧中吴二和王支书两个人的角色功能。用解放军伤员丢失的毛巾代替军帽——敌人找寻伤员的唯一线索贯穿全剧，使整个戏的结构更加清晰和紧凑。由于《沂蒙颂》是以舞剧《红色娘子军》和《白毛女》为样板创演的，又是由创演《红色娘子军》的中央芭蕾舞团（当时改为中国舞剧团）来创作，所以在创作方法、创作原则和人物塑造上都体现了"样板戏"的特征，如"两结合"的创作方法、"三突出"的创作原则和典型化的人物塑造。

正如《人民日报》1975 年 4 月 22 日署名田牛的评论文章《军民团结的英雄诗章》所言："《沂蒙颂》运用革命样板戏的创作经验，把主要英雄人物置于典型化的矛盾和斗争中去刻画，使主人公英嫂始终居于矛盾的主导方面和中心地位，有力地突出了英嫂为掩护亲人解放军而赴汤蹈火的英雄性格，赋予英嫂形象以鲜明的时代特征。""革命样板戏的艺术实践证明，核心的问题是：必须把生活中的矛盾和斗争典型化。《沂蒙颂》在这方面提供的创作经验是具有典范意义的。它表现的是军民团结的主题，这个主题在许多以人民战争为题材的作品中都得到过反映，而《沂蒙颂》却写得比较新颖、凝练和深刻。这是因为，它在刻画主要英雄人物英嫂的形象时，运用革命现实主义和革命浪漫主义相结合的创作方法，对题材做了严格的开掘，很注意通过特定斗争环境中矛盾的特殊性，着力描绘和展示英嫂的性格特征和思想光彩。"由此可见，主流媒体所认可的是该剧以更新颖的故事、更典型的形象，再次验证伟大领袖"军民团结如一人，试看天下谁能敌"的正确论断。这也正是该剧主题的历史深度之所在，延续了大部分"样板戏"歌颂人民群众和军民团结的主题。"革命战争是群众的战争，只有动员群众才能进行战争，只有依靠群众才能进行战争"（毛泽东语），这是中国共产党取得革命胜利的宝贵经验。

英嫂的形象正是哺育着人民战士成长的群众的光辉代表。虽然剧中增加了许多意识形态话语，表演上存在公式化、概念化和"三突出"等程式，但按照福柯的话语理论，任何话语的产生都有它的权力基础。作为"文革"中诞生的准样板，"形式是作为内容来理解的"。① 抛开这一点，单从艺术形象看，无论是当时还是当下，它仍然是富于魅力、感人肺腑的，主要是因它来源于艺术的真实和演员的深切体验。当年沂蒙山"家家是医院，个个是护士"，类似红嫂的妇女何止成百上千，她们对人民子弟兵倾注了全部心血。这是创作组从半年多的生活体验中得来的真实素材。一个普通的农家妇女，敢于冲决千百年来旧的观念的束缚，用自己的乳汁抢救一个伤势严重的解放军战士，闪现出人性的光辉；为了保护子弟兵，宁肯牺牲自己的孩子，可谓气薄云天。所以，在众多反映军民团结的"样板戏"中，《沂蒙颂》挖掘的"人民的乳汁，战士的热血"的主题寓意更深刻。

从深入表现主题的需要出发，《沂蒙颂》提炼出了敌人搜捕解放军伤员方排长和英嫂等革命群众救护解放军伤员这一中心情节，围绕"搜捕与反搜捕"的行动，设置了救、养、护三个环节，使英嫂的性格特征和思想光彩在这场特殊的战斗中步步深化。先是救。这场戏从英嫂上山挖野菜发现血迹，到循血迹找到昏迷不醒、焦渴盼水的方排长，再到急切之中想到用乳汁救伤员，舞剧精心设计的"血—水—乳"三个层次相当细致，很有生活特色，形象地喻示了子弟兵是在人民群众的哺育下成长的。这里的救是主动寻找，不是偶然碰着，因为英嫂是从敌人的宣传中得知有一个解放军伤员藏在山上，以挖野菜为名上山有意识地寻找的。养是救的继续，又是在救的基础上的发展。熊熊的炉火点起来了，

---

① 杰姆逊：《政治无意识作为社会符号行为的叙事》，纽约康奈尔大学出版社1981年版，第99页。

英嫂把经过还乡团洗劫后家中仅存的一只老母鸡捉来杀掉，为亲人细熬鸡汤，一边还理着洗净的绷带。英嫂惦念着方排长的伤势，盼望他"早日养好伤，为人民求解放重返前方"，内心如燃烧的炉火，蓬勃炽热，情不自禁翩翩起舞。这里杀鸡熬汤等一系列动作都是英嫂自己完成的，抒发了英嫂对子弟兵的一片赤诚。从养到护，围绕着对解放军伤员搜捕与反搜捕的斗争，进入了关键时刻。面对敌人的严刑拷问、暗中跟踪，英嫂威武不屈，机智果断。在敌人摔死孩子的毒计面前，她不动声色，甘做牺牲，突显了英嫂敢于斗争的"硬骨头精神"。

舞剧通过这一系列的激烈矛盾冲突，凸显了英嫂光彩照人的英雄形象。对此，《人民日报》1975 年 4 月 22 日的评论指出："革命现代舞剧《沂蒙颂》遵循典型化的创作原则，在深化主题思想、突出无产阶级英雄形象方面，勇于实践，敢于创造，经过多次加工，为无产阶级文艺革命积累了新鲜经验，这是贯彻执行毛主席革命文艺路线的又一丰硕成果。"客观地说，这个评价除了政治口号过于外显，基本上还是属实的，艺术上是成功的。当然《沂蒙颂》的成功不光表现在主题和英雄形象方面，独具特色的舞蹈设计和音乐创作功不可没。

二、《沂蒙颂》中西合璧的舞蹈设计

舞蹈是一种视觉艺术。对于西方芭蕾舞剧来说，舞蹈是其最基本的表现手段，而主要人物的"独舞"与"双人舞"是最典型的抒情手段。抒情的内容主要是男女主人公哀怨彷徨的爱情心理，轻纱蝉衣与轻盈的足尖舞、双人舞使芭蕾呈现出朦胧抒情、飘逸柔美的审美风格。用西洋芭蕾艺术传达新的社会内容，塑造新的艺术形象，表现现代革命主题，既要尊重芭蕾的表现规律，又必须在援用芭蕾舞蹈基本语汇的前提下，进行舞蹈表现内容的扩展与表现风格的衍化。舞剧《红色娘子军》《白毛女》进行了大胆的创新，就是把我国民族民间舞蹈和戏曲中丰富的身段、手势和面部表情动作融化于芭蕾之中，尤其是融会了京剧的动作招式和表演技巧，民族化的特色十分突出。

《沂蒙颂》充分借鉴了这些经验做法。充分发挥舞蹈长于抒情的特点，为英嫂和方铁军两位主要英雄人物设计了"独舞"抒情专场。英嫂的舞蹈语汇和主要造型的设计，坚持从生活实际出发，吸取了芭蕾舞蹈的很多跳跃、打击动作，和山东胶州秧歌的肩背动作，融会了京剧舞蹈的表现手法和技巧，具有浓郁的生活气息和山东民间色彩。

如在"乳汁胜甘泉"这场戏里，英嫂挖野菜时发现了地上的血迹，又顺着血迹找到了解放军伤员，她立即摘下围裙为伤员包扎伤口，接着引出了"灭血迹、找水、喂乳汁"三大段独舞来展现英嫂的性格和思想。在"灭血迹"舞中，吸收了芭蕾舞脚尖"划圈"的动作，结合生活实际创造了用脚擦掉血迹的舞蹈，舞姿富有变化，时而用脚擦，时而用土掩，这种急速而细心的动作，表现了英嫂机敏和高度的警惕性。伤员伤重口渴昏迷不醒，英嫂忧心如焚，这里以英嫂大步"跑圆场""凌空越"、大跳和连续的"掖腿转"，表现她找不到水的焦急心情。从寻水到用乳汁救伤员是这段独舞的重心，舞剧以急剧的原地"脚尖碎步"、骤然倾身向前的"探海"和一再高举水壶连续强烈转身的动作，表现英嫂焦急地注视、倾听着伤员在昏迷中盼水解渴的呼唤。在她抚胸注视时，忽有所悟：啊，奶水可救眼前之急！顿时转忧为喜，眉舒目展，舞台气氛随之也骤然为之一变。英嫂双手高高托起灌注了乳汁的水壶，倾身瞩望伤员，这个"迎风展翅"的造型，稳定、含蓄，舒展传神，加上舞台上水光山色的渲染、歌声琴语的烘托，这一富于象征意义的行动光华四射，动人心弦，不禁使观众感到水壶虽小，重似千斤，滴滴乳汁浸透着英嫂和沂蒙人民对子弟兵的无限深情。

"深夜熬鸡汤"一场戏的独舞，以生活动作为基础，进行了艺术的变形夸张。用舞蹈说话，以造型传神，细致地刻画了英嫂为伤员细熬鸡汤的情节，这也是英嫂舞蹈形象的关键一环。这段独舞，开始用优美的脚尖慢板，描写她哄孩子睡觉，柔和宁静的舞步，以及漫不经心地拍打孩子的手和不时张望的眼神，表现了她耐心冷静的性格和焦急不安的心情。哄睡了孩子，她立即去捉鸡。"捉鸡舞"以灵活轻盈的舞步细腻地表现了英嫂追鸡、散米诱鸡和扑鸡的过程，完全是从生活中提炼出来的：当英嫂发现老母鸡咯咯叫着回屋以后，她谨慎地关上了门，以"足尖点迈步"迅速向前侧移，轻盈灵巧地围扑上来，之后以"猫跳式"和"跳卧鱼"的不同舞蹈动作两次扑捉未获，接着又用"足尖碎步"后退、撒米诱鸡近前的足尖舞蹈身段，最后捉鸡用了一个"大射雁"的造型。整段独舞的舞台调度舒展开阔，幅度很大，身段动作的轻与重、缓与急、大与小、高与低的对比十分强烈，显示了英嫂机敏的气质。她熬上鸡汤，舞蹈呈现出浓郁的抒情气氛，吸取胶州秧歌的身段、动作和芭蕾舞的脚尖旋转等技巧而创作的独特新颖的舞蹈，伴以沂蒙山风味的激情歌唱，载歌载舞，抒发了她对子弟兵的似海深情。舞蹈在一阵欢悦的"平转"之后，结束在一个深情远望的造型上。"深夜熬鸡汤"这场戏，从哄孩子、捉鸡到切葱、熬鸡汤，富有浓郁的乡土气息，亲切感人。在那"高大全"盛行的时代，正是这生活的真实赢得了观众的青睐，成为又一部具有"中国老百姓所喜闻乐见的中国作风和中国气派"的革命现代舞剧。

《沂蒙颂》还借鉴了《红色娘子军》对男性独舞的创造性改造。在芭蕾舞剧中，男性独舞是芭蕾舞蹈高技巧性的典型代表，讲究的是以弹跳动作为主的优美造型，传唱的是王子面临爱人远逝的惆怅与哀怨。《红色娘子军》第六场"踏着烈士的血迹前进"一幕中常青的独舞，在保留了芭蕾舞剧男性舞蹈必有的弹跳之外，进一步参照了京剧武功的表演技巧，面对众团丁的合围，洪常青纵身跃起，轮动双臂，以京剧招式"飞脚""骗腿"与芭蕾技巧"空转""平转""旁腿转"等动作在敌人头顶凌空翱翔，旋风般横扫刑场，后以京剧舞台程式"扬臂亮相"定格，创造性地塑造了势若长虹的英雄形象。《沂蒙颂》中解放军伤员方铁军的舞蹈设计借鉴了这一段，舞蹈语汇具有奔放有力、勇往直前的特征。第一场舞剧为方铁军负伤后追赶部队设计了难度很大的"独腿舞"，单腿"搓步"，跌倒又奋力站起的"绞柱""单腿跳转"，直到昏迷扑到后还用一个单腿立起、身姿向前的"迎风展翅"造型，展示了人民战士"永不停止前进"的精神风貌。第三场，利用方铁军在隐蔽处锻炼身体的特定情境为他设计了一大段"锻炼舞"，融合了京剧的武功、把子和芭蕾舞的跳、转等技巧。他展开双臂，纵身跃起，忍着伤痛，舞棍练枪，活动了几下就不得不坐下来揉摸伤腿，仍顽强锻炼。富有传统特色的"棍花"，威武豪迈的"变身跳""旁腿空转"等，描绘了他的热情和英勇。尤其当匪徒要摔死孩子的千钧一发之际，他突然出现在面前，脚蹬山岩，只手擎天，犹如拔地而起的一株劲松。他从敌人手中夺过孩子后，一步一步迈下台阶，以泰山压顶之势逼向敌人。这一尊威武的雕像，是方铁军英雄形象最典型的写照。①

　　与《红色娘子军》相类似，作为舞剧首席男、女舞者的方铁军和英嫂也不是夫妻或恋人关系。英嫂的丈夫鲁英在京剧中是胆小怕事者的形象，舞剧虽将其树为正面形象，却不能成为首席，因此，《沂蒙颂》没有作为男、女首席舞者合舞的"双人舞"，只在序幕中设计了英嫂送别丈夫鲁英的双人造型，作为对环境气氛和人物关系的交代。相比而言，剧中多人舞的设计更显生活性审美与民族化特质。第二场戏，写敌人深夜闯进英嫂家，发现炉上煮的鸡汤，立即对英嫂拷打逼问。这一段多人舞，英嫂以"抢旋子"等强烈的技巧动作，描写她被敌人摔倒又跃起，坚决反抗。她被打得遍体鳞伤，舞剧又以"凌空跃"等奔放的舞姿和怒视匪徒的挺拔造型，表现她的坚强无畏。最后当她被击中头部，即将昏倒时，她还顺手抓起菜刀高高举起，威慑匪徒。这一段改编，比起京剧中红嫂机智应付，巧妙地摆脱了敌人的监视，更能显示斗

---

① 洪毅达：《谈革命现代舞剧〈沂蒙颂〉的舞蹈艺术》，《人民日报》1975 年 5 月 13 日。

争环境的残酷及英嫂的反抗精神，也与当时的主流意识形态相一致：
"显示了无产阶级英雄人物的凛然正气和硬骨头精神"。在戏剧冲突达
到高潮，敌人以摔死孩子相威胁，逼迫英嫂交出伤员时，英嫂拢一拢头
发，昂首屹立，不动声色，以紧握双拳的大幅度跳跃和旋风般的"掖腿
转"等动作，蔑视群匪，怒斥敌人，甘愿承担最大的牺牲。当方铁军挺
身而出，宁愿牺牲自己不愿群众受伤害时，舞台上呈现出军爱民、民拥
军的热烈场面，英嫂率领群众像层层巨浪奔腾向前，保护方铁军，构成
了一幅"军民团结如一人"的主题图画。从《红色娘子军》《白毛女》
到《沂蒙颂》，三部舞剧虽然反映了不同历史时期革命斗争的步履，但
都是歌颂武装斗争和军民鱼水情的，它们所代表的中国芭蕾的根本追求
是"革命化"，是让无产阶级的英雄、让革命的工农兵成为舞台的主
人，成为芭蕾艺术画廊中的新人。民族化和群众化则是在中国革命现代
题材表现中的必然产物。虽然作为"准样板"的《沂蒙颂》问世比较
晚，但在"三化"结合上显然更成功。

三、《沂蒙颂》的音乐创作

舞剧中音乐和舞蹈是密不可分的孪生姐妹，它们互相配合，共同编
织出艺术的花朵。在西方传统的芭蕾舞中，音乐的表现力主要服从于场
景的变动、情节的转换，并不严格承担解读主题、刻画形象的特殊功
能。音乐内容与人物情感的对应关系并不直接准确，只是作为一种辅助
芭蕾舞蹈的情景形态。《红色娘子军》和《白毛女》成功地塑造出个性
独立的音乐形象，从而改写了传统芭蕾音乐的次生性地位，使音乐本身
直接成为流动性的文本与旋律化的舞蹈。

《沂蒙颂》的整个音乐，紧密地与舞蹈、戏剧情节相配合，成功地
塑造了英雄人物的典型性格，具有鲜明的时代感和民族特色。

①运用民间音乐素材和民族音乐的技法创造新的音乐形象。剧中主

要英雄人物英嫂的主调音乐，是运用沂蒙山歌《沂蒙山小调》① 的基本旋律创造出来的，告诉观众故事发生在沂蒙山，使英嫂的音乐富有浓郁的乡土气息。这个主调音乐虽贯穿全剧但随着剧情的发展而变化，按照感情、性格、时代感"三对头"的原则，进一步创作出英嫂的具体音乐形象。如当英嫂在挖野菜时意外发现血迹并循着血迹寻找受伤员时，音乐是用她的主调音乐的骨干音写成的，并在节奏上加以紧缩，表现英嫂警觉、疑问、紧迫、急促的心情。当英嫂终于在草丛中找到重伤的方排长之后又回转来擦血迹时，这段仍然以英嫂主调为基础的音乐，用了山东地方戏曲中"浪头"板式，"紧拉慢唱"，上面的主旋律拉宽，下面的衬托声部用紧凑、密集的音型加以伴配。这段音乐与英嫂机智、利落的擦血迹舞蹈结合在一起，声形相济地刻画出英嫂富有斗争经验的性格侧面。又如第二场中不仅歌曲《我为亲人熬鸡汤》质朴亲切，情景交融，而且英嫂巧妙地避开监视的敌人、深夜给伤员送鸡汤的那段舞蹈音乐，以板鼓的轮奏为主，用英嫂主调音乐的短促的骨干音加以配合，既突出了英嫂急切又镇定的神态，也描绘出了血色恐怖的环境气氛。②

②恰当地选用民族乐器演奏主要英雄人物的主调音乐，加强了舞剧的民族风格。英嫂的主调音乐基本上是用板胡演奏的，这种乐器刚柔相济，表现力丰富，音色清脆明亮，主要戏剧情节中担任英嫂主调音乐的主奏，十分恰当。如在英嫂给伤员喂乳汁时，板胡深情地奏出英嫂的主调音乐，竖琴用淙淙如甘泉似的音型加以伴奏，描写出英嫂看到解放军

---

① 《沂蒙山小调》是人们喜爱的一首山东民歌，它产生于抗日战争时期。那时，鲁南地区有个反动武装组织"黄沙会"，利用封建迷信愚弄群众，并且常常袭扰我山东抗日根据地。山东抗大一分校文化工团搜集到一首民间音调，填上词揭露"黄沙会"，这首歌名就叫《打黄沙会》。解放战争时期，沂蒙山区人民生活有了很大的改善，群众过上了温饱的日子，抗大一分校文工团的李林和阮若珊为这首热情的民间曲调填上了新词，歌唱共产党给沂蒙人民带来的幸福生活，很快就传唱开来。歌曲有四句：人人那个都说哎 沂蒙山好，沂蒙那个山上哎 好风光。青山那个绿水哎 多好看，风吹那个草低唉 见牛羊。高粱那个红哎 豆花香，万担那个谷子哎 堆满场。咱们的共产党哎 领导好，沂蒙山的人民哎 喜洋洋。

② 宇晓：《评革命现代舞剧〈沂蒙颂〉的音乐创作》，《人民日报》1975 年 4 月 22 日。

伤员得救时的喜悦心情。剧中解放军伤员的主调音乐是用管子演奏的，音质激情高昂，对于表现革命军人的形象很合适。剧中方铁军一出场，先出现了《三大纪律八大项注意》的音调，交代出解放军伤员的身份，木管奏出了伤员呻吟的哀调，接着是乐队合奏方铁军的主题音乐，豪放、豁达、深情、坚定，英嫂看到受重伤的方排长垂危时的音乐紧张而惊慌，加上铜管的呼号，把英嫂对子弟兵的爱护描写得如泣如诉。最后在庆祝胜利时用高亢明亮的唢呐领奏，把欢庆推向高潮，更符合中国人的欣赏习惯。

最后需要指出，歌曲《我为亲人熬鸡汤》（又称《愿亲人早日养好伤》）质朴亲切，情景交融，配合舞蹈，极其深刻地表现了"军民鱼水情深"的舞剧主题，达到了思想性和艺术性的高度统一，一直以来受到观众的喜爱并广泛流传，成为该剧音乐设计创新的佐证。

— 第四章 —

电影《红嫂》与新世纪沂蒙影视戏曲
中的"红嫂"形象

第一节 电影《红嫂》与新时期文艺政策

中共十一届三中全会确定了改革开放的政治路线，改革成为中国大地上的第一重大事件，"文革"彻底结束了，依仗着强大的社会思潮而逐渐兴盛起来的文学创作，也就有了相应的新的历史使命。在 1979 年 10 月召开的第四次文代会上，邓小平代表中共中央、国务院的祝词指出：执政党对文艺工作的领导，不是发号施令，不是要求文学艺术从属于临时的、具体的、直接的政治任务，而是根据文学艺术的特征和发展规律，帮助文艺工作者获得条件来不断繁荣文学艺术事业。周扬在《继往开来，繁荣社会主义新时期的文艺》的报告中也谈到，政治不能代替艺术，艺术不等于政治，不应把文艺同政治的关系狭隘地理解为，仅仅是要求文艺作品配合当时当地的某项具体政策和某项具体的政治任务。1980 年 1 月，邓小平在《目前的形势和任务》的讲话中明确表态，"不再继续提文艺从属于政治的口号，因为这个口号容易成为对文艺横加干涉的理论根据，长期的实践证明它对文艺的发展利少害多"。在此基础上，1980 年 7 月 26 日，《人民日报》发表了以"文艺为人民服务，为社会主义服务"为标题的社论，正式确认"文艺为人民服务，为社会主义服务"的"二为"文艺方针，推行了近 40 年的"文艺从属于政治，文艺为政治服务"终于退出了历史舞台。在 1984 年 12 月召开的中国作协第四次会员代表大会上，中共中央的祝词更提出了"创作自由"的口号："作家有选择题材、主题和艺术表现方法的充分自由，有抒发自己的感情、激情和表达自己思想的充分自由"，"我们的党、政府、文艺团体以至于全社会，都应当坚定地保证作家的这种自由"。①

新的文艺政策激发了广大作家的创作积极性，执政党纠正"文革"错误，否定极"左"路线，使作家们重新看到了国家和民族的希望。他们最初对"文革"进行反思、否定，揭发它的罪恶性，进而对现实社会中的种种弊病给予大胆的暴露，把满腔的政治热情和审视现实的批判目光结合起来。以高调的革命理想主义为修辞的激进的革命意识形态，遭到了人们的普遍厌弃，伤痕文学、反思文学和改革文学等应运而生，关注和解剖着当时中国社会各阶层共同的热门话题。尤其深受齐鲁文化影响的山东作家，坚守崇德尚仁和"志于道"的人文精神，针对改革开放中出现的新情况新问题，以强烈的社会责任感，抨击不良的社会风气，反映社会变革对人的心灵的冲击，作品表现出强烈的"文以载道"的道德忧患。王润滋在 80 年代初，一度成为文学界的"热门"人物，他的《卖蟹》《鲁班的子孙》等小说，触动了金钱利欲与人性道德的敏感神经，高扬道德批判和反思的旗帜，表达了王润滋捍卫传统道德理想的强烈愿望。小说《卖蟹》歌颂了卖蟹小姑娘不乘卖缺之机谋取高利的纯洁心灵；《鲁班的子孙》通过老木匠和小木匠父子两代人的矛盾，揭示了商品经济浪潮冲击下，传统的价值观念与新的价值观念之间的冲突，表现了作者希望"在为贫穷和愚昧挖掘坟墓的时候，不要将真

---

① 胡启立：《在中国作家协会第四次会员代表大会上的祝词》，《人民日报》1984 年 12 月 30 日。

善美也同穴埋葬"的愿望。同时期李存葆的《高山下的花环》则直面社会现实,直面人生,触及了社会的某些阴暗面和军内的不正之风,塑造了许多令人难忘的人物形象,引起了文坛和社会的轰动,单行本发行量达1100万册,李存葆因此名冠天下,被评为1983年全国十大新闻人物之一,沂蒙山区再次成为人们关注的热点。

一、《高山下的花环》与"红嫂"主题在新时期的延续

沂蒙山人为新中国的建立付出了巨大的代价,极"左"路线和十年"文革"同样给老区人民造成了深重的灾难。沂蒙山人没有过上为之期盼的好日子,但他们并没有抱怨,没有怀疑为之追求的理想信念,更没有动摇对党和人民军队的热爱和忠诚,而是"位卑未敢忘忧国",仍然像革命战争年代那样默默奉献,坚忍不拔,慷慨无私。以对越自卫反击战为背景的《高山下的花环》给人们心灵的震撼,顺应了当时"团结一致向前看"的主流意识和舆论导向。

《高山下的花环》写了一群喝沂蒙山之水或喝沂蒙"红嫂"的奶水长大的解放军战士。梁三喜是小说中催人泪下的英雄形象。这个沂蒙山的儿子为掩护战友而死,他淳朴宽厚,勇敢无畏,身先士卒。这还不足以展现他的胸怀,最能体现他质朴的军人胸怀的是他留给家人的欠账单和他的遗书。为了给生病的父亲治病,梁三喜欠下战友620元的账,在留给妻子韩玉秀的遗书里叮嘱一定要替他把账还上,"人死账不能死",还要求"切切不可向组织提出半点额外要求"。读者不能不为这个山东汉子的仁义诚信精神而动容,更令人敬佩的则是作者带着极大的人道主义情怀抒写梁三喜的母亲和妻子。梁大娘深明大义,妻子玉秀贤惠孝顺,她们在接到梁三喜牺牲的电报后,为节省费用不惜四天步行走到营地,遵从梁三喜的遗嘱,把抚恤金拿来还上借款。从她们身上人们再次看到了革命战争时期沂蒙红嫂默默无闻的牺牲奉献精神。正如冯牧在

《最瑰丽和最宝贵的——读中篇小说〈高山下的花环〉》中所写的：

　　作品里描写了一个小小的细节：连长梁三喜在作战牺牲时，留下了一张记账单。这账单本身，以及他的母亲梁大娘和妻子玉秀对待这张账单的态度，使我们看到了被塑造的感人至深的梁大娘，是一个出生于老根据地，对革命事业有着无比执着深情的劳动妇女。她和她的儿媳玉秀这两个人物，只是在作品的后半部，我们的主要人物梁三喜已经牺牲之后才出现在我们的面前。但是，我认为，这两个农村妇女的形象，是整个作品中描写的最感人的形象。作者用他简洁然而细致入微的笔墨，通过这两个人物，准确地、形象地体现了中国农村劳动人民身上所具有的那种最瑰丽和最宝贵的思想品质。有了这种品质，我们的人民就会永远坚强屹立在祖国的大地上，这种品质犹如曾经给赵蒙生以哺育的梁大娘的乳汁，将会永远给人们带来健康的营养，带来坚强的意志和力量。

　　这无疑是"红嫂"主题在和平建设时期的延续。

　　尽管小说也触及了社会和军队内部的许多值得思考的问题，如批评了高干夫人吴爽的蜕化变质，谴责了现实中的不正之风，但作者立意的重点还在于对沂蒙山人民奉献精神的歌颂，而且通过烈士留下的"欠账单"和历史上沂蒙人民对革命的贡献相衔接，与沂蒙人民所遭受的历史重负相融合，与沂蒙人民进一步的奉献相续接，十分耐人寻味。战争年代，红嫂为什么冒死救助解放军伤员？是因为共产党能让她们过上好日子，她们不懂得诸如"解放全人类"那么多的大道理。可共和国成立了30多年了，老区人民依然没有摆脱贫穷落后，烈士们留下的一张张"欠账单"令人揪心和不安。以至于白发苍苍的老将军迟浩田，1980年代重返沂蒙，看到面带菜色的老房东，依然低矮的茅草房，不禁号啕大哭，老泪纵横，直呼"我们对不起沂蒙山人啊！"

　　作品的这一反思，又是"红嫂"主题的深化：老区人民无怨无悔，一如既往拥军奉献，不讲究回报，很长一段时间内，他们被宣传着、表扬着，却没有给他们带来益处，他们为共和国所付出的与得到的过于悬殊，不能不引人深思。从"文革"中走过来的许多人有充分理由计较自己个人的恩怨得失，但与老区人民的得失比起来是微不足道的。历史掀开了新的一页，穷则思变，改革就是希望，"团结一致向前看"，重建精神家园，重新树立民族的自信心，向人民学习，以人民为师。《高山下的花环》以其鲜明的主题，唱响了时代的主旋律。在新中国成立35周年的大典上，"花环"的造型彩车作为全国文艺界的代表，缓缓驶过天安门广场，就证明了这一点。与同期中国女子排球队五次勇夺世界冠军，所展现出的"女排精神"——无私奉献、团结协作、艰苦训练、自强不息一起，成为激励国人在改革开放之初振兴中华的动力。

　　此后，也有出生于沂蒙山的作家对"红嫂"的主题价值提出质疑，目的是通过对发生在沂蒙地区的革命战争进行反思，实现对新中国成立后革命战争观的超越。出生在"红嫂"家乡的赵德发，1990年以短篇小说《通腿儿》而成名。何谓"通腿儿"？小说这样定义："通腿儿是沂蒙山人的睡法，祖祖辈辈都是这样。兄弟睡，通腿儿；姊妹睡，通腿儿；父子睡，通腿儿；母女睡，通腿儿；祖孙睡，通腿儿；夫妻睡，也是通腿儿，夫妻做爱归做爱，事毕便各分南北或东西。不是他们不懂得缠绵，是因为脚离心脏远，怕冻，就将心脏一头放一个给对方暖脚。"这既是一种在北方寒冷冬夜互相取暖的睡觉方式，也是因为穷置不起被褥，不过总有一种温暖的人情在里面。在本书第四章电视剧《沂蒙》里面，我们看到的都是这种睡法，李月就是靠与婆婆通腿拉近了感情，才成功营救了八路军首长的。赵德发对沂蒙革命历史题材的思考，不同于"十七年文学"的宏大叙事，他以民间视角规避了以往意识形态对沂蒙乡土历史、乡土生活的遮蔽，突破了既往革命小说中关于革命起源的种种固定化描述模式，把关注的目光从对革命英雄和革命理想的礼赞转向了对生活中普通人精神世界的发掘，去展示他们在革命战争中的个人体验、情感得失。在《通腿儿》风趣幽默的故事背后是沉甸甸的悲悯情怀和深刻的思想力量。

《通腿儿》描写一个战争年代两位失去丈夫的不幸女人由互相仇恨，成为在一个床上通腿睡、终生相濡以沫的亲人的故事。狗屎和榔头从小通腿儿，狗屎的爸妈通腿儿，榔头的爸妈通腿儿，狗屎和榔头通腿儿，娶了媳妇隔着一道墙小两口还是通腿儿；后来狗屎、榔头参军抗日，狗屎战死，榔头进了大城市，抛弃了榔头的媳妇，榔头媳妇就和孀居的狗屎媳妇通腿儿，直到老死。故事既蕴含着沉重的苦涩，也蕴含着温馨的人情味。这种先辈以通腿儿开始、后辈以通腿儿结束的叙事方式，其间人物没有获得什么新生与更新，有的只是一种简单的循环，让我们感到人物的一种无法超越过去的痛楚与无奈。这是个悲剧的历史，道德人物和不道德人物都是悲剧结局，作者在叩问历史将来究竟向哪里发展的问题。赵德发说："应该站在更高的制高点上，看待这方人民，应该更加远离阶级、政党、主流话语。再回过头看沂蒙山人，千百年来他们就像泥土一样地生活着，就那么不显眼地存在着，战争的车轮滚滚而来，一下子改变了他们的命运，他们像一块块泥巴样的被碾轧、被抛弃，有的去了高处，有的换了地方，有的还在原地不动，历史事件改变了他们的命运，但是战争的车轮碾过之后又怎么样呢，他们照样是泥土，还是一如既往地生活着，他们为共和国的诞生做了那么大的贡献，承担了那么多的责任，但与他们后来得到的过于悬殊，沂蒙六姐妹的命运怎么样，送郎参军的又怎样，红嫂，还有那许许多多的房东，基本都被遗忘了，好多都是在退休以后再回头寻找往日的温情，但是太晚太晚了。""希望中国以后彻底告别革命，再也不要暴力，再也不要那种天翻地覆的改朝换代，其实那是人民的灾难，一点点地改良，一点点地改革，平静地温和地将社会推进，也许这是我们应该走的道路。"①

这种"告别革命"的提法笔者不敢苟同，但作为"牢骚话"听一听也不无益处。事实上，我们从后来主旋律大片电视剧《沂蒙》里心

---

① 王万森、周志雄、李剑英：《沂蒙文化与现代沂蒙文学》，齐鲁书社 2006 年版，第 229～230 页。

爱和心甜的遭遇（一个的丈夫死了甚至始终也没有被认可，一个被丈夫抛弃了），就看到了狗屎媳妇和榔头媳妇的影子，甚至可以说《沂蒙》很可能借鉴了《通腿儿》的人物情节。《通腿儿》对榔头家的和狗屎家的两位女性之间的关心以及她们命运的描述，让我们感受到沂蒙山区下层民众之间温暖的情感；另一方面，榔头家的被遗弃的命运也让我们反思革命时期沂蒙女性的命运。沿着这个思路，《沂蒙》对沂蒙妇女解放的历程继续进行了探索，只不过其立意和人物境界都比《通腿儿》高，从民间话语叙事又回到了宏大革命叙事和主旋律上。

二、"红色经典"改编与《红嫂》走上银幕

20 世纪 90 年代，社会主义市场经济制度的确立，给中国社会和人们精神面貌带来巨大的影响，竞争逐利、等价交换等原则，在调动人民发财致富积极性带来经济繁荣的同时，也造成了追求享受和唯利是图等社会不良倾向，文化消费主义日益盛行。与此同时，文学的共鸣状态，被无名状态所取代。在商品经济大潮猛烈冲击了传统意识形态的格局，文学无法继续承担对社会理想的许诺和表达的情况下，文学的宏大叙事模式，转向更贴近生活本身的个人叙事方式。如此一来，虽然文学的景观丰富和多元了，但精英知识分子对社会理想或时代主题的淡化和个人立场的强化，使文学对时代与社会的承担功能显然弱化了，甚至个别作家转向极端化的个人世界，完全放弃了自己对社会所承担的那一份职责。

社会的重大转型期所形成的焦虑和空虚，导致了人们强烈的怀旧心理，同时主流意识形态也期望在完成经济转型的进程中，巩固和稳定国家话语，提倡弘扬时代的主旋律。于是，20 世纪 90 年中后期官方与市场联手推出了轰轰烈烈的新一轮"红色经典"热潮。虽然对"红色经典"一词的认知，学者有不同的看法，但大体公认的"红色经典"，是

以中国共产党领导下全国人民的国内革命战争和民族解放战争为题材的一批文学艺术作品，包括小说、诗歌、散文、戏剧、电影、音乐、舞蹈、美术等方面的作品。荷兰学者佛克马1993年在北京大学的学术讲演中专门谈到中国现代文学经典问题。此后"经典"一词在文学批评界和各种传播媒体之间扩散普及。顺应潮流，1997年人民文学出版社推出"红色经典丛书"，重印了20世纪五六十年代的一批长篇小说，包括《暴风骤雨》《太阳照在桑干河上》《林海雪原》《平原枪声》《野火春风斗古城》等，这系列丛书与90年代末市场上另两种文学选本，即谢冕、钱理群主编的《百年中国文学经典》，谢冕、孟繁华主编的《中国百年文学经典》三足鼎立，被文学界普遍认为是"红色经典"小说的源头。也有人认为是歌曲《红太阳》的走红，勾起了人们对历史岁月的记忆，导致文艺市场上"红色经典"大规模复出。"……红色经典在90年代中期（毛泽东百年诞辰之后）又逐渐出现在中国文化舞台上。这一次重现，开始并不是国家机器的推动，而是民间自发和新兴的商业性大众文化产业的合作。90年代初期，发行量惊人的《红太阳》革命歌曲新唱和卡拉OK，以及重新上演的革命电影和样板戏……给大众文化产业带来了巨大的商机。……这和红色经典在五六十年代诞生的时代有了巨大的差异。红色经典一诞生就一枝独秀，而四五十年后的今天，它的再造不过是中国文化多元多极状况中的一种不大不小的时尚而已。"① 无论如何，大量的"红色经典"被改编成电影、电视剧，让人们重新回到了过去那个"激情燃烧的岁月"，体会艰难困苦却又斗志昂扬的革命时代。它所蕴含的变革现实的热情和对未来充满希望的理想主义情怀，激发了当下人们的生存状态，因为社会无论怎么变化，人们总需要一些神圣的、崇高的、具有超越性的东西。

1997年《红嫂》登上银幕正是"红色经典"热潮推动的结果。红

---

① 刘康：《在全球化时代再造红色经典》，《中国比较文学》2003年第1期。

嫂的故事对观众来说并不陌生。中老年观众大多观赏过京剧《红嫂》或芭蕾舞剧《沂蒙颂》，对"续一把蒙山柴炉火更旺，添一瓢沂河水情深意长……"的唱词记忆犹新。青少年群体也通过小儿书对其有所了解。早在 1963 年，蓝翔根据小说《红嫂》改编成连环画《红嫂》，上海美术出版社两次印刷 35500 册，这是小说问世后最早的改编形式。1976 年，根据《沂蒙颂》纪录片改编的连环画，由人民美术出版社出版，发行两万册。1984 年由钱贵荪绘画的《红嫂》连环画，由上海人民美术出版社出版，发行量较大，画册共 102 页，故事情节基本与小说原作一致。这次由广西电影制片厂把《红嫂》搬上银幕，构建了《红嫂》从小说的文字空间、戏剧表演到影视视觉图像的全方位传播平台。电影时长近 120 分钟，编剧由刘知侠的爱人刘真骅和田金夫担任，女主角红嫂由中央实验话剧院演员金莉莉担任，红嫂的丈夫吴二由北京人民艺术剧院青年演员仇晓光扮演，解放军伤员由北京电影学院三年级学生向能扮演，著名"反角"刘江在片中出演还乡团李老爷。

改编基本上忠实原著，抛弃了京剧和舞剧改编中"高、大、全"形象的设计，返璞归真，把红嫂还原为一个普普通通的沂蒙山农村妇女的形象。剧中人物安排上，把小说中只出现一次没有姓名的老大娘设计为王嫂，并且兼任村党支部书记，负责联系武工队为红嫂提供帮助，联系村里其他伤员，既符合情理，又突出了沂蒙妇女的作用，使红嫂英雄主义具有普遍性。剧中增加了王嫂带领妇救会的姐妹们（包括红嫂）肩荷门板跳入齐腰深的河中搭成"女子火线桥"的镜头，夯实了红嫂舍命救伤员的行动基础和群众基础。主题突出民拥军的小说主题，没有把击毙还乡团长李贵（刁鬼）的地点改到山上，还是在红嫂家中，主要矛盾冲突是红嫂和丈夫之间要不要救伤员的斗争。故事中的核心事件——乳汁救伤员没有使用道具水壶，而是红嫂情急之下解襟捧乳的直接展现，情感真实而又自然，普通而又崇高。另一件核心事件——为伤员熬鸡汤，是吴二亲手杀的鸡，夫妻二人熬好后都舍不得吃，吴二想让红嫂吃了下奶，红嫂想留着给伤员补养身体，这里丈夫对妻儿的爱和老区人民对解放军的深厚情谊，都刻画得非常细腻感人。

在中国当代文学史上，人情、人性问题是一个十分敏感的问题，在相当长的一段时间内，成了理论和创作的禁区。新时期文学最突出的变化之一，就是作家逐步突破了这一历史的禁区，敢于大胆地正视和表现人情、人性。"红色经典"虽然具有超越世俗日常生活的神圣性，但毕竟是对日常生活的典型化。用毛泽东的话说："世上没有无缘无故的爱，也没有无缘无故的恨"。吴二心疼自己的日渐消瘦的妻子和嗷嗷待哺的幼子，所以才眼里含着泪花把两只正下蛋的母鸡杀了，再说自己吃了总比让还乡团吃了强，他希望在战争的阴霾下保全自己的小家，因而才对还乡团头目李贵的刁难甚至侮辱一忍再忍，是合乎人性的。红嫂爱解放军是因为她参加了"识字班"，懂得了解放军是为穷苦人打天下的武装，而且打土豪分田地使他们过上了好日子，视伤员如亲人，所以才冒死相救。影片较好地处理了特定历史时期和特殊历史环境中人性和阶级性的关系，既努力显示了其特有的政治意味和艺术典型性，保持了原作的思想艺术特色，又贴近了生活实际，尊重影视审美规律，满足了受众的"期待视野"，使红嫂故事的价值和意义倍增。

影片《红嫂》比原作增加了一个人物——地主还乡团李老爷子，即李贵的父亲，由影坛著名反角刘江扮演，把还乡团对新生政权和解放军的复仇刻画得栩栩如生，为影片增色不少。这个角色设计不仅把地主和蒋匪一家、穷人和共产党的军队一家的阵垒分明的阶级关系表现得很清楚，增加了红嫂救伤员的难度，而且表明了封建地主势力虽老谋深算但已是强弓之末、老朽之木，使红嫂的人性之举具有了历史的进步性。影片在被蒋军抛弃的李老爷的哀求声"不能啊，不能啊……"中结束，颇具象征意义。改编不仅传承了"红色经典"承载的民族精神和意识形态，而且能够"站在当代人新的认识高度、思维水平和审美趣味上来审视社会与历史，把握其精神内核，对社会与历史现象做出当代性阐释"①。

第二节 "红嫂"元素与新世纪沂蒙红色影视戏曲

从本章第一节的分析可以看出，新时期的文学与政治的关系，虽然不像以前那样密切，但文艺的"二为"和"双百"方针表明文学不可能脱离政治天马行空，只是政治权力对于文学（文艺）的控制方式不同了，不再要求文学为特定的政治任务服务，但主流意识形态基于历史延续性和权威性的考虑，对"红色经典"的再造从来就没有停止过。"弘扬主旋律，提倡多样化"，官方不断地通过评比达标如"五个一"工程等方式表达政治诉求，引领时代精神。

"红色经典"的影视改编第一波是集中改编"十七年"革命历史小说，第二波是冯小刚电影《集结号》引发"军旅题材热"，第三波是新中国成立六十周年之际，无论是原创的红色影视剧，还是红色经典的影视改编，都掀起了新一轮创作播出高潮。由山东影视剧制作中心和中共临沂市委亲力打造的电影《沂蒙六姐妹》和电视连续剧《沂蒙》就是这个高潮的弄潮儿。

一、红嫂群像：《沂蒙六姐妹》

"红嫂"的元素不仅是乳汁救伤员、冒死护英雄，更是沂蒙妇女无私无畏、勇于奉献的博大胸怀和高贵品质，核心是牺牲和奉献。在残酷的战争环境中，有无数负伤养病和寻找部队的解放军战士，在沂蒙人民

---

① 杨新敏：《电视剧叙事研究》，文化艺术出版社 2003 年版，第 61 页。

的掩护下，一次次躲过敌人的"扫荡"和搜查，躲过各种危难和险局，在万分危急中转危为安。为了掩护人民子弟兵，许多沂蒙乡亲经受了敌人非人的折磨，甚至献出了宝贵的生命。红嫂的故事感天动地，但"红嫂"不单指一个人，"红嫂"是一个英雄群体，是历久不衰的文化象征与符号载体，浓缩了沂蒙老区女性群体支持革命、投身革命与献身革命洪流的深切情感和高度自觉。用乳汁救伤员的明德英只是这个群体中的典型代表。

与电影《红嫂》一样，以孟良崮战役为背景的电影《战争中的女人·沂蒙六姐妹》也取材于发生在沂蒙山区的真实故事，以著名支前模范"沂蒙六姐妹"的事迹为原型，抓住战争、家庭、女人做文章，凭借高超的艺术手法再次把军民鱼水情的主题表现得淋漓尽致，可以称得上是电影《红嫂》的姊妹篇。

沂蒙山区蒙阴县有个烟庄，烟庄有六个支前女英模，人称"沂蒙六姐妹"，她们是张玉梅、伊廷珍、杨桂英、伊淑英、冀贞兰和公方莲。当年她们都是十八九或二十刚出头的姑娘或媳妇，她们出身苦寒，有的是童养媳，有的是逃荒户的女儿。1947 年 5 月，孟良崮战役打响了，只有 150 多户人家的烟庄村，每天都有解放军从村子经过赶赴前线。部队进了村，需要安排食宿、筹备粮草、护理伤员。而村里成年的男子都随着解放军上了前线，连六七十岁的老汉也拄着拐杖给部队带路去了，家里只剩下妇女和孩子，"六姐妹"毅然挑起了村长的重担。她们把在家的村民组织起来，为部队筹粮草、烙煎饼、做军鞋。孟良崮战役打得最激烈的时候，"六姐妹"亲自往前线运送弹药。姐妹们手抬肩扛，冒着炮火地一趟趟地把弹药运到前线，她们压肿了肩膀，磨破了手，感动得炮兵直流眼泪。1947 年 6 月 10 日，当时的《鲁中大众》发表了题为《妇女支前拥军样样好》的文章，报道了她们的英雄模范事迹，高度称赞她们崇高的革命献身精神。现在她们的事迹陈列在孟良崮战役纪念馆里供后人瞻仰。

《沂蒙六姐妹》以真人真事为基础，熔铸沂蒙妇女的其他感人事迹，塑造了一个个鲜活的人物形象。战争从来没有让女人走开，她们做的虽然是一些支前的琐事，但奉献的却是无边的大爱。她们不仅支持亲人参军杀敌，自己担负起家庭的重担，在战事需要时也会义无反顾地奔赴前线，用柔弱的肩膀架起通往胜利的桥梁。作为向新中国成立60周年献礼的影片，不是把前线浴血奋战的将士当做主角，而是把这些战争阴影下的普通女性拍成影片的主角，把女人推向战争的前台，展现女性对于战争的理解和奉献，就是要告诉人们：共和国不仅是男人用枪杆子打出来的，同样也是女人用柔弱的肩膀扛起来的。该片独特的女性视角体现出一种超越阶级和地域属性的人文关怀和思想高度，荣获第十三届中国电影"华表奖"优秀故事片奖和优秀编剧奖。

（一）真实：感人至深的力量之源

影片由原国防部长迟浩田将军题名。迟浩田当年参加孟良崮战役时，是一名连指导员。在激烈的战斗中，他两次身负重伤，是沂蒙乡亲把他从血染的山崖上救下来，在简陋的农舍里，沂蒙大嫂用小米汤一勺一勺地将他救护，又冒着生命危险把他转移到安全的地方养伤。老将军就是《红嫂》中彭林式的战斗英雄，是这段历史的见证人。首映式上，老将军竖起了大拇指夸赞电影拍得好，好在真实地再现了沂蒙女性用血肉之躯支援前线的感人场景，他仿佛又回到了沂蒙父老乡亲们中间。的确，艺术只有真实才会震撼人的心灵。

本片编剧苏小卫深有感触地说："剧中几乎所有的故事都是真实的，当我去了沂蒙山之后觉得不能虚构，也不用虚构，有些细节你编都编不出来。"只要回归生活本真就足以催人泪下。影片成功塑造了沂蒙老区众多红嫂式的女性形象：坚强与内敛的春英，干练与大度的兰花，善良与优柔的月芬，倔强与执着的黑燕，委婉与聪慧的秀，憨厚与直爽的小鹤。她们性格迥异经历不同，却同样承受着战争的考验与磨砺。男人们都上前线了，留在后方的春英、月芬和她们的婆婆这些普通的沂蒙女性，为了支援前线，要在短短几天里不分昼夜摊煎饼、收马草、做军鞋，粮食不够了，毫不犹豫地拿出自家的口粮；自告奋勇去做担架队员，冒着敌人纷飞的炮火，用柔弱的肩膀在冰冷的河水中架起"火线桥"，让战士们踩着自己的身躯奔赴战场（这个经典镜头在电影《红嫂》中也出现过）。郝母道出了沂蒙山所有女人的心声："既不会开枪，也不会使炮，就是经熬。"一位哲人说过：一个人发动的战争，若能激起广大妇女的反对，那么这场战争是注定要失败的。换句话说，一场正义的战争，若能得到广大妇女的拥护，那么这场战争是注定要胜利的。

月芬是六姐妹的代表，她的形象贯穿始终，也最为典型。核心情节有三处。第一处是"公鸡拜堂"。因为新郎上了战场，大喜之夜，月芬和公鸡拜的堂。而最令人遗憾的是，与丈夫从未谋面的月芬因为支援前线上娘家借粮，错过了唯一一次与丈夫见面的机会。第二处是"月芬献血"。月芬和姐妹们参加了担架队，当医生说需要男人献血的时候，月芬几乎怒吼着喊出："你瞎了吗，我们沂蒙山的男人们都在前线呢！"这是月芬情感的释放，夹杂着多少心酸苦楚。第三处是"满门忠烈"。战争结束了，回到村里的月芬和嫂子，看到满门忠烈的牌匾没有大哭大闹，前来慰问的乡亲们也没有哭喊，有的只是沉默和集体下跪。此时无声胜有声，将影片情感推向制高点，观众无不被这种沉痛所震撼。战争给人们造成的伤害，没有人能够避免。60 多年前所发生的真实的一幕，诠释了战争的残酷，也诠释了沂蒙女性对和平生活的渴望。

（二）主旋律：用人性的音符弹奏

这部电影是典型的"命题作文""人物先行"，是向新中国成立 60 周年献礼片，无疑是唱响主旋律的作品。但它讲述的不再是劳动人民跟阶级敌人斗争的故事，甚至有意掩盖阶级性，强调人性，将宏大的革命题材分解成一个个小家庭来架构故事，审视历史，在感人至深、催人泪下的叙事过程中阐释主流价值观。学者尹鸿评价说："这是主旋律精致化精品化的一部影片，是最没有主旋律腔但很好地表达了主旋律精神的好电影。"如果说电影《红嫂》是一部纯粹的主旋律影片的话，那么《沂蒙六姐妹》则带有了一些商业电影的色彩。影片在保持了主旋律影片的教育和宣传意义的同时，又为它增添了许多娱乐元素，使它在发挥宣传教育作用的同时，也具有了较高的观赏性和商业价值。

　　除了上面我们提到的感人细节之外，编剧力求还原人物本来面貌，不拔高。影片中塑造了一个小说《红嫂》中"吴二"式的人物"四喜"就很有个性。四喜对拥军支前并不积极，但他爱恋妇救会长兰花。为获得兰花的好感，他参加了担架队去了前线，成为支前积极分子。他像千千万万的普通百姓一样，珍惜生命，厌恶战争，甚至有点"贪生怕死"，只求过"安生日子"。虽是一个次要人物，却给人留下的印象很深。同样，当兰花误认为四喜搭"火线桥"被河水冲走急得直跺脚，拼命地呼喊着"四喜"，激动地拥抱着一身泥水的四喜时，也展示了一个积极支前、不怕艰苦牺牲的妇救会干部柔情的一面。影片中秀的爹的形象也在不动声色中展现了伟大的人性之美。思想并不落后的他因为害怕残酷的战争夺取儿子的性命，他把大壮骗回家，锁进地窖希望儿子能躲过这场战争。这样的情节在以往的主旋律影片中没有出现过。后来儿子战死疆场，让人们悲从心来，具有了特别能打动人的人性之美。

　　影片的主旋律精神还表现在"唯美"，既有真实性又有观赏性。月芬等人对生活的渴望表现得很到位，虽然没有强调阶级斗争，但让人看了鼻子发酸，六姐妹的牺牲奉献都是有美感、有价值的。尤其是"红色"的恰当运用，象征了主旋律作品积极向上的政治倾向性。月芬始终的红色凝聚了她的梦想和火一样的情感，新房里的火红让人美得眩目。月芬和她那一身好看的红衣裳不停地出现在忙着摊煎饼、纳鞋的农院中，出现在筹粮备资的山路上，出现在炮声轰轰的战场上……影片中的月芬寻找丈夫的情节是最温情的，也是最悲情的，月芬身着红色嫁衣，奔跑在原野上，就像一团跳动的火焰，热情而又急切。"红色"成为主人公们的主基调，也是全片群众精神面貌的主基调。"这是一部包含诗意的电影，是一首讴歌沂蒙女性真善美的颂歌。"① 同时，红色，也寓意了月芬对于在战场上出生入死的丈夫的期盼和担忧。在月芬身上，影片作者寄予了对于沂蒙女性的同情，也暗示了她们爱情的悲剧。这种悲剧性在月芬最终等到丈夫的阵亡通知书时达到高潮。带有悲剧色彩的年轻女性和无法实现的爱情期盼也正是本片不可或缺的商业元素之一。

如果说从芭蕾舞剧《沂蒙颂》开始，红嫂形象的人性化塑造已经开始，那么后革命时期的红色经典塑造与文本生产，所面临的时代文化语境与革命时期已经迥然不同。革命理念主导的英雄化，开始走向平民化、人性化，从平民视角、日常生活角度展现普通沂蒙女性的真爱与唯美，是后革命时期红嫂文本的基本特征。②

二、"红嫂"故事扩展：电视连续剧《沂蒙》

一个故事再动人，讲次数多了也会感觉乏味。红嫂的故事流传了半个多世纪，差不多已是人人皆知。但是红嫂的精神没有过时，在构建社会主义核心价值体系的当下，恰恰为主流意识形态所青睐。怎样用人们喜闻乐见的形式进一步推广这种价值观，成为官方思考的问题。红嫂的故事被编成了差不多所有的艺术形式，因篇幅有限，唯独没有改编成电视连续剧。电视已走进了千家万户，是目前覆盖面最广的媒介传播平台，把小说《红嫂》拍成电视剧成了众望所归，于是电视连续剧《沂蒙》就应运而生了。

---

① 王坪：《〈战争中的女人·沂蒙六姐妹〉导演阐述》，《艺术批评》2012 年第 3 期。
② 魏本权：《沂蒙精神的生产与传播：以"红嫂"文本为中心》，《赣南师范学院学报》2012 年第 1 期。

如果把电影《沂蒙六姐妹》看作电影《红嫂》姊妹篇的话，42集电视连续剧《沂蒙》（根据同名长篇小说《沂蒙》改编）可以说是小说《红嫂》母本基础上的成长版或扩展版（由中篇小说扩展到长篇小说）。也属于新世纪以来"红色经典"改编的衍生文本，即以母本为基础，根据受众的审美需求而在主题思想、故事情节、人物形象以及媒介形式和传播手段等方面进行改编或重新设计的文本。[①] 与流行的衍生文本不同，《沂蒙》只是为宣传红嫂精神，在视觉文化时代主动利用先进的传媒手段，适应大众审美发展趋势而采取的重要传播策略。它没有请明星出演、炒作造势、镜头追求刺激、故事怪诞离奇等商业性包装，而是在对原有艺术元素进行拆解、提炼、重组加工的基础上，还原历史真实，突出时代精神，扩大传播效果。该剧坚持不用大腕明星坐镇，没有俊男美女闪亮登场，而是启用了一批刚刚走出艺术院校的演艺新人，从人物穿着、家庭场景到地理景观彻底还原了当时当地的原生态，以"扮丑"代替"饰美"。《沂蒙》通过对沂蒙山区马牧池村（红嫂原型明德英的家乡）于宝珍一家在抗日战争、解放战争的曲折经历的描绘，讴歌了沂蒙人民尤其是沂蒙女性的慷慨无私的奉献精神。小说《红嫂》里核心情节"乳汁救伤员"和"为伤员熬鸡汤"都在《沂蒙》里再现了。女主角于宝珍是《沂蒙》剧里最突出的人物，沂蒙妇女的典型代表，成为沂蒙红嫂的一个缩影。男主角李忠厚是个"老落后"，与吴二性格非常相近。由山东影视制作中心和中共临沂市委联合推出的电视连续剧《沂蒙》，再次将沂蒙红嫂的光辉形象搬上荧屏，让全国人民再次了解红嫂，感知红嫂精神。2009 年 11 月 27 日在中央电视台播出后，收视率一路攀升，获得电视连续剧收视率第二名，受到社会各界观众的强烈关注和热议，成为一部平民视角的主旋律大片。当下影响已经超过《红嫂》的各种版本

---

① 田义贵：《试论红色经典的传播效果》，《北方论丛》2005 年第 3 期。

了。这种传播效果归功于对大众传播"培养理论"的自觉运用。①

（一）电影《红嫂》与电视剧《沂蒙》情节、主要人物形象和主题对比

观看电影和电视的最大区别在于，前者是一种集体的仪式性和静观体现，是一种最大限度的审美体验过程；后者则是在舒适的且随时可能被打断观看的环境下一种"浏览"式体验，插播广告、遥控器、做家务等决定了受众观看的集中性和注意力不如电影，因此电视有"客厅文化"之称。电影《红嫂》情节集中，人物关系单纯，主题明确，不到2个小时的观看，受众就会被感动了。电视剧《沂蒙》长达42集，吸引观众必须靠故事情节、人物性情和价值取向，满足不同层次受众的审美趣味，才能取得受众对发生在沂蒙山的真实故事的认同感。

电影《红嫂》中的核心事件在《沂蒙》中再现的有：第23集，心甜给躲在山洞中的伤员小王送汤饭，由于小王伤势严重，挣扎中不小心把盛饭的罐子打破了，汤饭流了一地，焦渴中的伤员嘶喊着生命之水，而山下不远处日伪军正清剿，情急中心甜含羞地掀起衣襟，把鲜红的奶头塞进战士的嘴中。第26集，为了给八路军首长养伤，李月的婆婆把

① "培养"理论是大众传播效果研究的一个重要观点。它的基本观点是，社会要作为一个统一的整体存在和发展下去，就需要社会成员对该社会有一种"共识"，作为人们认识、判断和行动的共通的基准，社会生活才能实现协调。提供这种"共识"是现代媒介社会的一项主要任务。这个理论的代表人物格伯纳认为，大众传播不仅是现代社会的故事"讲解员"，而且是缓和社会各异质部分的矛盾与冲突的"熔炉"，在这个意义上它还是维护现存制度的"文化武器"，因此，大众传播在形成现代社会的共识方面，已远远超越了传统社会中教育与宗教的作用。作为"描述现实生活"的主旋律电视剧，其内容具有特定的价值和意识形态倾向，这些倾向通常不是以说教而是以"提供娱乐"的形式传达给受众，它们形成人们的现实观、社会观于潜移默化中。格伯纳还认为，传播媒介的这种"培养效果"，主要表现在形成当代社会观和现实观的"主流"，而电视媒介在"主流"形成过程中尤其发挥着强大的作用，它可以超越不同的社会属性，在全社会范围内广泛"培养"人们关于社会的共同印象（郭庆光：《传播学教程》，中国人民大学出版社1999年版，第229页）。一个时期以来，国家广电总局对"红色经典"改编的审查意见，以及对宫廷戏、潜伏剧等的清理规定，无疑体现了对这一"培养"理论的重视。

家中仅有的一只鸡杀了，给首长补养身体；为了掩护首长，她不惜以自己的生命换取首长的安全。第 36 集，在孟良崮战役中解放军要过河，心甜率领马牧池村的妇女扛起门板架起一座人桥，寒冷中牙齿咬破了嘴唇，大军过后一个个累瘫在河边上。

电影《红嫂》中没有的感人情节：日本鬼子逼迫全村老少指认八路军的孩子，在日本鬼子的刺刀面前，没有一个人说出实情，为了保护八路军的骨肉沂生，于宝珍宁可把自己的亲孙女宁宁交出来。为了保护八路军送来的奶牛，村民们不顾个人安危，在山下放枪吸引日本鬼子。大儿媳罗宁因为拒绝发表放弃抗日的声明被日本人残害。于宝珍不报私仇，共赴国难，抢救了曾杀害自己儿子和儿媳、后来又坚持抗战的国民党团长李继周。李阳为了信守爱的诺言，拒绝了团长的追求，毅然从荣军医院接回了伤残的孟奎等等。

不言而喻，这些生动的情节使《沂蒙》中的女性形象更为丰满。从政治身份看，电影《红嫂》中的主人公"红嫂"只是一个先进群众，而《沂蒙》中的于宝珍、心爱、心甜、李月、李阳等都先后加入了共产党，人物的立足点比较高，所以言行举止更有说服力。换言之，她们的形象没有被人为地拔高，是与她们的政治身份相符的：她们是普通的沂蒙女性，也是投身抗日和解放浪潮的革命者。

"沂蒙红嫂"的形象，作为中国战争史上一座巍峨的丰碑，已经成为中国女性拥军模范的象征，深深地铭刻在人们的心中，并以多种形式在神州大地上传颂。于宝珍是该剧的中心人物，一位对革命无私奉献的"沂蒙红嫂"、沂蒙母亲。大儿子为国捐躯，又把二儿子送上抗日战场，丈夫李忠厚死在支援前线上，最后又把小儿子送去抗美援朝。她和儿媳、女儿做军鞋、摊煎饼、救伤员、抬担架，抚养革命后代。于宝珍一家的经历真实再现了"一把米做军粮、一尺布做军装、最后一个儿子上战场"的沂蒙红色历史。

于宝珍的原型是"沂蒙母亲"王换于。在沂蒙根据地，不仅涌现出宁愿舍弃性命也要保护好革命军人的"红嫂",还有宁愿饿死自己的亲生骨肉,也要掩护和养育革命后代的"沂蒙母亲"。王换于生活在"红嫂"故乡沂南县,担任村妇救会长。她曾多次冒死掩护首长和战士,巧妙保护党的绝密文件,并受徐向前同志委托创办了八路军地下托儿所,她用自己的全副身心和生命悉心呵护着托儿所里的每一个孩子。有一天,她把一位烈士的孩子抱回家,含着眼泪对正在哺乳期的儿媳妇说:"烈士的孩子饿死了,就断根了;咱家的孩子饿死了,你还能生育。从今以后,你的奶水就让这位烈士的孩子吃,咱们的孩子就喂粗粮吧!"从1939年秋到1942年底的3年时间里,八路军地下托儿所的41名孩子在她及其家人的精心呵护下,得到了健康成长,而王换于的4个亲骨肉却因营养不良而先后夭折。王换于因而被誉为"沂蒙母亲"。《沂蒙》中于宝珍面对日本人要求交出八路孩子的威逼,宁愿舍弃亲生孙女,也不交出许部长的儿子沂生;大儿媳心爱不顾疾病可能会传染的危险,以一个母亲无私的爱日夜救护,终于从死神的手里将沂生救回。真实才有力量。《沂蒙》的魅力就在于艺术地再现了历史真实。

　　该剧还艺术地探究了沂蒙女性突破封建思想的禁锢,追求婚姻自由、生活自主的精神。电影《红嫂》中"红嫂"的婚姻是父母包办的,也没有自己正式的名字。而在《沂蒙》中,女性们都有了自己的名字,"光兴男人有名字"的历史过去了,而且勇敢地追求婚姻自由。李阳就是一个叛逆者,她率真、独立、敢绝食、跳窗户、剪头发,坚决反对家庭包办的婚姻,并因此投身了革命队伍。大女儿李月本来是个被自己婆婆欺负,被自己丈夫毒打,没有反抗意识和自主意识的农村妇女,后来参加了"识字班",并最终投身革命的熔炉,思想意识发生了根本变化。这说明《沂蒙》在女性形象的塑造上立意要高。的确,抗日战争和解放战争对于沂蒙山人尤其农村妇女来说,也是从封建制度和封建思想中走出来的过程。"战争是残酷的,女人是战争的主要受害者,但战争却可能为参战妇女走出传统性别角色打通道路。"①

　　该剧还塑造了一个电影《红嫂》中吴二一样的"落后"分子——李忠厚。他是于宝珍的丈夫，但"阴盛阳衰"，李忠厚自私、懦弱，目光短浅，甚至有时还爱占小便宜。"他对生活的愿望就是'二亩地一头牛，老婆孩子热炕头'。他勤俭节约，就是想过上一个安生日子。他盼着家中的每一个人都平平安安。他琢磨不透，这个世界为啥就突然变得乱糟糟的了。他害怕打仗，害怕日本鬼子雪亮的刺刀。"② 他怎么也不明白儿子、儿媳妇只要说一句话就可活命而不为。为了弄明白一句话，他在家人的带动下一步步地走向拥护革命，最后牺牲在支前的长江边上。李忠厚转变的过程与吴二有相似之处，只可惜编者最后让李忠厚在革命胜利前牺牲了，令人遗憾，不如《红嫂》的结尾光明。

　　主题是人物形象昭示的。电影《红嫂》的主题是歌颂军民鱼水情，《沂蒙》的主题深化了，不再那么直白，它从最基层农民的视角，从农民最感性的需要印证"得民心者得天下"的道理，用剧中人物的口说出蕴含的主题："共产党不得天下天理难容"。老百姓咋就相信共产党、八路军呢？该剧没有讲大道理，而是通过各种力量在马牧池村的进进出出，来详细展示了一个村庄如何变为革命堡垒的过程，通过李忠厚一家人经历的命运沉浮来生动体现共产党夺取天下的必然选择。最初，马牧池村农民们过着贫穷但平静的生活，后来却陷入一个八路军、国民党和日伪军三者争夺的漩涡里面，没有政治意识和军事理念的老百姓却知道谁对自己善，谁对自己恶。在看到日本人糟蹋、杀害了三妮，害得继才媳妇去跳崖自尽之后，有了对无恶不作的日本人的仇恨。而这时国民党的李继周团长却专心对付八路军，在村子被日本人围困之时不出兵解围，寒了老百姓的心。最后，老百姓自然选择守法、维护老百姓生命财产安全的八路军。几乎不认识字的沂蒙老百姓讲不出什么大道理，他们

---

① 李小江：《亲历战争：让女人自己说话》，《读书》2002 年第 11 期。

② 赵冬苓：《沂蒙》，山东文艺出版社 2008 年版，第 41 页。

就是想过自己的安生日子，但是日本人不让他们生存，在给亲人报仇、知恩图报的本能反应和传统忠义思想的双重作用下，马牧池的村民走上了革命道路，这符合人性的选择，也让观众相信了那段历史的真实。①尤其是该剧在剧中人物造型上、场景布置上、衣着打扮上、动作表演上，也都是逼真的、"原生态的""原汁原味的"，再现了当时沂蒙人民的生活方式、生活环境、生活状况和生活特点，凸显了沂蒙特色。全景中那破败的房屋、满街的鸡飞狗跳，远景中灰尘满天的街道，就是贫穷农村的真实写照，而房屋内床铺、锅台的摆设、纳鞋做饭的认真，以及人们的吃穿住用行都符合沂蒙山人的生活习惯。再如剧中男主角李忠厚的扮演：破旧的毡帽、绳扎的裤脚、黑粗布的大衣襟、一杆旱烟袋天天挂在脖子上、抹鼻子擦眼泪随时随地顺便就来的土动作，活脱脱一个沂蒙山区老农形象，观众看后印象极为深刻，让观众仿佛回到了沂蒙山区革命根据地那烽火连天的岁月。

（二）为平民英雄立传

梁启超的《新民说》指出："国也者，积民而成。国之有民，犹身之有四肢五脏筋脉血轮也。"②这表明民众是国家的主体，正是千千万万的中华民族儿女使中国成为一个政治实体。鸦片战争以降，中华民族积贫积弱，被动挨打，一个很重要的原因就是中华儿女"虽经国耻国难，而漠然不以动其心"③，在伟大的民族解放战争的召唤下，千千万万的中华儿女不断从落后的思想状态中解放出来，民族意识与革命觉悟逐步高涨，纷纷投身于民族解放事业的伟大历史洪流。

《沂蒙》是一部全景式反映沂蒙人民全力支前、倾家支前、牺牲支前的红色电视连续剧。从片头的献词"谨以影片献给我们的母亲和天下

---

① 宋法刚：《真实的力量　人性的历史》，《安徽文学》2010 年第 6 期。
② 梁启超：《新民说》，见《饮冰室合集·专集 6》，中华书局 1989 年版，第 1 页。
③ 梁启超：《改革起源》，见《饮冰室合集·专集 6》，中华书局 1989 年版，第 23 页。

所有的女人们"看出，这是一部给女性立传的作品。这部剧中女性真正成为人物关系的中心和矛盾冲突的核心，塑造了母亲于宝珍和儿媳心爱、心甜及女儿李月、李阳等女性群像。但它突破了以往红色影视剧所表达的内涵，既是为普通女性立传，也是为普通百姓立传。编辑赵冬苓曾经说过："《井冈山》《延安颂》是为领袖立传的，而《沂蒙》是为老百姓立传的。"① 这里的老百姓不同于小说《红嫂》阶级视域下的"基本群众"，不仅指于宝珍和李忠厚等"穷人"，也指破家纾难的"有钱人"李忠奉，甚至还指为民族大义而不惜杀身成仁的国民党团长李继周。在审美思维理念上，电视剧打破了以往的英雄与汉奸的二元对立思维模式，描绘了一系列真实生动、栩栩如生的平民英雄群像，展现了历史人物的精神嬗变，是一部刻画沂蒙精神的心灵史诗。

在抗日的旗帜下，在民族大义面前，各阶层人士都不甘当亡国奴。地主李忠奉，尽管儿子是国民党军队里的团长，弟弟是日本侵略军中的翻译官，但他能以民族大义为重，委曲求全，用自己的智慧维护着村里每一个人的安全，不顾个人安危设法营救抗日战士，最后为保护八路军的军粮，和妻子一起与日本侵略者同归于尽，令人震撼。李月的"恶婆婆"的角色塑造得非常成功，一方面受到传统封建思想的毒害，但在大是大非面前却深明大义，并逐渐意识到虐待儿媳的错误，为保护儿媳和八路军而吸引日军注意被打死。临死前昔日的"恶婆婆"说，以前蒙着的眼睛现在张开了。这一剧情生动说明了沂蒙山人不仅在血与火的战争中争取自由和解放，同时自身主体性也在不断觉醒与成长。② 李二孬好吃懒做，可他被日本鬼子抓住时，宁死也不说出粮食藏在哪里，生死关头突然奋起，举刀向鬼子们的头上砍去，成为他一生中最闪光的亮点。就连作恶多端的土匪刘黑七，当他知道自己俘获的孩子是被鬼子杀害的抗日英雄李继长的孩子时，竟也冒着生命危险，亲自把孩子送回家

---

① 孙晓娜、赵冬苓：《〈沂蒙〉为老百姓立传》，《大众日报》2009 年 12 月 10 日。

② 张丽军：《重述沂蒙精神的当代红色经典》，《戏剧丛刊》2010 年第 4 期。

中，并留下800块大洋！这些原本连名字都没有的普通百姓成了故事的主角，成了历史的创造者。"人民只有人民，才是创造历史的真正动力"（毛泽东语）。《沂蒙》用铁的历史事实证明了人民是历史上真正的英雄，是创造人类历史的真正动力。领袖的作用固然重要，但人民群众的作用更重要。人民离不开领袖，但领袖更离不开人民。中国革命如果没有千千万万个老百姓用鞋底、用担架、用小车、用粮食、用乳汁、用儿女、用生命去换取，强悍的日本侵略军是不会被赶出中国的，国民党的800万军队也不会轻易被打败。诚如陈毅所说：中国革命的胜利是人民用独轮车推出来的。

《沂蒙》为平民英雄立传，承接了"十七年文学"山东作家冯德英、峻青等人歌颂平民英雄的创作传统。山东是革命老根据地，胶东地区和沂蒙山区是两大重心，战争年代这里涌现出了大量可歌可泣的平民英雄。平民英雄就是具有普通平民色彩的英雄主义，他们既是普普通通的人民大众，又在民族民主革命中表现出英雄之举，因而也称得上是民间英雄人物。刘知侠的《铁道游击队》中，老张头冒着时刻被鬼子抓去或被洋狗咬死的危险，发誓要"摔上这副老骨头"和鬼子"干一场"，"就是死了也值得"；山里的冯老头则不顾年事已高，带头鼓动家乡的一般年轻人在铁路上打鬼子，自己也不辞辛劳，长期担任铁道游击队的义务交通员。曲波的《林海雪原》中也有猎手、蘑菇老人和工人。峻青的《黎明的河边》写小陈一家：为护送革命同志挽救河东游击队，小陈的弟弟小佳夺敌人的手榴弹而壮烈牺牲；小陈的母亲拒做敌人的盾牌，大义凛然，饮弹而亡；小陈严惩了叛徒陈兴，完成掩护任务之后，身负重伤，仍然抱着匪首陈老五跳入河中，可歌可泣；而陈老爹目睹妻子和两个儿子血溅敌人的屠刀、枪口之下，仍义无反顾。感人至深的是在齐鲁大地，不独男子崇尚忠孝仁义，女子也不逊须眉。①

　　冯德英、峻青等作家，有意识地将为革命事业做出了杰出贡献的胶东人民群众尤其是女性作为被歌颂、被刻画的主要对象，创作了《苦菜花》《迎春花》《山菊花》《黎明的河边》《党员登记表》等长短篇小说，引起了很大反响。像《苦菜花》中的"母亲"、娟子、星梅、白芸、杏莉、杏莉母亲，《迎春花》中的春玲、春梅、淑娴，《山菊花》中的桃子、三嫂、好儿、萃女、小菊等，她们在艰苦的岁月中，在血与火的斗争中尽自己所有和所能参与支持着革命事业。她们之中有的为自己坚持的真理而英勇献身，有的为了正义、良心和他人而牺牲。冯德英在这些可敬可爱的女性身上，发掘了山东妇女深受传统文化滋养和革命文化教化的精神素质，尤其是她们忍辱负重、克己奉献的牺牲精神，让读者从中了解和认识到在夺取革命胜利的历史进程中，人民群众这大海之水曾经发挥了多么重要的作用。冯德英在谈及他的创作时曾经说过："我认为，像于震海那样威震胶东的英雄固然应该写，但那些不声不响地支持着她们的儿女和丈夫，默默地为革命奉献着一切的普通革命妇女

---

① 民间至今传颂着孔府"世代恩亲"张姥姥的故事。那是在唐代，兵荒马乱，孔府又远离朝廷，断了恩赏。孔子第四十二代孙孔光嗣靠在当地做个泗水令，支撑门户。孔府有个洒扫户，原姓刘，叫刘末，后来进孔府当差，改姓叫孔末。那时，外姓人进孔府当差都要改姓孔才行，明朝以后，规矩恰好相反，姓孔的不许当差为农。孔末见时局动荡，就起了篡位夺权的野心，在一天夜里把孔光嗣杀了。为斩草除根，又要杀他的儿子孔仁玉。不巧孔仁玉去了乳母张妈妈家，还没回来。孔末就追到张妈妈家来了。张妈有个儿子和孔仁玉年龄相仿，且凑巧也是个秃子，闻讯孔末追来了，张妈妈就脱下孔仁玉的衣服给儿子穿上，眼睁睁地看着自己的亲生儿子被孔末杀了。孔末以为万事大吉，打道回府，做孔府的主人去了。孔仁玉改名换姓，和张妈妈以母子相称，19岁那年他赴京赶考，被选为太学生，趁机向当时的皇上唐明宗奏明孔末乱孔的真相，明宗派人查办，把孔末杀了，让孔仁玉回曲阜袭爵，断了宗的孔子世家得以中兴。孔仁玉为报答张妈妈舍子救命和养育之恩，奏准皇上，认张家为"世代恩亲"，张家的世世代代都是孔府世世代代的恩人。从此，孔府上下都尊称张妈妈为姥姥，这姥姥就成了她的官称。孔仁玉还授给张姥姥一根楷木做成的龙头拐杖，可以用它来管教孔府衍圣公的一品夫人。张姥姥去世后，"姥姥"的官称和龙头拐杖就由她的长房儿媳继承，世代相传。为了一个义字，山东籍的母亲可以置亲生骨肉于不顾，去救外姓人的儿子；为了报恩，孔府世代尊奉恩人的后代，真可谓涌泉相报。

更应该写。我艺术的笔总是情不自禁地倾向于她们。"①

　　《沂蒙》里英雄母亲于宝珍，几乎就是《苦菜花》塑造的平民英雄母亲的再现和翻版，只不过由于创作立意的不同，于宝珍塑造得更为典型。《苦菜花》里的母亲也没有名字，小说开头写道："母亲，她今年三十九岁，看上去，倒像是四十开外的人了。她的个子在女人里面算是高的，背稍有点而驼，稠密的头发，已有些灰蓬蓬的，在那双浓厚的眉毛下，一对大而黑眸的眼睛，陪衬在方圆的大脸盘上，看得出，在年轻时她是个美丽而和善的姑娘。现在，眼角已镶上密密的皱纹，本来水灵灵的眼睛失去了光泽，只剩下善良微弱的接近迟钝的柔光，里面像藏着许多苦涩的东西一样。在她那微厚的嘴唇两旁，像是由于在忍受着巨大的疼痛，而紧闭着嘴咬着牙不呻吟似的，有两道明显的弯曲的深细皱纹，平时，她的嘴总是这样习惯的闭着。在她的下颌右方，长着一颗豆大的黑痣，像是留给幼儿好找妈妈的标记，也在发着显眼的善良光彩。"② 这是一个普通的胶东农村妇女。她身上有着深厚的齐鲁文化传统和民族集体无意识的积淀，她的日子过得很艰难，本能地憎恨不公平、不公正的旧社会，面对外敌入侵，她全家参加革命，与敌人以死相拼，捍卫国土家园。为了保护抗日兵工厂，她在敌人的牢房里被毒打折磨得遍体鳞伤，生不如死，眼看着凶狠的敌人摧残致死五岁的幼女小嫚，却始终没有泄露机密。

　　冯德英笔下的《苦菜花》，还写了普通女人花子为了报答共产党，为了正义的事业，牺牲自己的结发丈夫，营救革命领导人的感人故事。"花子，这苦命的姑娘，三岁死了妈，跟爹长大的。"17 岁时闹春荒，爹被迫以二百斤苞米的价卖给一个小土财主的傻儿子。"花子的丈夫是个傻子，二十多岁了，还什么也不懂，整天在外面疯疯颠颠的胡闹。"花子和长工老起的爱情不能被世人接受，是共产党和人民政府支持她和

---

　　① 冯德英：《无限深情凝笔端》，《文学报》1982 年 9 月 9 日。
　　② 冯德英：《苦菜花》，人民文学出版社 1959 年版，第 4 页。

那买卖的婚姻一刀两断，与老起正式结了婚。饮水思源，花子和老起从内心里感激共产党。一次敌人为了孤立共产党员，使出了让群众认领各自亲人的毒计。花子为了营救区委书记姜永泉，没去认领自己的丈夫。老起也甘于以自己的生命换取革命领导人的生命，共同保护了姜永泉的生命安全。小说生动地写出了花子向姜永泉走去时那种矛盾痛苦的心情："虽是几步路，她觉得像座山，两脚沉重，呼吸急促；她觉得走得很快，一步步离自己的丈夫远了，她又觉得走得很慢，离自己的丈夫还是那么近。她感到像有根线拴着她，向后用力坠她；又像有一种动力向前推她，猛力地推她，把向后拉她的线挣断了……"这样的心理刻画，表现了可贵的人性和人之常情，真实感人，写出了胶东解放区军民鱼水之情。

儿女是一个普通母亲的全部希望，丈夫是一个普通女人的靠山，危难之际，要在儿女、丈夫和正义大局之间做出抉择时，她们毅然放弃了儿女和丈夫，这是何等的侠义啊！但是因为各种原因，为沂蒙山区普通百姓立传的作品除了小说《红嫂》很少见，大都是《红日》那样的为领袖、为将士立传的作品，《沂蒙》可以说弥补了这一缺憾，是一个了不起的突破。

（三）为仁爱思想作注

仁的基本内涵是"爱人"，可分为三个层次。一是亲亲之爱，即对父母兄弟之爱。这是一种自然的爱，出自内心的爱。很难设想，一个对父母兄弟缺乏爱心的人能够对人类有真正的爱。当然，"爱从亲始"并不止于爱亲，它要继续扩展，直到"泛爱众而亲仁"。第二个层次是对他人的爱，或泛而言之，对人类的爱。儒家伦理的重要原则，即"忠恕之道"，就是从此产生的。凡人都是"同类"，因此要互相尊重，互相同情，互相救助，互相敬爱。"己所不欲，勿施于人"，"己欲立而立人，己欲达而达人"，从反正两个方面阐明了人与人之间应有的关系。

第三个层次就是人与自然界的关系：人类要有"爱物之心"，要尊重爱护保护自然界。孟子所说的"亲亲、仁民、爱物"就包含了这三个层次，到宋明儒家提出了"民胞物与""天地万物一体之仁"的"天人合一"的思想。按照儒家的这一传统，仁的实现，不仅不限于家庭和家族，而且不限于人类自身，还必须扩展到自然界，有一种普遍的爱，这才是完整的，也是终极性的。儒家的"爱人"与"泛爱众"的人道主义虽与现代人道主义相比有明显的差异，但二者具有人类性和普适性，显示出不朽的永恒价值。

中国人向来都注重"生"，沂蒙山人更懂得"仁爱"。《沂蒙》多角度地把沂蒙山人好生恶杀的仁爱思想作了很好的宣扬，这可以说是《沂蒙》的一大亮点。它具体表现在三个方面：一是表达了对逝去生命的惋惜、悲伤和敬重。三妮和李继财媳妇的死，不仅激起了马牧池庄全村人对日寇的愤慨和仇恨，也激发出他们对逝者的惋惜和对"生"的珍视。当李继长夫妇的棺柩被迎回村庄时，全村人不约而同地到村头迎接。这种自觉行为不单是村民们对抗日英雄由衷的敬佩之心所使然，也是对英年早逝的生命的惋惜和尊重。最值得称赞的是，中国人这种对逝去生命的惋惜和对生命本身的敬重已超越了时空和情感的界限。面对日军侵略马牧池村时留下的十几具尸体，村民们不仅及时进行了处理，还将其骨灰送还鬼子司令部。这可以说是一种高尚的人道主义体现。特别是当村民们看到鬼子的尸体被烧时，不自觉地流露出"都是娘的孩子"的感叹，更是彰显了中国农民的善良和对生命的尊重。二是对生命进行全力的救助。这不但体现在沂蒙人对八路军伤员舍生忘死的救助上，还表现在对孩子生命的倾力挽救上。当心爱收养的许部长的儿子沂生感染破伤风，连八路军林医生和许部长本人对救治都感到无望的情况下，心爱不顾疾病可能会传染的危险，以一个母亲无私的爱日夜救护，终于从死神的手里将沂生救回。当李继长的唯一遗孤被日寇抢去最后落在土匪刘黑七手里时，全村人各想办法凑钱赎救。三是选择了对牛的爱护这一特殊视角，展现了沂蒙人对生命的尊重和关爱。不管是鬼子来扫荡还是在平时，八路军的奶牛、村中光棍老四自家的牛都被精心、细致地照顾着。牛在这里已经不单是动物，而是以另一种"人"的生命存在着、被呵护着。①

三、杨柳新枝再唱红嫂颂：现代柳琴戏《沂蒙情》

电影《沂蒙六姐妹》获全国"五个一"精品工程奖、中国电影最高奖"华表奖"，电视连续剧《沂蒙》获第二十五届中国电视"金鹰奖"优秀电视剧奖、第二十八届中国电视剧"飞天奖"。这说明两部《红嫂》衍生本的影视剧是成功的，通过现代艺术媒介让全国人民再次感知了红嫂精神，也认识和记住了沂蒙。在考虑创作更多沂蒙红色精品时，当地文化部门想到了地方戏曲形式。

戏曲是所有艺术样式里较为全能的反映媒介，没有哪种艺术媒介能像戏曲这样，凭借人本身的功能，模仿并表达人类的情感命运，在小小舞台上幻化出大千世界与古今悲欢。电影电视等现代艺术媒介，说到底只不过是戏曲功能的拓宽、复制和储存。用戏曲的形式表现沂蒙、表现红嫂精神，如京剧《红嫂》《红云岗》都已成为经典，还有豫剧、吕剧等地方戏也都排演过"红嫂"的故事，效果也不错，但是今天如何用沂蒙地区特有的戏曲形式来表现这段历史，需要有新的角度和全新的形式。2011年末经过两年创作排练全力打造的以沂蒙红嫂为素材的又一红色文艺力作——现代柳琴戏《沂蒙情》问世了。

柳琴戏，也叫"拉魂腔"，因其唱腔优美，能把人的魂儿拉走而得名，在鲁南、苏北、皖北接壤地区流传了数百年，备受喜爱。电影《铁道游击队》插曲："西边的太阳快要落山了，微山湖上静悄悄，弹起我

---

① 洪卫中：《精神的传播 文化的凝聚》，《电视研究》2010年第4期。

心爱的土琵琶，唱起那动人的歌谣……"这里的"土琵琶"就是今天所说的柳琴（形似一片柳叶而得名）。这个戏种因主奏乐器柳叶琴而定名柳琴戏。柳琴戏现已成为国家首批非物质文化遗产。其来源有两种说法。一说是以鲁南民间小调为基础，受当地柳子戏（即弦子戏）的影响发展起来的。其唱腔中的【娃子】【羊子】和鲁南俗曲及柳子戏唱腔曲牌【耍孩儿】【山坡羊】有渊源关系。一说源于江苏海州，是由当地秧歌、号子中的【太平歌】【猎户腔】经民间艺人加工而成的拉魂腔。它在长期流传发展中不断吸取姊妹艺术中的营养，尤其是京剧及梆子戏的音乐和表演技巧，在剧本、唱腔、舞台表演中形成了自己独特的艺术风格。

剧本文辞通俗生动，包含大量的俚俗语言，有的直白，有的诙谐，妙趣横生。唱词常以口语入唱，通俗易懂。声腔风格独特，以丰富多彩的花腔、别致的拖腔，区别于其他剧种。基本集中在女腔中，几乎每腔必闻。一如器乐曲中的华彩乐段，跌宕起伏，摇曳多姿，有极强的感染力，拉魂的美称与它有直接的关系。既能淋漓尽致地表达细腻复杂的感情，又能体现鲁南方言的特点。舞台表演朴素健康，在京剧影响下逐渐形成了大生、小生、武生、二头、小头、老头、黑脸、奸白脸等与众不同的行当，和"凤凰展翅""踩席头""蹉四步""顶碗""压花场""提灯影"等表演程式。目前传统剧目"大戏""小戏""折子戏""连台戏"有二百多出。1954 年成立山东临沂柳琴剧团，表演了大量优秀传统剧目和现代剧目。1991 年大型现代戏《沂蒙霜叶红》《山里红》获文化部优秀剧目奖。这次由临沂柳琴剧团创演的现代戏《沂蒙情》是为迎接第十届中国艺术节倾力打造的。自 2011 年 10 月首演以来，该剧已累计在省内外城乡地区成功演出 200 余场。2013 年参加第十届中国艺术节被评为第十四届文华奖优秀剧目奖。2014 年荣获第七届山东省"泰山文艺奖"戏剧类一等奖。

全戏分七场，演出时长为两个小时。以抗日战争最艰难的时期为背景，以沂蒙六姐妹、沂蒙母亲等众多沂蒙红嫂的事迹为素材，通过讲述沂蒙山下一家人、两代红嫂舍小家顾大家、拥军支前的故事，展现了沂蒙女人美丽凄婉的人格魅力，充分体现了沂蒙红嫂坚强执着和无私奉献的崇高精神。戏一开场就奠定了悲情和悲壮的基调：

现代柳琴戏《沂蒙情》片段（一）

时间：抗日战争时期。

地点：沂蒙山区。

人物：山杏——满堂的媳妇。

　　　秋月——满堂的嫂子。

　　　婆母——山杏与秋月的婆婆。

　　　满堂——山杏的丈夫，婆母的二儿子。

　　　赵连长——八路军某部连长。

　　　石头——秋月的儿子。

　　　众姐妹　众汉子　乡亲们　推车人

一

［天地间一片昏暗……

［陡地，大山深处传来柔美却又充满悲情的沂蒙小调：

人人那个都说哎，沂蒙山好，

沂蒙那个山上哎，好风光……

［一声唢呐随之响起，悲怆而低回。

［远处，几个披孝的身影踏着满山乱石迎风走来，渐显哀痛刚毅的婆母一家。

［黄叶翻飞的柿子树下，婆母凛然立住。

婆　母　老二，跪下，给你爹磕个头！

［满堂扑通跪倒，秋月也拉了石头随之叩头。

婆　母　你爹他怎么死的？

满　堂　支前，杀鬼子！

婆　母　他像咱沂蒙山的爷们儿不？

满　堂　爹是好样的！

婆　母　那，你是你爹的种不？

满　堂　我绝不给俺爹丢人！

婆　母　好！那就学你哥，扛枪打鬼子！（一把扯掉满堂头上的孝布）来，娘给你披红戴花，送你当八路！

［秋月捧出红绸，婆母亲手为满堂披戴。

满　堂　娘！（砰的磕个响头，跃起呐喊）不愿做孬种的，当兵杀鬼子呀！

［刷的一声，身后显出一群精壮汉子。

满　堂（唱）　磕一个响头，震倒一座山，

众汉子　嗨嗨！

满　堂（唱）　吼上它一嗓子哟撕开一方天。

众汉子　嗨嗨！

满　堂（唱）　撇下那热炕头报名上前线呐，

咱沂蒙山走出来的都是好儿男！

众汉子（唱）　磕一个响头，震倒一座山，

吼上它一嗓子哟撕开一方天。

脑袋别在裤腰上啊，

杀尽那东洋鬼子保咱好家园！

［众姐妹与乡亲们涌上，依依惜别。

婆　母（颤颤抚摸着满堂）去吧孩子，家里有你嫂子，别惦记娘，啊？娘这把老骨头……说啥也要撑到你哥俩回来！

满　堂　娘……

婆　母　你走了，娘还按早先定的日子给……给你把媳妇娶回来！

［有人猛地吹起唢呐，为亲人壮行……

［"满堂！"山杏忽从远处疾奔山顶。

山　杏　满堂……（潜然泪下）

［光聚。

［一曲沂蒙民歌悠然传来：

哥哥你当兵出山沟，

莫忘了停脚回回头。

回头看一眼岭上的树，

树下的小妹泪花流。

哎……哎……

等你等到胜利后，

俺迎哥哥到村头，俺迎哥哥到村头……

［光渐收。①

显然，《沂蒙情》剧情跌宕，凄婉曲折。以沂蒙山小调的旋律贯穿全剧，体现了沂蒙地方特色。一方水土一方人，一方戏曲一方情。在保持柳琴戏精髓的基础上，融入了很多其他艺术表现形式，借用了电影和现代舞的一些手法，实现了情感和主题立意的有机结合，舞台效果具有厚重的历史感，让人仿佛跟随剧情回到了战争年代，将人物的情感用戏曲写意手法呈现给观众，引起了强烈共鸣，"拉魂腔"的美誉名副其实。

戏曲境界的诸般变化，归根结底来自于情节的变动和发展。大部分

---

① 剧情接下来，写山杏与公鸡拜堂，面对空荡的洞房，山杏含泪铭心：等他回来还穿这身嫁衣做他的新娘。秋月突闻噩耗，丈夫满囤为国捐躯了，山杏与秋月妯娌俩忍痛欲瞒婆母，而饱经沧桑的婆母却强忍心头剧痛，为儿媳讲述该如何面对人生的变故：男人是天，女人是地，如果有一天天塌了，那就得由地接着啊！赵连长负伤闯来，为救亲人，婆媳仁竭尽所能，无奈家中断粮。情急中，都不约而同地想到了那只寄托着山杏全部念想的公鸡。伤愈归队的赵连长忽遇鬼子搜山，为掩护亲人，山杏抢先引开敌人，鬼子逼近，山杏欲坦然告别蒙山沂水。突然，秋月持手榴弹赶来，一声爆炸与鬼子同归于尽。要打仗了，全村人日夜备粮，山杏也赶往娘家筹措。不想满堂带队进村，婆母忙喊人追回山杏。当山杏一路狂奔儿近到家时，却见军号声中部队远去。战斗打响了，山杏于炮火中恰遇赵连长，欣然得知：等胜利了，满堂立即回家。终于红旗高扬，山杏急切地跑回家，穿好嫁衣，静候丈夫，然而见到的却是沾满血迹的遗物。红盖头飘落在地，《沂蒙山小调》再次悠然响起……

国人（尤其戏迷）对戏曲的审美要求，首先在于故事是不是好看，开首与结局是否具备因果报应的一致性，因而故事情节实际上成为戏曲剧本的生命所在。这个戏的主角山杏的经历几近传奇，通过"山杏等郎"这条主线来贯穿整个故事。特写"大嫂接阵亡通知""小石头吃煎饼""山杏换嫁衣等丈夫归来"等核心情节，令人动容。其悲情结局虽然有悖于传统戏的大团圆，但正因为如此，才会给观众灵魂的震撼：历史的进步往往是以个人或家庭的生命为代价的。个体生命的存在应服从于群体利益的需要，群体的利益高于一切，为群体利益而牺牲个体的生命是最高的价值准则。这种在新中国成立前后确立的文学观念，虽然现在看来带有明显的"左"的痕迹，却与沂蒙山区非常强烈的群体主义精神有相通之处。"大道之行也，天下为公。"（《礼记·礼运》）"兴天下之利，除天下之害"，以"利他""利人""无我"为特征的传统文化精神根植在这块土地上。而且艺术总是灰色的，现实生活演绎的故事远比这要精彩。山杏这个人物的原型就是沂蒙山区蒙阴县的李凤兰。1945年4月，李凤兰与蒙阴镇东关村王裕德订婚，预定次年10月结婚。当年8月未婚夫参了军。1946年10月按当地风俗，由婆家嫂子女扮男装，怀抱公鸡陪着李凤兰成婚。大年初四，是新婚夫妇回娘家磕新头的日子，李凤兰只好独自回了娘家，至初七，得知丈夫队伍路过家门，李凤兰忙跑了十多里山路回家，不料丈夫已随部队出发了。之后李凤兰种田理家，积极支前，直到1957年，才得知丈夫已于1947年的莱芜战争中牺牲了。李凤兰没有改嫁，先后抱养了一双儿女，顶着烈士的门户1959年她被政府授予"模范烈属"称号，1992年被山东省人民政府授予"山东红嫂"。该剧的情节构建，正是在有限度的合理虚构与故事原型间巧妙嫁接的果实。

《沂蒙情》的编排，虽然十分注重该剧的意识形态属性，自觉将作品的思想内涵纳入主流意识形态，但也不像以往地方戏《红嫂》那样把思想性与宣教性等同起来，而是自觉把作品的政治思想因素及精神蕴涵进行世俗化、观赏化的操作，通过精美的舞台布景、唯美的服装造型、变幻的灯光和气势磅礴的音乐，带给观众一场视觉的盛宴。尤其是山杏这个角色，在表演上用了不少花旦的动作，唱、念、做、舞都十分讲究，达到了视觉形象和听觉形象的统一，塑造了情感丰富而又坚韧执拗的沂蒙女性形象。山美、水美，人更美，"唯美"是这场戏的特色，"悲怆"是这场戏的基调，戏中女性的牺牲都是有美感的。虽然没有强调阶级斗争，但戏中人物对革命的信仰和坚持却没有减少，已经成为一种传统伦理、一种风俗习惯，无疑是一出主旋律精神大众化的好戏。这部戏是党密切联系群众的鲜活事例，完美展现了党和人民群众的鱼水深情，发挥了文艺精品的宣传、教育和引导作用。把故事放在抗日战争的背景下讲述，显然有对于目前国共关系及两岸关系的回暖而重读历史的考量，将个人与家庭、国家与民族同构放置在一起，从形而上的历史高度来俯视和回眸新中国的建国道路，并赋予人物鲜明的符号意义，使这出戏的沧桑感和反思意识特别强。历史是有人性的，它鲜活地存在着，是不应该被忘记的。无论过去现在还是将来，浸透鲜血的沂蒙山应该永远矗立在国人心中。这就不仅关乎戏的"劝服"作用，还涉及伦理道德问题。

— 第五章 —

《红嫂》的（政治）组织传播

红嫂形象一经产生，她的传播就受到官方的大力推动。但无论是京剧、舞剧，还是电影、电视剧，都是艺术符号的大众传播，受众可以选择接受或不接受。俗话说，耳听为虚，眼见为实。尽管没有人怀疑红嫂形象的真实性，但其传播效果和教育意义毕竟有别于现实生活的传播活动，尤其是组织传播活动，是凭借组织系统的力量所进行的有领导、有秩序、有目的的信息传播活动。组织指的是"人们为实现共同目标各自承担不同的角色分工，在统一的意志之下从事协作行为的持续性体系"①。用马克斯·韦伯的话来说，看一个群体是否是组织，关键看是否存在着一个"管理主体"，凡是具有中枢指挥或管理系统的群体，如政党、军队、政府机构、企业、社团等，都属于组织的范畴。②政党是民主政治的产物，政党本质上是特定阶级利益的集中代表者，是特定阶级政治力量中的领导力量，是由各阶级的政治中坚分子为了夺取或巩固国家政治权力而组成的政治组织。③ 在当代中国，共产党作为执政党的传播活动影响最大。

组织传播和大众传播虽然都是一定的组织所从事的信息传播活动，

---

① ［日］见田宗介等：《社会学事典》，东京弘文堂1988年版，556页。
② 郭庆光：《传播学教程》，中国人民大学出版社1999年版，第89页。
③ 王浦劬：《政治学基础》，北京大学出版社2006年版，第210页。

但二者的主要区别在于：一是受众接受状态的自由与否，即受传者是在自由状态下还是受到不同程度强制的状态下选择和接受信息。任何组织都形成了一定的领导和被领导、管理和被管理的统属关系，以及对成员具有约束力和强制力的纪律和规章制度，受传者必须接受组织传来的信息，而不允许对信息作自由选择；而在大众传播中，无论是新闻媒介还是其他什么外部力量，都不可能强制大众去接受这些信息而不接受那些信息。二是受众本位与否。虽然任何大众传播行为都是由组织来运作的，不体现一定的组织意志和目的的大众传播行为是不存在的，但组织传播由于其固有的强制性，组织掌握传播内容的主动权，可以进行命令和灌输，不需要考虑受众的需要与否；而大众传播中受众是在自由状态下接受信息的，所以组织的意志和目的必须通过受众接受来实现，否则传播就不可能起作用，这就是受众本位。三是受众对象的特定性与否。组织传播有内外之分，组织内的传播小至特定人，大至全体成员，多数组织传播的受众是固定的；组织外的传播指组织有目的、有计划的宣传活动，虽然接触范围很广，但每一次具体活动的对象还是特定的，不同于大众传播受众对象的开放性。在组织传播中，政党组织和政府组织的特殊性，使其成为最具权威、影响力最强大的传播组织主体。大众传播的效果研究表明，由于受众个体的思维、态度、认知方面的差异，媒介刺激产生的传播效果是有限的，而党政组织通过强大的力量可以形成上下联动、纵横贯通的传播格局，能够保证传播信息很强的渗透性和对受众注意力的控制，收到较好的传播效果。[①]

---

① 陈爱华：《一个组织传播的视野——反腐展览个案研究》，四川大学硕士论文，2005年。

第一节　中国红嫂革命纪念馆和沂蒙
革命纪念馆的传播

　　政治传播是政党组织实现政治目标传播其政治文化的活动，目的是引导和塑造公众的政治认同，自然是组织传播的重要内容。邵培仁先生认为：政治传播"是指政治传播者通过多通道、多媒体、多符号传播政治信息，以推动政治活动过程、影响受传者的态度与行为的一种对策"①。而"纪念日及应该被人们记忆的时代、公共场所或纪念碑等建筑物，音乐和歌曲、旗帜、装饰品、塑像、制服等艺术性设计，故事和历史、精心组织的仪式，以及游行、演讲等大众性示威活动"② 都是传播的渠道，是为了维护权力而使用的感性的"应使人激动的东西"，即通过某些象征和仪式，调动人们的感情和情绪，直接左右人们的信仰与行动，来推动政治权威合法性基础的建立和巩固。因而，成功的领导者都十分热衷于"不但组织自己的追随者而且也十分热衷于象征的创造"③。

　　纪念馆是政治传播的渠道之一，是为纪念具有深刻意义的事件或值得尊重的人而建立的建筑物。我国革命纪念馆是纪念馆的一种类型，纪念鸦片战争以来为中华民族独立和新中国的成立而英勇献身的志士仁人。它是国家历史传统的保存地点，通过吸引公众参观，增强对这些文化传统的记忆，从而形成"公众记忆"，加强了政治制度的能力，达到培育民族精神和弘扬主流价值观的目的，在社会政治生活中发挥着重要作用。纪念馆通常以展览为基本形式，用实物直接传达历史内涵，具有

---

①　周鸿铎：《政治传播学概论》，中国纺织出版社 2005 年版，第 6~7 页。

②　齐藤真译：《政治权力——政治权力的构造和技巧》，东京大学出版社 1973 年版，第 147~152 页。

③　李普曼：《公众舆论》，闫克文、江红译，上海世纪出版集团 2006 年版，第 174 页。

无可替代的真实感，睹物思人，触景生情，拉近了人们与历史的距离。尤其在虚拟文化流行的网络时代，这种接地气的真实感确实弥足珍贵，它传播的内容无疑具有十分重要的现实意义和社会教育价值。

中国红嫂革命纪念馆，位于沂蒙山腹地的沂南县马牧池乡常山村，是红嫂原型明德英乳汁救伤员的真实发生地。纪念馆是在古村民宅的基础上打造的，斥资 500 万元，建筑面积 1.8 万平方米，是迄今国内唯一系统介绍"红嫂"主题的专题纪念馆，由原全国人大副委员长王汉斌题名。纪念馆主要由主馆展区、情景再现展区、红色遗迹展区三个功能区组成，共 12 个馆 24 个展室。主馆展区主要由红色沂蒙山、红嫂原型明德英、沂蒙母亲王换于、沂蒙大姐李桂芳等 10 个展室组成。红色遗迹展区，主要由抗大一分校展室、中共山东分局展室和山东省战时工作推行委员会展室 3 个展室组成。情景再现展区，主要再现当年沂蒙红嫂拥军支前的壮观场面。通过声、光、电等现代技术，讲述了发生在鲁中、鲁中南区的"红嫂"在抗日战争和解放战争时期的革命斗争故事。2011 年 5 月，中共山东省委确定红嫂纪念馆为"全省党员干部教育培训基地"。2011 年 12 月，时任中共中央组织部长李源潮参观纪念馆，要求全国的领导干部都要来接受革命教育，提出：党的各级领导干部只有常想当年"红嫂"喂奶，常怀"感恩"图报之心，才能不辜负人民群众的殷切期望。截至 2013 年底，纪念馆接待各级党员干部培训班 500 余批次，5 万多人，累计参观人数近百万人次。

主馆展区是纪念馆的核心区。红嫂原型明德英馆前安放着一尊年轻妇女一手搀起伤员、一手掀起衣角用乳汁救护伤员的雕塑铜像，十分醒目。馆内陈列着明德英用过的实物资料、江泽民等党和国家领导人的题词以及接见时的珍贵图片。"沂蒙母亲"王换于馆主要介绍了王换于大娘在日寇疯狂扫荡的年代里，她精心安排和照料、安全掩护了 27 位八路军首长和烈士的孩子，被尊称为"沂蒙母亲"。"沂蒙大姐"李桂芳馆重点再现了孟良崮战役前夕，李桂芳组织沂蒙山区 32 名妇女在冰冷的河水里用自己柔弱的肩膀扛着门板火线架桥的情景。红嫂群体馆共收集和展出了94位妇女英模人物。

展馆以马克思主义群众观为主题，吸引了全国各地的学习参观者。他们通过实地感悟红嫂精神，灵魂受到了一次深刻的洗礼，真切地认识到在血与火的革命战争年代，沂蒙人民用乳汁养育革命、用小车推动历史的奉献精神。沂蒙精神最感动人心的就是党政军群鱼水情深，集中凸显了人民群众坚定跟党走的意志。沂蒙精神的根基在人民群众，党舟民水，载舟覆舟，揭示了我们党什么时候都不能脱离人民群众这一永恒真理。在这里，许多人重温入党誓词，感慨万千，党性得到了锤炼，达到了政党组织传播的目标和任务。尤其是结合群众路线实践教育活动，传播的针对性更强一些。2013年7月1日，中共山东省委常委全体同志轻车简从，专程到红嫂纪念馆召开支前模范和群众代表座谈会，围绕群众路线教育实践活动主题，听取意见建议。在一个小村庄召开省委常委会是新中国成立以来少有的，省委书记姜异康说："最后一口粮做军粮，最后一块布做军装，最后一个儿子送战场，沂蒙红嫂为革命胜利作出了巨大贡献。历史充分证明，人民是历史的创造者，群众是真正的英雄，这一点我们永远不能忘记。我们坚信，只要与人民同甘共苦，与人民团结奋斗，与人民心连心、肩并肩，就没有克服不了的困难，就没有完成不了的任务。"①

这一消息经媒体报道后，中直机关、有关省市机关和山东各市县机关纷纷前来红嫂纪念馆参观学习，作为群众路线实践教育活动的重要内容。他们走进沂蒙红色教育基地，踏上"沂蒙古道"的青石板路，顿感沂蒙革命历史的沧桑和厚重。据统计，从2013年6月至2014年6月约有300多个单位4万多人次前来参观，红嫂革命纪念馆向执政党再次传播了清晰的正能量：只有始终保持党同人民群众的血肉联系，才能始

---

① 《大众日报》，2013年7月2日。

终赢得人民群众的信任和拥护。许多来参观的党员干部对讲解员最后的"六句话"留下了深刻印象，即"民评民说是标准，民心民力是依靠，民意民声是依据，民愿民盼是方向，民惠民富是目标，民苦民痛是失职"。毋庸置疑，这种组织传播对于增进组织内成员的融合、价值趋同、形成共识，提高组织的凝聚力和战斗力是显而易见的，因为价值观及组织精神是其成员的精神源泉，也是该组织赖以生存和发展的精神支柱，对组织的兴衰成败起决定作用。同时，组织对外输出的良性信息通过大众媒体的传播，对于提升形象、加强沟通具有促进作用，客观上在全社会弘扬了红嫂精神。红嫂纪念馆不仅有利于教育广大党员干部更好地理解"人心向背"的铁律和避免"脱离群众的危险"，而且能够更好地教育群众秉承"一心向党"的历史选择。

中共十八大报告指出："为人民服务是党的根本宗旨，以人为本、执政为民是检验党的一切执政活动的最高标准。任何时候都要把人民利益放在第一位，始终与人民心连心、同呼吸、共命运，始终依靠人民推动历史前进。"①红嫂精神是群众路线教育的生动教材和宝贵财富。始终保持同人民群众的密切联系，不断赢得老百姓的拥护和支持，永远是我们党最强大的执政能力。

红嫂纪念馆不仅是各级党组织的党性教育基地，而且是临沂市中小学爱国主义和历史传统教育基地，经常组织学生去参观学习。地处沂蒙老区的临沂大学充分利用地域优势，不断加大沂蒙精神弘扬力度，以沂蒙精神这一"红魂"为主线，创造性实施红色育人工程，在文化传承创新的同时，利用红色文化塑造大学生思想道德品质。每年暑假，组织万名大学生下基地，接受红色文化耳濡目染的熏陶，探讨挖掘红色文化的深刻内涵和时代价值。学校还参照红嫂纪念馆建设了自己的"红色馆"，用图片、影像、实物等形式，对以红嫂精神为核心的沂蒙精神的

---

① 《十八大报告辅导读本》，人民出版社2012年版。

形成、发展和升华过程进行了全面展现，成为红嫂纪念馆的"微缩馆"，该馆获得2011年全国高校校园文化建设成果一等奖。"红色馆"建成以来，不仅每年都有来自全国各高校的参观者，而且成为临沂大学锻造当代大学生的优良品质，引导当代大学生坚定理想信念、崇尚荣誉、健全人格的熔炉。霍布斯指出：维护秩序的权力是至高无上的，任何人不得反对。中共及其教育机构的组织活动在社会骨干分子及未来的栋梁中弘扬了红嫂精神，推进了社会主义核心价值观体系的构建。中共领导国家是历史的选择、人民的选择，这些上两代人坚定不移的认识，需要在中国的新生代民众中不断以新的有效方式展开和重温，澄清年轻人中一些诸如"党的执政合法性问题""爱国不等于爱党爱政府""军队国家化"等问题的模糊认识。

沂蒙革命纪念馆是综合性革命纪念馆，从设计施工到布展陈列历时两年多的时间，于2013年4月26日正式开馆。沂蒙精神网同步上线，观众可以在线参观。纪念馆是国内一流的展馆，融合传统和现代元素，运用图片、影视资料、实物、雕塑、场景复原、声光电等多种形象直观的形式和高科技手段，全面展示了沂蒙精神的深厚内涵，凸显了沂蒙红色文化的时代特征。纪念馆主体建筑面积1.9万平方米，设有沂蒙精神展厅、群众路线教育展厅、中共临沂党史展厅和红色影院、多功能教育厅等，从撒播革命火种，经历抗日战争、解放战争，再到改革开放以来的伟大历程，贯穿始终的中心主题就是"沂蒙精神"。

"沂蒙精神馆"主要展示了革命战争年代，党和人民军队带领沂蒙群众舍生忘死，投身革命斗争，党政军与沂蒙儿女水乳交融、生死与共、铸就伟大的沂蒙精神。人们在"红嫂纪念馆"看到的雕塑、典型图片在这里再次呈现出来，如"乳汁救伤员的红嫂明德英""拥军模范王步荣""舍子拥军——方兰亭""宁死不屈的吕宝兰""永远的新娘——李凤兰""拥军支前六姐妹""沂蒙母亲王换于"等沂蒙红嫂群体的感人故事，让人观后无不为之动容。"朔风吹寒屋，血衣刺心骨。

新嫂取新被，洗拆忙翁故。夕阳西山落，温暖如新初。一碗鸡蛋汤，情深透肺腑。"展示在革命纪念馆内的这首反映沂蒙军民鱼水深情的打油诗让人过目不忘。

"党的群众路线主题教育馆"主要展现革命建设与改革开放的历史进程中，中国共产党与沂蒙群众同呼吸、共命运、心连心，建立了密不可分的血肉联系，形成战无不胜的群众路线，赢得亿万沂蒙儿女的拥护，实现了民族独立和人民当家作主，开启实现中华民族伟大复兴的新征程。

"沂蒙党史馆"内陈列着沂蒙根据地、解放区党史文献资料，有图书、报刊、文物及影像资料等，重点展示沂蒙根据地和解放区开展革命斗争的资料，承担着沂蒙党史文献资料保存、研究、查阅等职能，是开展党史和沂蒙精神宣传教育的重要阵地与窗口。

开馆以来，沂蒙革命纪念馆累计接待团体近千余批次，接待群众近十万人次。中共山东省委把这里列为山东沂蒙党的群众路线教育基地。革命纪念馆作为全国重要的爱国主义教育基地，成为弘扬沂蒙精神的重要载体和平台。2013年11月25日，习近平总书记到纪念馆参观，他指出，"山东是革命老区，有着光荣传统，军民水乳交融、生死与共铸就的沂蒙精神，对我们今天抓党的建设仍然具有十分重要的启示作用"，"沂蒙精神与延安精神、井冈山精神、西柏坡精神一样，是党和国家的宝贵精神财富，要不断结合新的时代条件发扬光大"。显然，习近平着眼现实，希望纪念馆能够凝聚起推动改革、发展和社会进步的强大正能量。走进沂蒙革命纪念馆，习近平总书记这句对"沂蒙精神"充分肯定的话语被镌刻在纪念馆正门大厅的墙壁两侧。一座沂蒙人民冒险支援前线、浴血奋战的雕塑坐落于正门展厅内，显得格外庄严与肃穆。

沂蒙革命纪念馆贯穿的一条红线就是"沂蒙精神"，"沂蒙精神"的精髓就是军民鱼水情，就是相信群众、依靠群众的群众史观。没有广大人民群众的动员和参与，无论革命还是建设都不可能成功。这一思想通过展厅内飘带式手推车雕塑彰显出来。手推车，不仅仅是一个时代的生产工具，它在历史的沉淀与升华中已经变为一种革命符号，是沂蒙精神最具符号性的语言和沂蒙老区特有的红色元素，寓意十分深刻。卡西尔认为，"人是符号的动物，亦即能利用符号去创造文化的动物"①，也就是说人类只有通过符号才能实现观念和意义层面的交流。符号有两个方面的内涵：一方面，它是意义的载体，是精神外化的呈现；另一方面，它具有能被感知的客观形式。符号的建构作用就是在知觉符号与其意义之间建立起联系，并把这种联系呈现于人的意识之中。很多人都看过电影《南征北战》《红日》等战争片，战场上硝烟弥漫，伴随着天上的飞机扫射、地上的大炮轰鸣，由沂蒙人民组成的支前大军浩浩荡荡，如滚滚洪流，跟随作战部队转战南北，这时候镜头中最常见的运输工具就是手推的独轮车，推着粮草甚至弹药等军需物资。车轮滚滚，推过淮河，推过长江，推动历史的车轮滚滚向前。法国学者罗兰·巴特把符号学运用于传媒文化研究，提出了"神话"的概念，他说，神话"是一个社会构造出来以维持和证实自身存在的各种意象和信仰的复杂系统"②，可知，巴特所说的"神话"是一种言语，一种传播体系。在沂蒙革命纪念馆这种特定的语境里，手推车自然就是传播"沂蒙精神"最好的符号载体，这里手推车既是一种传播媒介，本身又是传播内容。参观过纪念馆的人无不对这个符号载体留下了难以磨灭的印象。

从某种意义上说，沂蒙革命纪念馆是现当代沂蒙历史的形象展示。沂蒙精神形成发展的过程，更多地体现了沂蒙人民的主体价值和主体理念，凸显的是沂蒙百姓的主人翁意识。马克思主义以人为本的价值理论推动了社会的前进和发展，促成了沂蒙精神的革命品质。历史再次印证了马克思在《神圣家族》中的精辟论述："社会发展的进程并不像自然

---

① ［德］恩斯特·卡西尔：《人论》，甘阳译，上海译文出版社1985年版，第4页。

② ［英］特伦斯·霍克斯：《结构主义与符号学》，瞿铁鹏译，上海译文出版社1987年版，第110页。

界那样，仅仅是各种自然自发作用的产物，而是有意识、有目的、有思想的人的活动相互作用的结果，人的主体性和人的价值观体现社会历史发展的内在规定性，也是推动社会发展的内在动力。就社会历史本身而言，它并不具有自己的目的性，其作为一种客观过程，各种现象存在着因果关系，这种确定的、不断重复的因果关系就表现为社会发展的规律性。作为改造客观世界的目的性，这仅是人类所具有的本质内涵，也是人活动的基本特点。由于社会发展的规律性并不是孤立存在于人的活动范围之外，而就体现在人的活动范围之中。因此，历史什么事情也没有做，它并不拥有任何无穷尽的丰富性，它并没有在任何战斗中作战，创造这一切，拥有这一切并为这一切斗争的，不是历史，而正是人，现实的、活生生的人。"[1]

第二节　沂蒙精神大型展览的传播

展览是一项综合性、多维、立体式的传播媒介，信息集中，载体多元，可以将文字、形象、影视、口语等多种传播载体集于一身，根据信息内容，扬长避短、各取所需地灵活地运用，在很大程度上弥补单一载体的不足，使信息传递立体化、多元化，做到图文并茂、声形兼具，具有直观、形象、生动的特点。[2]展览是现代城市文明的产物，起源于一些私人把自己的藏品呈现给公众的要求。李荃认为，展览是以集中陈列实物、模型、文字、图表、影像资料供人参观了解的形式所组织的宣传性聚会。[3]展览按内容可以分为经济展览、文艺展览和政治展览等。展览形式丰富使宣传有声有色，为广大观众喜闻乐见，通过编辑技巧和艺

---

① 《马克思恩格斯全集（第2卷）》，人民出版社1957年版，第118页。
② 陈爱华：《一个组织传播的视野——反腐展览个案研究》，四川大学硕士论文，2005年，第27页。
③ 李荃：《传播学理论与实务》，四川人民出版社2002年版。

术手段的综合运用，既能创造出一种浓缩历史、缩小空间的境界，又能给观众启迪。按照麦克卢汉"媒介是人体的延伸"的观点，我们可以说，展览就是对人类所有感觉器官的综合、协调运用，能够发挥出其他传播形式难以达到的传播功效。

展览这种传播形式虽然效果特殊，但办好一个展览需要精心组织，需要投入大量人力、物力和财力，需要多个部门的通力协作。因此，对展览的使用会受到很大限制。而对于拥有强大权力的特殊组织——党委、政府在这方面恰恰具有优势。

为纪念中国人民抗日战争暨世界反法西斯战争胜利60周年，经中宣部批准，历经半年多的紧张筹备，2005年8月16日至25日，中共山东省委宣传部、临沂市委市政府在国家博物馆成功举办了沂蒙精神大型展览。展览共展出80多件珍贵的革命历史文物和200多幅图片。展览利用实物、蜡像、雕塑、图片、声光电复原场景、模拟演示等多种手段，展示了用乳汁救伤员的沂蒙"红嫂"，复原了养育革命的百年老屋，再现了渊子崖村民奋勇抗敌的激烈场景，还有原汁原味的沂蒙山小调、镌刻着6万余烈士英名的"烈士墙"……气势恢弘，情景交融，勾勒出了沂蒙革命历史的辉煌和现实的精彩。

展览共分为"红色的热土""可敬的人民"和"伟大的实践"三部分。第一部分"红色的热土"又分为挺进沂蒙、开创伟业，同仇敌忾、浴血奋战，沂蒙革命根据地建设，战略反攻、抗战胜利四个单元，宏观上真实再现了中共及其军队浴血抗战，开辟和壮大沂蒙革命根据地，战胜日本侵略者，揭开解放战争序幕的伟大壮举。第二部分"可敬的人民"又分为血乳交融、沂蒙红嫂，不屈不挠、英勇斗争，车轮滚滚、支援前线三个单元，微观上生动展示了以"红嫂"为代表的沂蒙人民慷慨无私、不畏强暴、全力支前的崇高情怀和担当精神。第三部分"伟大的实践"又分为自力更生、建设家园，薪火相传、与时俱进，继往开来、科学发展三个单元，从现实的视角反映了沂蒙精神的当下价值。沂蒙人民在党的领导下，艰苦奋斗，开拓创新，1995 年在全国 18 个连片扶贫地区中率先实现整体脱贫，建设了闻名全国的商贸物流城、历史文化名城和山水生态城，告慰那些长眠在蒙山沂水的先烈们。整个展览丰富多彩、声情并茂、感人至深。参观者从 20 世纪 30 年代一路走来，穿越历史的隧道，重温了那段峥嵘岁月，真切感受了沂蒙人民伟大的精神力量。①

本次展览为形成强大的宣传声势，预展期间，专门在北京召开了新闻发布会；正式展览时举行了隆重的开幕式，由武警军乐队演奏国歌，邀请中央领导人、北京市及山东省的党政负责人、在沂蒙山区战斗工作过的老首长、媒体记者及各界群众 2000 多人参加，引起了社会各界对这次展览的高度关注。短短 10 天展期，前来参观的人数多达 18 万人次。1200 平方米的博物馆大厅内，观众济济，预约电话接连不断。《北京晨报》发表文章《沂蒙精神感动市民》，首都掀起了一股由沂蒙精神带来的"红色热潮"。8 月 15 日、16 日，在民族文化宫大剧院举行了两场大型乐舞诗《沂蒙颂歌》演出，观众 5000 多人。②中央和北京市机关共 160 多个单位组团参观，中央负责同志、在山东工作过的老领导参观展览或题词。许多当年在沂蒙山战斗过的老八路、沂蒙人民养育的革命后代从全国各地赶到北京参观展览。老帅罗荣桓的儿子罗东进在沂蒙母亲塑像前长跪不起，现场唏嘘不已。留言簿上，大批参观者对沂蒙人民为中国革命所做出的贡献和牺牲给予了高度赞扬，眼里满含热泪纷纷写

---

①　黄宏等编：《沂蒙精神》，人民出版社 2008 年版。

②　《沂蒙颂歌》是由临沂市文艺工作者编排的大型乐舞诗，2004 年 7 月 28 日首演获得成功。随后被确定为同年 9 月 25 日山东第八届文化艺术节开幕式的首演剧目，轰动泉城，获"山东省电视艺术牡丹奖一等奖"。2005 年 8 月 15 日，经过完善的《沂蒙颂歌》作为沂蒙精神晋京展的配套活动之一，在北京民族文化宫大剧院公演。由序幕《沂蒙热土》、第一场《沂蒙风韵》、第二场《沂蒙风骨》、第三场《沂蒙风采》和尾声《沂蒙颂歌》五部分组成，撷取沂蒙历史上极具历史意蕴和时代特点的代表性片段，加以艺术提炼和升华，表现了沂蒙地区厚重的历史文化和激扬的红色文化。时长 100 分钟，一个个感人至深的沂蒙故事，一曲曲悠扬激越的沂蒙旋律，震撼了现场观众的心灵，大剧院不时爆发出热烈的掌声。演出结束后，许多观众久久不愿离去，有的还走上舞台与演员合影留念。

下"人民万岁""人民伟大""向沂蒙人民致敬""临沂明天更美好"等字眼。可以说，这次展览轰动京城、感动中国，被中宣部列为全国纪念抗日战争胜利 60 周年的三大展览之一，使以"红嫂精神"为标志的沂蒙精神成为与井冈山精神、长征精神、延安精神、西柏坡精神等并举的政治品牌，而且形成了鲜明的特质，井冈山精神的特质是敢闯新路，延安精神的特质是自力更生，西柏坡精神的特质是谦虚谨慎，太行精神的特质是敢于胜利，而沂蒙精神的特质则是无私奉献。

展览作为宣传性聚会，是集体性的活动，信息传播的强度远胜于给人以间接体验的大众传媒，原因是展览的现场创造了特定的行为环境和气氛。李普曼在《公众舆论》一书中提出了"两个环境"的理论，即人类生活在两个环境里，一个是现实环境，一个是虚拟环境。现实环境如此巨大、复杂而又稍纵即逝，根本不可能被直接感知，我们经历的环境只是通过媒介塑造的虚拟环境。展览综合了现实环境与虚拟环境，也就是说，展览把人们带到特定的环境，这是真实的环境，让人有一种近距离的实际感受和现实体验，而展览的图片、音乐、解说、"再现"等为人们创造的仍然是虚拟环境。与大众传媒不同的是，展览特定的时间、氛围、实物和真人解说会对受众形成真实的冲击，产生如临其境般的直接体验，这种虚实结合、亦真亦幻，增强了信息传播的感染力。受这种舆论氛围的影响，才会发生展览现场罗东进在沂蒙母亲塑像前长跪不起的感人一幕。

这次展览充分发挥了大众媒体在组织传播中的重要作用。中央主流媒体都对这次大型展览给予了高度关注，放大了展览的效应。《人民日报》《光明日报》、中央电视台、中央人民广播电台和北京市各大媒体纷纷刊发消息、通讯。据统计，展览期间媒体共发表新闻稿件 2200 余篇，其中《人民日报》连续 8 次作相关报道；中央电视台连续 13 次报道沂蒙精神展，上《新闻联播》6 次；中央人民广播电台连续 13 次进行新闻联播报道，并对临沂市委宣传部门负责人进行了一小时的做客新闻直播采访。新华网、人民网、新浪网等上百家网站刊登了消息，山东新华网开辟了《沂蒙精神光耀千秋》专栏。展览期间，键入"沂蒙精神大型展览"，可以搜索到一万多个网页。很多观众是在看了新闻报道后前去参观展览的，更多的受众通过媒体更好地了解了沂蒙精神。高密度、大容量的新闻宣传，将展览的信息全方位地传递到大江南北、长城内外，达到了组织传播的目标，让沂蒙（红嫂）精神走出山东，走向了全国。

从政治传播学的角度来考察，政治信息传播中的大众传媒扮演的是传播者、解释者和中介者，政治组织扮演的是决策者、领导者和守门人，二者的共同指向便是受众。在组织传播的层面，现代社会大众传媒本身也是一个完整的组织，拥有自身的目标和宗旨，并努力使自身同社会的主流价值取向相契合，充当政治组织内外沟通和润滑角色的中介，使政治信息传播得以社会化，而沂蒙精神大型展览经媒体报道引起了社会的关注和兴趣，有效扩大了展览的影响面，形成组织所需要的舆论氛围，加强了组织与公众的沟通，有利于展览目标的实现。这次展览是山东省规模空前的一次大型展览，其规格之高、规模之大、主题之深刻、效果之显著，超过了山东省历史上的任何一次展览。

一般来说，任何一种形式的传播都离不开主体、客体、媒介三大要素，都要经历从传播者到受众的信息传播过程。这次大型展览模式是政党组织向组织成员及广大群众的单向灌输式传播，其传播主体是政党组织，传播媒介是展览内容与载体，传播客体是不特定的人群，有党员领导干部，也有普通群众。要说服普通受众应该先说服社会意见领袖。政党领导人由于其权威性，在主流舆论传播中发挥着意见领袖的作用，他们的意见不仅对于增进政治说服、加强政治沟通意义重大，而且在更大范围内左右着人们的政治态度和选择。"在任何组织中，确立了地位的领导人都有着极大的天然优势。他们被认为享有更好的信息资源。他们的办公室里有图书和文件……他们担负着责任。因此，他们更容易受到注意，说话的声调更容易令人信服。"①时任中央政治局常委李长春说："在血与火的革命战争年代，沂蒙人民在中国共产党的领导下，前赴后继，浴血奋战，用小车推动历史，为中国革命事业的胜利创立了光辉业绩，铸就了伟大的沂蒙精神。在新的历史时期，弘扬沂蒙精神，把革命传统与时代精神紧密结合起来，对于树立和落实科学发展观，推动经济社会全面发展，努力构建社会主义和谐社会，具有十分重要的作用。要加强沂蒙精神爱国主义教育基地建设，使沂蒙精神代代相传、发扬光大，成为推进全面建设小康社会、实现中华民族伟大复兴的精神动力。"此评价重点强调沂蒙精神的传承意义。时任中宣部部长刘云山则从理论高度阐释沂蒙精神："现在我们提倡井冈山精神、长征精神、延安精神、西柏坡精神，再加上沂蒙精神、太行精神，所有这些都是我们民族精神的具体体现。正因为有了这些精神，才形成了无坚不摧的民族精神。我们今天纪念抗日战争胜利 60 周年，一个很重要的内容就是要大力弘扬包括民族精神在内的时代精神。当然，民族精神里头就包括伟大的沂蒙精神。"这个评价正是这次大型展览所期望达到的目标——把沂蒙精神的地域意义上升到全国性的普遍意义。对沂蒙人民有深厚感情的老将军迟浩田一语中的："沂蒙精神博大精深，内涵丰富。其实质是人民群众爱党爱军。"此评价再次把沂蒙精神的核心标志"红嫂精神"凸显出来。另一位军方领导、中央军委委员李继耐上将对这次展览的意义概括得比较全面，他说："沂蒙精神大型展览展示了两个窗口：一个是抗日战争的窗口，沂蒙人民在抗日战争中做出了巨大牺牲和贡献，一口粮要做军粮，一块布要做军装，一个儿子要送上前线，事迹感人肺腑；二是时代风貌的窗口，展现了山东人民在党的领导下，建设大而强、富而美的社会主义新山东的时代风貌，反映了山东省的发展新成就。看了以后很受鼓舞，振奋人心。"军人话语质朴无华，却道出了沂蒙精神的历史

---

① 李普曼：《公众舆论》，闫克文、江红译，上海世纪出版集团 2006 年版，第 181 页。

传承性及其时代价值。综上，沂蒙精神晋京展是新时期《红嫂》传播的得力之举。

第三节　红嫂广场的审美文化传播

红嫂广场位于临沂城沂州路中段，毗邻华东革命烈士陵园，占地面积约 4 公顷。由一山一园两广场组成，即梅花山、樱花园、红嫂主题广场和林荫广场。广场建设了以红嫂形象为主题的大型广场雕塑，部分特色小型雕塑穿插其中。广场内种植了银杏、柿子、皂角等 20 多种、500 余株本地乡土树木，以挺拔浓郁、自然苍劲的气质烘托沂蒙老区深远的革命历史文化和博大无私的红嫂精神。

城市广场常被誉为"城市的会客厅"。从古希腊的阿索斯广场、意大利的圣马可广场到现代城市中更大众化的现代广场，它既是一种城市环境艺术建设的重要类型，又是一种承袭传统和历史、传递美的韵律和节奏的公共艺术形态。今天，城市广场作为一个载体蕴涵着一座城市的诸多信息，其中文化信息的传播力最为广泛和重要。位于广场的雕塑在广场乃至城市性质的宣言中扮演着重要的角色，某种意义上说，一座城市通过建筑书写其自传，而城市广场则通过雕塑来传达内在的思想和文化，使其内容丰富，形象饱满，在美化环境的同时潜移默化地陶冶人们的心灵，唤起人们的公共精神与公共意识。①

红嫂广场虽然不是临沂城的中心广场，但也位于老城的人口密集区，是市民休闲娱乐的好去处。广场文化正成为临沂市寓教于乐的大众课堂。临沂城在打造商贸物流之都的同时，立足"文化立市"，大力保护、挖掘、整合文化资源，创建全国文明城市。为了打造历史文化名城，临沂市建设了各具特色的广场，蒙山沂水广场、书法文化广场、滨

---

① 张文瑞：《雕塑在城市广场设计中的文化影响》，《飞天》2010 年第 8 期。

河沂蒙广场、兵圣文化广场、王祥孝文化广场等点缀在临沂城各地，不同广场的各式雕塑代表不同的广场主题和思想，不仅传递着精神导向性的内涵，代表了临沂城市的形象，而且广场上的雕塑成为市民和游客逗留、揣摩、摄影的风景线。红嫂广场的功能定位是纪念性、标志性和群众性于一体的综合广场，突出红色临沂城的特色文化主题。同时，红嫂广场的选址与周围环境相协调。它紧靠华东革命烈士陵园，毗邻沂蒙革命纪念馆，可以说三位一体，形成红色文化聚集区，凝聚起临沂城的精神追求和品位，给人以激励、启迪与艺术的感染，发挥着缅怀历史、发扬传统、陶冶情操和审美享受等多方面的功能。

在临沂日益走向开放、多元和现代的当下，红嫂广场已成为最受中老年人青睐的锻炼场所。广场面积虽然不大，但圆形舞池周围花草树木浓郁，小桥流水潺潺，环境幽雅，空气清新。无论是晨曦微露的清晨，还是夕阳西下的傍晚时分，红嫂广场都会喧腾热闹一番。走小石子路的你追我赶，练太极的闪转腾挪，玩健身器械的上下翻腾，跳交谊舞的舞步翩翩。歌舞升平、吐故纳新、放松身心，人们在享受美好生活的同时，不忘历史，心存感恩。在这里，公共广场与纪念馆等建筑物一样，都是组织传播主体传播其政治文化的载体和传播媒介，只是环境和氛围发生了变化，一是审美的，一是灌输的。梅里亚姆认为，政治传播现象是"深深贯穿在人们日常生活中的习惯和文化的产物"[1]。在维护政治权力合法性方面被视为理想状况的情景是，在"给予实质性的利益的同时，能够引起人们对当权者显而易见的非实用性动机的比较广泛的关注"[2]。也就是说，纪念性公共场所作为一种感性象征，具有维系政治权力合法性与政治行动合理性的工具价值。

---

① 齐藤真等译：《政治权力——政治权力的构造和技巧》，东京大学出版社 1973 年版，第 8 页。

② 齐藤真等译：《政治权力——政治权力的构造和技巧》，东京大学出版社 1973 年版，第 162 页。

第四节 新"红嫂"评选嘉奖活动的传播

"红嫂"从历史中走来，从艺术到现实，从虚拟形象传播到真实人物传播，这就是地方政府组织的新"红嫂"评选嘉奖活动。其实，战争年代沂蒙女性的模范先锋作用就得到政府、媒体的广泛宣传和认可，先后有 15 人被《大众日报》《鲁中日报》以及滨海区政府等授予生产模范、动参模范、滨海劳模、鲁中模范军属、支前模范、滨海区劳动模范等荣誉称号，成为各地女性效仿学习的榜样。① 人民军队不仅是共和国的缔造者，更是共和国的捍卫者，因而爱党爱军的"红嫂精神"在和平年代也备受执政者重视。早在 1964 年，毛泽东看了京剧《红嫂》，就要求教育更多的人，做共和国的新红嫂。新时期为密切军政军民关系，提高部队战斗力，确保"军民团结如一人，试看天下谁能敌"的政治传统和政治优势，固我钢铁长城，山东地方政府经常把拥军模范（军嫂或军妈妈）命名为新"红嫂"。

虽然红嫂形象有生活原型，但毕竟是虚构的艺术典型，她的生命力在于这个形象的深刻内涵——红嫂精神，这种精神就是爱党爱军、无私奉献。从红嫂纪念馆可以看到，"红嫂"不是一个人，她是一个群体，是沂蒙山区广大妇女拥军支前的光辉形象的写照。纵观世界各国的战争史，没有哪支军队能像人民解放军那样受到人民群众的拥戴和呵护。沂蒙女性孕育了红嫂精神，红嫂精神激励着沂蒙女性，这种互动关系既促进了沂蒙女性的进步，又深化丰富了红嫂精神。红嫂精神是沂蒙精神的具体表现和重要内容。历史具有传承性，尤其是先进文化的传播告诉人们：弘扬沂蒙精神必须不断发现培育具有崭新时代风貌的先进典型人物。战争年代是这样，和平年代更是这样。榜样的力量是无穷的，发挥

① 魏本权：《沂蒙精神的生产与传播：以"红嫂"文本为中心》，《赣南师范学院学报》2012 年第 1 期。

榜样的示范带头作用，培养人们的正确价值取向和行为准则，是古今中外的普遍做法。一个模范就是一面旗帜，一面旗帜就具有对周围环境的感召力和影响力。没有当年梁怀玉"谁第一个报名，我就嫁给谁"的动参誓言，没有王换于宁舍亲骨肉不舍烈士后代的大义之举，就没有不断壮大的人民军队。新中国成立后，沂蒙女性响应党的号召，发挥了"半边天"的作用，在20世纪60年代战天斗地改造梯田的建设中，她们组成"花木兰""铁姑娘""穆桂英"等专业队从事打石、钻井等繁重的劳动，不亚于战争年代的付出。为建设沂蒙山区44座大中型水库，20万沂蒙妇女舍弃了自己心爱的家园，搬上了高山之巅，付出了巨大牺牲。红嫂精神作为一面旗帜，引领广大沂蒙女性自觉把个人命运同国家命运连在一起，勇于战胜各种困难和挫折，自强不息，艰苦创业，其志可嘉，其情仍然感天动地。

当然，无论怎么引申，"红嫂精神"的原初意义即爱军还是主导方面。1992年3月6日，山东省暨济南市各界妇女隆重集会，纪念"三八"国际妇女节82周年。会上表彰了健在的57名"山东红嫂"，聂荣臻元帅亲笔题词"革命先进妇女光辉形象"。1996年8月7日，由临沂市妇联举办的首届"沂蒙十佳新红嫂"评选活动，评选出十位新"红嫂"。她们中有忍着失去亲人的悲痛，教儿安心守边的好军妈；有面对家庭种种困难仍支持丈夫保家卫国的好军嫂；有宁可苦了自己，拥军优属传统不能丢的优秀女干部、女企业家……当个人利益与集体利益、国家利益相矛盾时，她们都是毫不犹豫地舍小家顾大家，用自己的牺牲换取国家的安宁和他人的幸福。以后的几次评选大体上都把握了这样的标准。以下举三位新"红嫂"事迹以飨读者。

胡玉萍，沂南县张庄镇和庄村人。她先后被授予"全国爱国拥军模范""爱国拥军好妈妈"光荣称号，受到江泽民同志的亲切接见，并受邀出席了国庆50周年庆典。胡玉萍的爱军事迹历时半个多世纪，跨越了山东、辽宁两省，影响很广。战争时期她是当地有名的支前模范：新房腾给伤员住；亲手把 16 岁的弟弟送部队；支持丈夫到前线抬担架，自己带领村里妇女烙煎饼、缝棉衣、做军鞋、护理伤员。新中国成立后她拥军情未了，抗美援朝时把家里多年攒下的 250 千克大豆捐献出来，又动员兄弟姐妹凑足 750 千克粮食献给国家买飞机大炮。60 年代末先后把两个儿子送到中苏前线的部队，还长年照顾 3 位烈军属老人。沂南县六七十年代就曾掀起"远学雷锋，近学胡玉萍"的热潮。① 1978 年胡玉萍随两个转业的儿子到辽宁抚顺安家，从此和"雷锋团"的官兵结下了深情厚谊。她长年照顾 8 户烈军属老人；先后养猪 300 多头，大部分献给了部队；每年都到抚顺驻军作革命传统报告。雷锋团的政委肖林发说："我们要像学雷锋那样学习胡妈妈，要像学习胡妈妈那样学习雷锋。"把胡妈妈与雷锋并列，这个评价真不低。胡玉萍从沂蒙山到东北边防哨所，几十年如一日拥军爱兵，做的都是平凡的小事，传播的却是"红嫂精神"的大爱。

戚洪桂，费县南张庄乡西龙岗村一位普通的农家妇女。1991 年，她把 18 岁的小儿子送到西藏边防部队，第二年丈夫不幸因病去世，她力排众议没有把这悲痛的消息告诉儿子，三年间封封家书报平安，鼓励儿子安心服役，报效祖国。戚洪桂感人的事迹在西藏部队传开后，战士们纷纷给这位沂蒙母亲写慰问信、捐钱捐物。1995 年，戚洪桂满怀对戍边战士的深情，不顾高原反应，带着 300 双亲手绣制的鞋垫和两面绣有"高原亮节，雪域浓情""情牵沂蒙，心系珠峰"的锦旗，赴西藏看望子弟兵。在藏期间先后为 6000 多名官兵作报告 6 次，为战士们浆洗缝补衣服 160 多件，帮助伙房义务服务 50 多天。庆祝建军 80 周年时，戚洪桂不顾年老体弱，赶制了 800 双鞋垫，亲手交到北京国旗班子弟兵手中。迟浩田同志为戚洪桂亲笔题词："沂蒙红嫂情意长，洪桂同志是榜样。"②

① 《沂蒙红嫂颂》，中央文献出版社 2002 年版，第 382 页。
② 《沂蒙红嫂颂》，中央文献出版社 2002 年版，第 424 页。

　　如果说胡玉萍、戚洪桂作为军属，拥军之情自然而生、淳朴真挚的话，那么朱呈镕的感人事迹，真可谓是学习红嫂精神的典范了。迟浩田同志也为她题词："学红嫂无私奉献，为人民鞠躬尽瘁。"

　　朱呈镕，山东朱老大食品有限公司总经理。她原是一名下岗职工，从人力脚蹬三轮车运输起步，先后创办了糖葫芦厂、饺子村、生态园、夕阳红老年公寓等，成立了集餐饮服务、速冻食品加工、工程建设和养老服务于一体的朱老大食品有限公司。经过多年辛勤经营，所生产的"朱老大"系列产品畅销全国各地，尤其朱老大水饺闻名遐迩。目前已成为鲁南苏北地区规模最大、设备最先进、配套设施最齐全的冰糖葫芦、速冻水饺、馄饨、汤圆加工企业，公司拥有资产4000多万元，员工1000余人，其中下岗职工占八成。朱老大饺子村以"传承沂蒙特色餐饮文化"为己任，服务社会大众，以沂蒙传统饮食为基础，配以古朴的特色服饰和浓郁的民俗风情，开创了餐饮业的特色先河，50多家连锁店遍布全国。朱呈镕这种自强不息、艰苦创业的精神本身就值得称赞，难能可贵的是她致富不忘回报社会，尤其对军烈属、退伍军人、老红嫂给予更多关注，她曾专程去看望沂蒙六姐妹等老红嫂。2003年"非典"疫情爆发期间，她赴北京小汤山防治医院，为战斗在一线的解放军医护人员送去亲手制作的价值3万元的朱老大水饺。十几年来，朱呈镕行程10余万千米，走遍大半个中国，把近五百吨水饺、数万双鞋垫、数百万款物送到部队官兵手里。从国旗护卫队到东方第一哨的官兵都吃过她包的水饺，都听过她唱的《沂蒙颂》。朱呈镕是位名副其实的新"红嫂"，荣获"山东省爱国双拥模范"光荣称号。一个模范就是一种导向，朱呈镕的所作所为感染了她的职工，她拥军的大幅照片挂在每一个连锁店里也感染了她的客户，这种人际传播的穿透力润物细无声。

　　哲人罗素说过："在一切道德品质中，向善的本性是最重要的。"而身传胜过言教。新"红嫂"的先进事迹通过组织推荐、媒体传播被社会公众所知晓，这些具有特定的价值和意识形态倾向的传播内容，形成人们的现实观、社会观于潜移默化之中，在全社会范围内广泛培养人们关于社会的共同印象。①红嫂精神是一种宝贵的精神力量和道德行为风范，不会因战争结束而过时，它由爱好和平、自由和幸福的沂蒙人民所创造，必将与蒙山沂水同在，始终闪耀着人类母性的光辉。胡玉萍、戚洪桂、朱呈镕是三位新"红嫂"的典型代表，胡玉萍把红嫂精神带到了东北大地，戚洪桂把红嫂精神传递到雪域高原，朱呈镕把红嫂精神播撒到边防哨所和遍布全国的连锁机构。根据"媒介即人的延伸"的观点，人本身也是媒介之一，是信息传递交流的工具和手段。虽然我们处在大众传播非常发达的时代，但人与人之间面对面的沟通交流永远是不可或缺的。新"红嫂"们的优秀品质先传递给她们身边的人，而这些身边的人还会进行二次传递，如此进行下去，新"红嫂"的示范效应不断扩大，红嫂精神就会不仅在官方而且在民间生根发芽，融入现代社会，成为主流价值和道德评判的标准。

第五节　沂蒙（红嫂）精神的会议与学术传播

新时期以来，红嫂精神内化为沂蒙精神核心内容后，内涵和外延不断丰富，地方党委政府充分利用这个政治优势，打造沂蒙品牌，发展沂蒙经济。其中组织研讨会、出版（发表）研究成果，使沂蒙精神理论化、科学化是非常重要的传播活动。有些内容虽然本书已有涉及，但仍值得系统论述。

一、沂蒙精神的提出

改革开放前，红嫂形象的意义只在于其政治象征，与社会经济联系

---

① 郭庆光：《传播学教程》，中国人民大学出版社 1999 年版，第 229 页。

不密切，地方政府没有意识到这块"金字招牌"的价值。改革开放后，尤其是20世纪90年代以来，市场经济建设的大潮涌起，脱贫致富成为沂蒙人民的梦想。沂蒙山自然条件恶劣，生存不易，更不用说致富。但沂蒙人民特别能吃苦特别能战斗，50年代就出过闻名全国的厉家寨，毛泽东曾亲自批示："愚公移山，改造中国，厉家寨是一个好例。"厉家寨成为全国农业战线上的一面旗帜，就连大寨大队的干部都来参观学习，孕育形成了以"艰苦创业、敢为人先、团结实干、无私奉献"为主要内涵的厉家寨精神。"沂蒙精神"的提出是受80年代引导九间棚村脱贫致富的"九间棚精神"的启发。九间棚村坐落在海拔640米的龙顶山上，四面悬崖，谷深涧陡。全村70户214口人，吃不饱穿不暖、出不去进不来是其真实写照。1984年起在党支部书记刘加坤的带领下，战天斗地，修路架电，引水植树，山涧变通途，摆脱贫困走向了富裕。1989年，新华社山东分社原副社长李锦在九间棚调研52天，写出了《九柱擎天》的调查报告，将九间棚的发展之路归纳为"九间棚精神"，具体内涵为"开拓进取，艰苦奋斗，坚忍不拔，无私奉献"。之后宋平、田纪云等中央领导先后视察九间棚，给予高度评价。比较厉家寨和九间棚两个典型发现，"艰苦创业（奋斗）、无私奉献"是共同的精神取向，但九间棚的整山治水奔富路更带有时代特色，较少政治表现色彩。为进一步提炼这个典型的理论意义，使之更有推广价值，1989年12月12日《临沂大众报》发表了临沂市委宣传部长的署名文章《发挥老区优势，弘扬沂蒙精神》，第一次公开提出"沂蒙精神"这一概念。1990年2月2日，时任山东省委书记姜春云到临沂调研，将沂蒙精神概括为"爱党爱军、开拓奋进、艰苦创业、无私奉献"十六个字。随后山东省社会科学界联合会组织了多学科专家、学者，分两路对临沂地区八县20多个沂蒙精神先进单位进行了实地考察研究，写出了考察报告，在《山东社会科学》发表了《宝贵的财富、强大的支柱——沂蒙精神考察纪要》，这是弘扬沂蒙精神的第一篇系统研究文章，首次对沂蒙精神进行了比较全面的梳理。1990 年 11 月 16 日，中共中央办公厅调研室撰写的《社会主义现代化建设的强大精神支柱——临沂地区弘扬沂蒙精神的调查》一文，在《人民日报》头版发表，并配发了《革命精神显威力》的短评。1991 年 3 月，由中共临沂市委宣传部组织召开了"弘扬沂蒙精神，振兴临沂经济"理论研讨会，收到论文 40 余篇，分别从不同层面对沂蒙精神对经济发展的促进作用进行了研讨。

二、八次山东沂蒙精神理论研讨会

第一次山东沂蒙精神理论研讨会于 1991 年 5 月 9 日至 14 日在济南、临沂两地举行，是根据山东省委指示，由山东省委宣传部、山东省社科联和临沂地委联合召开的。与会人员先在临沂进行了实地考察，后在济南进行研讨，共收到论文 60 多篇。研讨会在学理、价值、作用等四个方面取得共识：沂蒙精神的内涵是"立场坚定、爱党爱军、艰苦创业、无私奉献"，本质上是一种革命精神；沂蒙精神是时代精神的具体体现，驱动经济发展的强大动力；弘扬沂蒙精神的关键是党的干部廉洁奉公，与群众同甘共苦；沂蒙精神是社会主义现代化建设的强大精神支柱，弘扬沂蒙精神具有重要的现实意义。

第二次山东沂蒙精神理论研讨会于 1997 年 7 月 28 日在临沂召开。主题是纪念 1992 年江泽民为沂蒙精神题词 5 周年，也标志着沂蒙精神的研究常态化和逐步深化。这次会议对沂蒙精神的内涵，删去了"立场坚定"这个政治性过强的词，增加了"开拓奋进"这一具有崭新时代意识的元素。与会代表形成共识：沂蒙精神不仅是沂蒙人民先进的群体意识，也是山东人民精神风貌的集中体现；高举邓小平理论伟大旗帜，力求实现新时期沂蒙精神理论化；拓宽弘扬沂蒙精神的路子，既要务实也要务虚，处理好普及与提高、研究与应用、继承与发展的关系。

第三次山东沂蒙精神理论研讨会于 2002 年 7 月 26 日在临沂召开，

来自省社科界的专家学者 60 多人参加。与会代表结合实践"三个代表"重要思想，认为沂蒙精神具有鲜明的与时俱进的品质，充分论证了沂蒙精神的时代价值和当代功能，并就沂蒙精神与市场经济、沂蒙精神与党的建设及弘扬沂蒙精神的路径等问题，展开了深入探讨。

第四次山东沂蒙精神理论研讨会于 2004 年 7 月召开，主题是"沂蒙精神与全面建设小康社会"，同时纪念八路军 115 师挺进山东开辟沂蒙根据地 65 周年。这次会议有来自中央和省社科理论界专家学者以及全国 14 个革命老区的代表 200 余人参加，收到高层次、高质量论文 100 余篇。与前三次研讨会相比，这次会议规格高、规模大、影响广，深化了对沂蒙精神的研究，扩大了知名度。会议深入探讨了沂蒙精神与中华民族精神、中国革命精神、革命老区精神的本质联系，分析了沂蒙精神在全面建设小康社会的表现形式、时代价值、当代功能和与时俱进的品格。会议期间，来自井冈山、西柏坡、太行山、大别山、古田等革命老区的代表，还就共同研讨弘扬革命老区精神达成了一致意见，成立了革命老区精神研究会联谊会，为宣传沂蒙精神营造良好的思想舆论氛围，为把沂蒙精神打造成与井冈山精神、延安精神等齐名的全国性政治品牌建立了舆论阵地。

这次研讨会很重要的一个成果是成立了山东省沂蒙精神研究会，创办了会刊，为沂蒙精神的研究、宣传提供了组织保障。研究会的宗旨是组织全省广大社科理论工作者和实践工作者，从理论与实践的结合上，深入挖掘沂蒙精神的丰富内涵和时代特征，探讨沂蒙精神与中华民族精神的内在联系，以及沂蒙精神在推动经济社会发展、全面建设小康社会中的地位和作用，进一步促进弘扬沂蒙精神活动的深入开展，使其真正成为凝聚和激励全省人民进行改革和现代化建设的强大精神动力。

2011 年 7 月 25～26 日，由山东省社科联、中共临沂市委主办，山东省沂蒙精神研究会承办的山东社科专题论坛——沂蒙精神理论研讨会在临沂召开。这是第五次山东沂蒙精神理论研讨会。100 余人出席论坛。主题是贯彻落实中央分管意识形态的书记李长春在临沂考察期间的讲话精神。2011 年 6 月 19 日至 20 日，李长春在临沂考察时说："临沂作为革命老区，巨大的变化让我感到出乎意料，这说明临沂人民有着这样一种精神：用在抗日战争，我们能够赢得民族的独立；用在解放战争，能够使人民当家做主人；用在脱贫致富，能够很快地改变贫穷落后面貌。这个精神就是沂蒙精神。在新的历史时期，临沂人民大力弘扬伟大的沂蒙精神，实现了脱贫致富。现在我们全面建设小康社会更需要沂蒙精神。"因此，论坛紧紧围绕新时期沂蒙精神的新内涵、新使命展开研讨，提出了许多有价值的建议。新华社山东分社原副社长李锦认为，我们所处的时代是一个创新的时代，沂蒙精神的内涵可以重新概括为"开拓创新、爱党爱军、艰苦奋斗、无私奉献"。"开拓创新"是沂蒙精神的本能和主题，也是中国共产党不断前行的原动力。共产党开拓创新，老百姓才热爱我们的党。与会专家学者认为，沂蒙精神在新时期丰富深邃的精神内涵，集中表现为大义、大爱、实干和创新。对于沂蒙精神的时代价值，专家认为，沂蒙精神为进行马克思主义群众观教育提供了方法论指导和宝贵的素材。弘扬沂蒙精神要组织各类媒体通过多种形式进行，尤其要大力发挥互联网、手机等新媒体的优势，把反映沂蒙精神的文化遗产、艺术作品、科研成果、文物图片等制成数字化产品，构筑网上网下弘扬沂蒙精神的合力。[1]

2012 年 5 月 18 日，由光明日报社和临沂大学共同主办的沂蒙精神与社会主义核心价值体系建设研讨会召开。这是第六次沂蒙精神理论研讨会。这次会议学者云集，来自中国社科院、中央党校、中央党史研究室、光明日报社等的众多知名专家学者 100 余人参加会议。5 月 19 日，《人民日报》以《沂蒙精神与社会主义核心价值体系建设研讨会召开》为题，重点介绍了研讨活动的情况和与会者的积极反响。同时，《光明

---

[1] 曲艺、汲广运：《沂蒙精神的时代内涵和新使命》，《临沂大学学报》2012 年第 2 期，第 5 页。

日报》以《沂蒙精神属于中华民族和伟大的祖国》为主标题，对研讨会进行了重点报道。6月4日，《光明日报》一个整版推出了这次研讨会的理论成果，围绕沂蒙精神与核心价值体系的构建、沂蒙精神对核心价值体系建设的启示、党史资源与时代价值的高度统一、沂蒙精神的启发作用等议题的发言作了摘登，引起了媒体和受众的高度关注。①

2013年4月，山东社科论坛——沂蒙精神与群众路线研讨会在临沂举行，由光明日报社、山东省委宣传部、山东省社科联、临沂市委共同主办。这是第七次沂蒙精神理论研讨会。160多位来自中共中央组织部、中央党校、山东省社科界的专家学者参加会议，围绕弘扬沂蒙精神、践行群众路线与实现中国梦的时代主题展开研讨，形成共识：大力弘扬沂蒙精神是时代的要求，历史的必然。实现中国梦，必须走中国道路，弘扬中国精神，凝聚中国力量，沂蒙精神就是中华民族家园中的奇葩，是民族精神的精髓，具有极大的精神动力，对于实现中国梦具有不可替代的激励价值。研讨成果分别在人民日报、光明日报、大众日报、人民网、光明网、新华网等重要媒体刊登，在社会上产生了较大影响。

2014年4月，山东省委宣传部、组织部与临沂市委联合举办弘扬沂蒙精神与践行群众路线理论研讨会。这是第八次沂蒙精神理论研讨会。这次会议规模比较大，共收到论文346篇，这是研讨会自举办以来收到论文最多的一次，从一个侧面反映了研究传播沂蒙精神的学者越来越多。来自全国各地的理论工作者，从习近平总书记关于弘扬沂蒙精神重要指示的意义、沂蒙精神的时代内涵与价值、沂蒙精神与群众路线、沂蒙精神与党的建设、沂蒙精神与社会主义核心价值体系建设、弘扬沂蒙精神的途径和方法等多方面多角度，阐述了自己的观点，发表了真知灼见，产生了许多重要观点和对策建议。山东省委宣传部长孙守刚认为："沂蒙精神作为民族精神的重要组成部分，与井冈山精神、延安精

---

① 临沂大学编校本教材《沂蒙红色文化与沂蒙精神》，山东人民出版社2012年版，第103页。

神、西柏坡精神一脉相承，同时又具有鲜明的精神特质，这就是党与人民群众血肉相连、鱼水情深、生死与共、水乳交融。沂蒙精神集中体现了共产党人的宗旨观、群众观、价值观，生动反映了山东各级党组织和广大党员干部贯穿群众路线的丰富实践，是开展党的群众路线教育实践活动的珍贵教材。"这段表述是会议的主题，也是会议的共识。在全党为期一年多的群众路线教育实践活动中，弘扬沂蒙精神成为山东乃至全国党政机关的关键词和主旋律。①

　　经过 20 多年持续不断地对沂蒙（红嫂）精神的深入探讨和大力弘扬，沂蒙精神的研究已由地域性研究拓展到全省、全国性研究。2014年 9 月临沂市委市政府和中国社会科学院签订了沂蒙精神课题研究合作协议，从更高层面开展对沂蒙精神的研究工作，以进一步拓展沂蒙精神的研究视野和领域，不断扩大沂蒙精神的知名度和影响力。目前，沂蒙精神的研究已经形成政策研究、党史研究、经济研究、文化研究、教育研究等多学科多层次发展的研究格局，大大推动了沂蒙精神向实践的转化效果。沂蒙精神已扎根沂蒙大地，枝繁叶茂，临沂市成为全国革命老区利用政治品牌推动经济社会快速发展的一面旗帜。

三、沂蒙精神研究的学术成果

　　有关"沂蒙精神"研究的论文，以 2009 年为界分为两个阶段：1991～2009 年，多是围绕"沂蒙精神理论研讨会"的主题撰写，以会促研的特征比较明显，直接促进了相关研究的蓬勃开展；2010 年至今，公开发表的论文快速增长，主要原因是 2009 年底电视连续剧《沂蒙》、电影《沂蒙六姐妹》的播出产生广泛关注，以及 2011 年、2012 年、2013 年、2014 年四年连续召开学术研讨会，极大地推动了学术界的研

---

　　①　引自山东社科联网站 http：//www. skj. gov. cn/xsdt. htm。

究。检索中国知网 CNKI 的数据，从 1990 年 1 月～2014 年 9 月，以"沂蒙精神"为主题的研究论文 778 篇，以"沂蒙精神"为篇名的 99 篇，代表文献有《弘扬"沂蒙精神"的历史必然性》（陈建光，1990）、《论沂蒙精神的时代意义》（杨玉金，1997）《马克思人的主体价值观与沂蒙精神的本质特征》（杨鲁慧，2004）《与时俱进：沂蒙精神的理论品格》（王友，2006）、《沂蒙精神内涵解析》（苑朋欣，2009）、《沂蒙精神的生产与传播：以"红嫂"文本为中心》（魏本权，2012）、《弘扬沂蒙精神，推进社会主义核心价值体系建设》　（白海若、徐东升，2012）、《沂蒙精神与群众路线》（秦正为，2013）、《沂蒙精神的人民性及其在马克思主义群众路线教育中的作用》（汲广运，2013）、《沂蒙精神视域下党群关系的建设》（高继文，2014）等。①

　　以"沂蒙精神""沂蒙红嫂"研究作为学位论文选题的有四篇，其中三篇出自山东大学，一篇出自首都师范大学。2008 年山东大学付然锋的硕士论文《试论沂蒙精神的形成、内涵及意义》，是第一篇以"沂蒙精神"为选题的硕士论文，这说明"沂蒙精神"的研究在高校青年学子中的传播日益加深。该文资料翔实，逻辑严谨，比较系统地梳理了"沂蒙精神"的形成过程，科学阐释了其基本内涵及时代价值。2008 年山东大学任芳的硕士论文《"沂蒙红嫂"现象及其当代社会价值研究》，是第一篇以"红嫂"为研究对象的硕士论文。该文论述了"红嫂精神"的基本内涵及其与"沂蒙精神"的内在联系，以史为据，理论联系实际，结论可靠。2009 年山东大学李敬华的硕士论文《沂蒙精神及其时代价值研究》，论述了沂蒙精神与市场经济的适应现象，缘于沂蒙文化兼容并包的开放性，论证了沂蒙精神在文化层面上对建设社会主义市场经济体制的精神动力价值。2014 年首都师范大学李洁的硕士论文《沂蒙精神及其当代价值》，是一篇集大成的论文，在吸收前人研究成果的

---

① 　马兆鹏：《"沂蒙精神"研究论文的计量分析》，《临沂大学学报》2014 年第 8 期。

基础上，紧密联系当前社会现实，形成了新的理论框架。该文认为，沂蒙精神的形成条件，得益于历史文化、革命传统和党的培育三个因素；归纳沂蒙精神的特征为群体性意识、奉献性观念和实干性精神；沂蒙精神的当代价值主要表现是，群众路线教育的活教材、社会主义核心价值体系建设的重要内容和实现中国梦的强大动力；在拓宽与创新沂蒙精神的传播途径方面，要抢占互联网、手机等新媒体阵地，积极开展各种与沂蒙精神相关的实践活动，继续表彰先进典型，发挥模范带头作用。尤其要通过创建沂蒙精神文化产业，树立沂蒙精神品牌形象，深入挖掘文化内涵，通过市场手段把文化与资本紧密结合起来，将文化进行产业化包装推向市场，实现文化传播与经济发展的良性循环。论文观点新颖，视野开阔。

关于沂蒙精神研究的著作，最早的是 1990 年临沂地区妇联主编的《沂蒙红嫂》，该书共收集了 80 位妇女英模的故事，从不同侧面反映了沂蒙山区妇女在战火纷飞的年代里拥军、参军、支前、参政、生产、救护伤病员、抚育革命后代、同敌人浴血奋战的英雄事迹和爱党爱军、无私奉献的崇高品质。该书绝大部分事迹是首次面世，也是官方首次为红嫂集体立传。迟浩田为该书题词：“蒙山高沂水长，好红嫂永难忘”。2004 年由中共临沂市委组织编写的《沂蒙颂歌》系列丛书出版，包括《三帅在沂蒙》《沂蒙将军颂》（抗日战争卷）、《沂蒙将军颂》（解放战争卷）《沂蒙红嫂颂》《沂蒙英烈颂》《沂蒙烽火颂》等 6 部，通过当事人或其子女回忆及他人采访等形式撰写，真实地反映了革命战争年代我们党、军队和沂蒙人民艰苦卓绝的斗争历程。《沂蒙红嫂颂》收录了百余位真实“红嫂”的感人事迹，有战争年代的老“红嫂”，也有和平时期的新“红嫂”，增加了对红嫂精神的感性认识。理论研究专著有《论沂蒙精神》《沂蒙精神新论》《沂蒙精神与全面建设小康社会》《沂蒙精神与社会主义核心价值体系研究》等。2008 年由国防大学、山东省委宣传部和临沂市委宣传部联合组织编写、人民出版社出版的《沂蒙精神》，则是近年来沂蒙精神理论研究的集大成之作。全书以丰富的史料、严密的逻辑系统论述了沂蒙精神的内涵、特征、价值及其传播过程，该书是全国发行的弘扬革命精神系列丛书之一，扩大了沂蒙精神的知名度和影响力。2012 年 10 月，临沂大学组织编写的优秀校本教材《沂蒙红色文化与沂蒙精神》一书，由山东人民出版社出版。此书作为学生通识课程的教材，临沂大学学生人手一本，年发行量上万册。该书把弘扬沂蒙精神与文化传承创新联系在一起，认为沂蒙精神形成和发展的历史就是一部实践爱国、团结、诚信、奉献的历史，弘扬沂蒙精神是传承社会主义先进文化的生动教材，不仅可以浸润广大学子崇德尚文的灵魂，而且可以全面提高人才培养的水平，实现人文精神和科学精神的全面发展。这些具有沂蒙精神素质的青年学子，来自全国各地，每年都有一万多名毕业生，他们回到自己的家乡，成为传播沂蒙（红嫂）精神的生力军。

— 第六章 —

《红嫂》的传播价值论

第一节 《红嫂》的文学价值

传承了半个多世纪的大嫂乳汁救伤员的故事，不断被改编成各种艺术形式，虽有些情节根据改编时政治形势的变化而不断被增删，但核心情节没有变，观众（读者）喜爱的程度甚至也有增无减，究其原因是这个故事有引人入胜的情节、鲜明生动的人物和浓厚真实的生活气息，带给受众美的享受的同时，不同时代的受众还从中认识那段历史获得思想启迪，使这部文学作品具有了超越时空的文学价值。

一、"红嫂"形象的多重象征意义

乳汁救伤员的故事是一个具有多重象征意义的情节，它象征了军民鱼水之情，暗喻了人民对共产党领导的军队有再造之恩；这个高度典型化的情节揭示了人民解放军之所以能够取得最终胜利的根本原因，是战争年代人心向背的形象化标志；一个年轻的乡村女性毅然突破伦理禁忌，用乳汁救活生命垂危的解放军战士的情节，还有"救死扶伤"的人道主义情怀，而这人道主义情怀与革命的目标又是完全一致的；这个情节浓缩了一段历史，使历史的本源动力得以形象化显现。

近代被欧洲列强的坚船利炮打开国门之后，在半封建半殖民地的中国，大大小小、形形色色的统治者几乎都是暴力拜物教的狂热信徒。"有枪就是草头王"，这是他们信奉的最高政治准则。清末及民国时期，历届中央及省级政府的开支中，军费支出始终高居于80%以上，远远超过正常的财政收入能力。中共成立后开始是重点开展民众运动，在工人农民中进行宣传教育工作，不怎么重视军事工作，结果是1927年吃了蒋介石的大亏，差一点亡了党。毛泽东所以能在八七会议上提出"政权是由枪杆子中取得的"这个重要论断，正是从大革命失败的血的教训中取得的。"暴动的发展是要夺取政权。要夺取政权，没有兵力的拥卫或去夺取，这是自欺的话。我们党从前的错误，就是忽略了军事，现在应以百分之六十的精力注意军事运动。实行在枪杆子上夺取政权，建设政权。"[1]

当代美国学者丹尼斯·朗在《权力论》一书中曾经较为系统地研究了权力与武力的关系，而且明确提到了毛泽东"枪杆子里面出政权"的著名论断：

宣称武力是主要的、唯一的或最终的权力形式的主张，在社会思想上历史悠久。"强权即公理"在若干欧洲语言中是古老谚语，有些名言词典把它的出典归属于柏拉图，把它等同于《理想国》中色拉马丘斯所说"正义是强者的利益"，但至少在乔伊特的译本中没有出现该谚语。马基雅弗利声称："一切武装的预言成功了，非武装的失败了。"霍布斯写到："没有利剑的公约只是空话，连一个人也保不住。"也许当代最有名的武力第一论断是毛泽东的箴言"枪杆子里面出政权"。[2]

毛泽东认识到，"在中国，只要一提到武装斗争，实质上即是农民

---

① 金冲及主编：《毛泽东传（1893—1949）（上卷）》，中央文献出版社1996年版，第143页。

② 转引自欧阳英：《重读毛泽东》，载〔美〕丹尼斯·朗：《权力论》，中国社会科学出版社1999年版，第98页。

战争，党同农民战争的密切关系即是党同农民的关系"①，"农民——这是中国军队的来源。士兵就是穿起军服的农民，他们是日本侵略者的死敌"，"农民，这是革命队伍最重要的组成部分。大革命以来的三次革命战争的经验证明：如果革命运动没有与农民结合起来，哪怕有其他群众参加，革命的队伍是没有力量的，是可以轰轰烈烈一时而不能持久的，是在敌人一个或几个严重打击之下就要垮台的；反之，如果革命运动与农民结合了，那就成了任何反动派所不能摧毁的力量，就有了粮食，有了军队，有了根据地，有了向前发展的立足点，就可以在长期斗争中不断增大革命的队伍，吸引其他阶层的人民参加革命斗争。"②

正因为中共正确处理了农民问题，给群众以看得见的物质利益，减息、减租，分田、分地，关心农民的生产和生活，制定正确的政策，保证了其利益得到充分实现，所以得到了广大农民群众的拥护，把革命当作他们的生命，把革命当作他们无上光荣的旗帜。尽管共产党的军队在苏区反围剿和长征途中遭受重创，最后只剩下几万人，但由于得到了农民的支持，在抗日战争和解放战争期间兵员得到很大充实，根据地规模不断得到扩大，经过长期艰苦的斗争，最终赢得了战争的胜利。沂蒙根据地人民始终不渝、毫无保留地支援着中共所领导的正义事业。1939年八路军115师抵达沂蒙山时，不足六千人，1945年移师东北时带走了20万沂蒙子弟，这是一个最好的证明。出现了"母亲叫儿打东洋，妻子送郎上战场""谁第一个报名参军，俺就嫁给谁"的动人情景，涌现出了一大批送子送郎参军的先进人物，"一门三英""一门四英"甚至"一门七英"的模范家庭也屡见不鲜。解放区人民大规模地参军入伍成为人民军队永不枯竭的源泉。

得民心者得天下。在中国，"谁赢得农民，谁就赢得中国"。③ 沂蒙

---

① 《毛泽东选集（第2卷）》，人民出版社1991年版，第605页。
② 《中共中央文件选集（第15册）》，中共中央党校出版社，第567页。
③ 《斯诺文集（第1册）》，新华出版社1984年版，第208页。

人民不仅踊跃报名参军，而且戮力拥军支前。不仅无私地献出了几乎全部的粮食，而且克服重重困难，冒着生命危险，及时将粮草弹药送往前线。孟良崮战役结束时，解放军俘虏了国民党第 74 师的一个军官。这个军官对自己打了败仗很不服气，对解放军指战员说："你们打胜仗，因为老百姓支援你们，为你们抬伤兵、送子弹、送给养，你们走到哪里交一张小票票（粮票），就可以吃饭；而我们来了，老百姓跑得精光，连个人影也看不到，还把东西都藏了，处处和我们作对。"俘虏的这番话道出了沂蒙根据地人民对子弟兵的无比热爱和全力支持，也看到了人心的向背。共产党由小到大、由弱到强，最终战胜八百万美式装备的国民党军队，靠的就是人民群众的汪洋战争。毛泽东有一段著名的论述可做概括，"真正的铜墙铁壁是什么？是群众，是千百万真心实意拥护革命的群众。这是真正的铜墙铁壁，什么力量也打不破的，完全打不破的……我们就能取得全中国"①。

　　应当看到，尽管毛泽东（代表中共）提出"枪杆子里面出政权"的著名论断，高度重视武力对于夺取政权的重要性，但毛泽东绝不是武力的崇拜者。在他那里，武力并不是一种图谋报复或希望惩罚的手段，而是希望武力争取全中国人民的自由解放，造一个民主共和国。他认为革命的宗旨是"全国人民都要有人身自由的权利，参与政治的权利和保护财产的权利。全国人民都要有说话的机会，都要有衣穿，有饭吃，有事做，有书读，总之要各得其所"②。经过战争消灭战争，建立一个没有剥削没有压迫的社会，表达了毛泽东人道主义世界观和战争观。毛泽东 1941 年为延安医科大学毕业生题词"救死扶伤，实行革命的人道主义"，以及他为军队制定的"优待俘虏"的政策等，都体现了人道主义的情怀。故而红嫂用乳汁救活生命垂危的伤员的义举，受到毛泽东的高度称赞。古人云"救人一命胜造七级浮屠"，何况是救我们的人民战

---

① 《毛泽东选集（第 1 卷）》，人民出版社 1991 年版，第 139 页。
② 《毛泽东选集（第 3 卷）》，人民出版社 1991 年版，第 808 页。

士。实际上这种人道主义精神在电视剧《沂蒙》中被进一步引申了。于宝珍不计私仇救活抗日的国民党团长李继周，甚至面对日本侵略马牧池村留下的十几具尸体，村民们不仅及时进行了处理，还将其骨灰送还鬼子司令部，都体现了一种高尚的人道主义精神。

二、"红嫂"故事的叙事原型与审美价值

"红嫂"这个 40 年代真实的革命故事变成 60 年代的一个文学寓言，感动了无数的受众，这除了主题得到了权力意识形态的肯定，与它情节的生动性、真实性密不可分，毕竟讲好一个故事是文学文本成功的前提。五六十年代的作家响应"古为今用"的号召，积极利用民间形式来表现政治意识形态时，也注重借鉴吸收民间文艺的内容。刘知侠的"《铁道游击队》带有明显的民间传奇色彩，鲁汉的酗酒，林忠的赌钱，都写得自由自在，连刘洪与芳林嫂的性爱关系也带有草莽气，比少剑波与'小白鸽'的英雄美人戏要自然得多，也真实得多"①。刘知侠在创作小说《红嫂》时不自觉地借鉴了民间"一女三男"的故事原型，成为既具有传统叙事特征又融会了现实美学精神的文本。"原型"就是在叙事艺术中不断复现的"具有约束性的文学象征或象征群"，"要使同一故事原型显得真实可信，在艺术上和谐，在道德上为人普遍接受，就需要再度的置换变形"②。《红嫂》故事的叙事模式对"一女三男"的原型进行了一定程度的置换。

"一女三男"的角色模型中，女子常常是一种泼辣智慧、自由向往的角色，她的对手是一些被嘲讽的男性角色，代表了民间社会的对立面：权力社会和知识社会。前者往往是愚蠢、蛮横的权势者，后者往往是狡诈、怯懦的酸文人；战胜前者需要胆气，战胜后者需要智力。这种

---

① 陈思和：《民间的浮沉》，《当代作家评论》1994 年第 2 期。
② 弗莱：《批评的解剖》，载叶舒宪编：《神话——原型批评》，陕西师范大学出版社 1987 年版，第 16～20 页。

男性角色在传统民间文艺里可以出场一角，也可以出场双角，若再要表达一种自由、理想的向往，也可以出现第三个男性角色，即正面的男人形象，往往是勤劳、勇敢、英俊的民间英雄。这种"一女三男"的角色模型，可以演化出无穷的故事。其最粗俗的形式就是挑女婿模式，如《刘三姐》。地主强取刘三姐做妾不成，只好雇来三个秀才和刘三姐对歌，希望能打败刘三姐，结果都被刘三姐驳得哑口无言，狼狈离去，最终刘三姐和勇敢聪明的阿牛相爱。这里的"三男"分别是地主恶霸、酸腐秀才和勇敢的阿牛。

　　若精致化，就可以转喻为各种意识形态。① 比如《青春之歌》中"一女"和"三男"的相互关系和强弱高下就与刘三姐的故事有所不同。林道静的成长故事和她与余永泽、卢嘉川和江华三个男人的情感故事交织在一起。林道静的成长是从余永泽开始的，余永泽对爱情浪漫、对革命漠视，所代表的是落后与自私的力量；卢嘉川的每一次出现都犹如理想的传播者和心灵的开启者，通过自己过人的言说能力征服了林道静，代表的是革命者的形象；江华介于余永泽和卢嘉川之间，是林道静最理想的生活伴侣和革命伴侣。林道静放弃余永泽而先后选择了卢嘉川和江华，不仅是她爱情观逐步走向成熟的表现，也是她人生理想和价值观不断校正并最终确认的结果。

　　小说《红嫂》的人物角色设置也符合"一女三男"的模式原型，并进行了一定程度的置换。红嫂虽是一个普通的农家妇女，但是受过共产党的教育，有勇有谋，美丽大方；她的对手刁鬼代表权力社会（还乡团），因贪婪于红嫂的美貌而表现愚蠢，红嫂与他是斗智，巧施"美人计"，假意逢迎，最终置之于死地；丈夫吴二胆小怕事，但又爱自己的妻儿，红嫂与他是斗勇，通过动之以情、晓之以理，最终将其说服同化；解放军战士彭林是英雄形象，代表正义、自由和光明，红嫂与他互

------

① 陈思和：《鸡鸣风雨》，学林出版社 1994 年版，第 47 页。

补映衬，表现军民鱼水情。故事情节就在这斗智斗勇的过程中逐次展开，引人入胜。京剧本里，红嫂与三个男人的角色模式仍没有变，只是减少了吴二的戏，增加了彭林的戏，不写刁鬼调戏红嫂，不写吴二的封建思想，强化阶级冲突，突出敌人的穷凶极恶，这样一来，这个叙事模式富有生命力的民间内容就被你死我活的政治对立取代了。到舞剧本里，吴二变成武工队长、党支部书记，叙事模型就转换成了另一原型"神魔斗法"。一道一魔（象征了正邪两种力量）对峙着比本领，各自祭起法宝，一物降一物，最终是"魔高一尺，道高一丈"。舞剧以阶级阵营的天然对立来置换剧中善恶势力之间力量消长，并通过红嫂所代表的进步势力的胜利来昭示正义必将战胜邪恶的自古公理。同时也是对"大团圆"这一民族叙事传统的回应，满足了观众向善的审美期待。由于红嫂充满忠义意识与牺牲精神的理想人格一直是我们民族文化中的典型审美样态，尽管讲述故事时的社会语境不同，改编者在援用叙事传统的同时为叙事附加了不同的意义取向，受众也随社会心理的变迁从中取舍不同的审美资源，但这个故事所包含的恒定的传统精神因素始终没有变，所以才常演常新，魅力永存。

值得注意的是，刘知侠在他先前创作的《铁道游击队》中运用了"五虎将"的叙事模式。在《铁道游击队》第二十章中，描写火车站站长张兰对林忠讲到群众对铁道游击队的传闻时有段描写：

有的说刘洪两只眼比电灯还亮，人一看到他就打哆嗦……他的枪法百发百中，要打你的左眼，子弹不会落到右眼。说的李正么？听人数他是个白面书生，很有学问……他手下还有王、彭、林、鲁四员虎将。[1]

这里就间接提到了刘洪、王强、彭亮、林忠、鲁汉"五虎将"。他们各怀绝技，性格互补。刘洪不仅身怀飞车绝技，而且威信高，富有号召力；王强足智多谋，是最有办法的人；彭亮正直热情，会开火车；林

---

① 刘知侠：《铁道游击队》，上海文艺出版社1978年版，第450页。

忠为人本分，沉默寡言，但打仗拼命；鲁汉好酒憨直，生死无惧。这种
对民间叙事模式的成功借鉴，刘知侠归功于对中国古典小说的有意识的
学习研究。他说："写《铁道游击队》之前，特别又仔细地看了一遍
《水浒传》，并研究了它的写法……把《水浒传》拆开，分析了它的结
构、人物刻画、情节的安排和语言文字。"①刘知侠在《红嫂》中对"一
女三男"模式的运用或许不如《铁道游击队》对"五虎将"模式的运
用那么自觉，但对民间文艺营养的汲取却是不容否认的。正如马克思所
指出："人们自己创造自己的历史，但是他们并不是随心所欲的创造。
并不是在他们选定的条件下创造的，而是在直接碰到的、既定的、从过
去承继下来的条件下创造。"② 就文学来说，任何新的文学因素的萌芽
都离不开对文学传统的继承。一方面，刘知侠长期受到古代民间文学的
熏陶并从中吸收到艺术的营养，他会自觉与不自觉地将所受到的影响带
进创作中；另一方面，工农兵文学思潮对继承民族文学优良传统的提
倡，如周扬提出文艺要与"自己民族的、特别是民间的文艺传统保持密
切的血肉关系"，"语言做到相当大众化的程度"，③又对他的创作发生
更为自觉而深远的影响。

第二节　《红嫂》的精神价值

一、"红嫂精神"的基本内涵

"红嫂"现象产生于齐鲁大地的沂蒙山区，是一个值得深思的文化

---

① 刘知侠：《漫谈拙作话当年》，《山东文学》1980 年第 9 期。
② 马克思：《路易·波拿巴的雾月十八日》，载《马克思恩格斯选集（第 2 卷）》，人民
出版社 1972 年版，第 603 页。
③ 周扬：《新的人民的文艺》，《周扬文集（第 1 卷）》，人民文学出版社 1984 年版，第
513 页。

课题，凝聚着沂蒙文化、齐鲁文化和革命文化的历史品格。重礼尚义、敬忠重仁、贵公贵和、耐苦均平、重义轻利、舍生取义、醇厚凝重、无私奉献诸种文化品格集中体现在"红嫂"身上。红嫂，沂蒙山区的一名普通妇女，用自己的乳汁救活了解放军伤员。你可以把这种朴素的行为解释成为善良的本能所致，但由此衍生出来的"红嫂"精神实际上早已突破了狭隘的道德意识层次，上升到人类学、美学意义上的崇高境界。①

文学史上任何名著经典的具体内涵都不会永不过时。战争的硝烟散去，在和平建设年代，我们除了欣赏各种艺术形式《红嫂》带给人们的审美愉悦价值和认识历史启迪思想的价值外，它还有什么价值？那就是其所体现的基本精神——"红嫂精神"。

"红嫂精神"首先是从文本中提炼出来的。沂蒙老区山美水美人更美。红嫂淳朴、自然、美丽的外表下有一颗更美的心灵。她在白色恐怖中冒着生命危险用乳汁救活了一名解放军伤员，倾其所有养好伤，把他转移到安全地带，重返前线。这既是一种善良的本能、情深似海的母爱，也体现了她对和平、自由、正义的追求，具有永恒的普世价值。这是为他人利益而无私奉献的牺牲精神。

"无私奉献"是"红嫂精神"的关键词，它真实地书写在沂蒙大地上。乳汁让人们想到母爱，母爱是伟大无私的。战争留给母亲的记忆是最痛苦的，为她们的儿女性命担忧，为日常穿衣吃饭操心，她们憎恨战争。但是为了民族的解放、独立和自由，为了让和平早日来临永驻人间，她们向正义敞开伟大的胸襟，用自己圣洁的乳汁喂救八路军伤员，成为人类战争史上惊世骇俗之绝唱。然而她们不愿扬名，不求报答。

"红嫂"的生活原型之所以有多个版本，就因为当时这样无私奉献的女性在沂蒙山不知有多少，形成了一个伟大的女性群体。在那个十分

---

① 魏建、贾振勇：《齐鲁文化与山东新文学》，湖南教育出版社 1996 年版。

困难的战争年代，营养品极度匮乏，伤员又那么多，在抢救伤员、护理伤员的过程中，沂蒙人民已经倾其所有，凑集哺乳期妇女的乳汁抢救伤员，这在当时是一种无奈的选择。许多重伤员就是在这种情况下被挽回了生命，恢复了健康，重返了战场。虽然现在公认明德英是"红嫂"的生活原型，但笔者认为"红嫂"的原型很可能是那个佚名英雄。她救人是本能的表现，不求回报，也害怕引起家人的误解，所以求支书"不要向上级汇报，不要表扬我"。这种推测事实上是有例证的。20世纪80年代末，原中央军委副主席迟浩田曾多次回到沂蒙山，寻找当年他身负重伤时，用乳汁和小米粥把他救活的两位大嫂。乡村干部给他找来好些"红嫂"，老人们平静地听完老将军的讲述后，却个个摇头否认。一位满头银发的大娘说："大兄弟哟，像俺们这般年纪的人，谁都做过这样的事。那是应该的呀！你还寻个啥呢！"这就是无尚崇高的"红嫂精神"。其革命英雄主义和人性博爱之光，日月可鉴。

"红嫂"们在抗日战争和解放战争时期送子参军、送夫支前、缝军衣、做军鞋、抬担架、推小车、侦察敌情、站岗放哨，冒着枪林弹雨舍生忘死救伤员，不遗余力抚养革命后代，用汗水、乳汁和鲜血喂养了革命，喂养了共产党和人民军队，孕育了新中国。功高不自居，感动了一代又一代人。"红嫂精神"的当代价值除了经常提醒公仆们不忘人民的养育之恩，作为执政资源外，应该是对于超越性的精神价值的追求，顾全大局、无私奉献的牺牲精神，一种大爱精神。这是超越意识形态的内容，虽然不能要求人人做到，但作为一种美好品质，却值得赞美和追求。人是要有一点精神的。尤其是在物质越来越丰富而精神似乎越来越空虚的多元社会，多一点奉献、少一点索取，多关注一点他人、少留意一点自我，或许会让我们感觉到生活得更有品位、更有意义。正因为如此，近十年来央视感动中国的年度人物评选引起了社会的广泛关注。2011年感动中国年度人物吴菊萍的伸手一接，接住了高楼坠落的小女孩，也托起了久违的牺牲奉献精神。

二、从"红嫂精神"到"沂蒙精神"

沂蒙山以穷出名，穷则思变，越穷越革命，与井冈山、太行山一样成为全国著名的革命根据地之一。在中国革命史上，沂蒙山的地位并不醒目。倒是多亏了刘知侠写了小说《红嫂》，1964 年改编成京剧后，得到毛泽东的称赞，"红嫂"的事迹传遍大江南北，成为沂蒙人民的光荣和骄傲，沂蒙山也因此提高了知名度。"红嫂"成了沂蒙山的代名词。外地人知道沂蒙山，差不多都是从京剧《红嫂》里面那句好听的唱词"续一把沂蒙山柴炉火更旺，添一瓢沂河水情深意长"或舞剧《沂蒙颂》里面优美的《沂蒙山小调》了解的。改革开放以来，为加强精神文明建设，开展爱国主义和革命传统教育，红嫂事迹所蕴含的意识形态价值不断被挖掘、提炼和丰富，"红嫂精神"被提升到"沂蒙精神"，诠释为沂蒙革命老区的精神财富。这样"红嫂精神"也就成了"沂蒙精神"的重要内容和象征性标志。

胡锦涛在视察临沂时有一段讲话，概述了"沂蒙精神"的形成过程。他说：在长期的革命岁月里，临沂人民为中国革命事业的胜利创立了光辉的业绩，作出了巨大贡献。新中国成立后，临沂人民为改变贫穷落后面貌，进行了不懈的努力。改革开放以来，把发扬革命传统同弘扬时代精神结合起来，形成了具有时代特征的"沂蒙精神"。很显然，沂蒙精神的创造主体是沂蒙人民，体现了沂蒙人民的主体价值和主体理念；沂蒙精神的地域特色鲜明，是在沂蒙地区深厚历史文化底蕴的基础上形成的区域性群体意识；沂蒙精神形成于革命战争年代那个特殊的历史时期，在和平建设时期尤其是改革开放以来的社会主义现代化建设中得以不断丰富、完善和发展。

1989 年 12 月 12 日，《临沂大众》发表了题为《发挥老区优势，弘扬沂蒙精神》的文章，第一次提出了"沂蒙精神"这一概念。1990 年

2月2日，时任山东省委书记姜春云到临沂调研，将沂蒙精神概括为"爱党爱军、开拓奋进、艰苦创业、无私奉献"十六个字。从提出的时间上来看，"六四风波"刚过，正处于政治上比较敏感的时期，对民众进行革命传统教育，重温党、军队与人民群众的血肉联系，纠正某些片面认识正当其时，所以这个具有鲜明政治和时代特色的概括，迅速传播开来，对于坚定人民对共产党的领导和走社会主义道路发挥了重要的舆论引导作用。"爱党爱军""无私奉献"是"红嫂精神"的核心，也是"沂蒙精神"的核心，体现了沂蒙人们坚定的政治信仰和顾全大局、勇于奉献的价值取向；"开拓奋进""艰苦创业"，是"红嫂精神"的扩展，体现了沂蒙人民追求进步、敢为人先的思想意识和坚忍不拔、艰苦奋斗的精神风貌。

1992年7月十四大召开前期，江泽民视察临沂，欣然题词："弘扬沂蒙精神，振兴临沂经济。"把弘扬沂蒙精神与发展经济联系起来，既肯定了沂蒙精神的提法，又将其落脚在集中精力发展经济上，侧重强调"艰苦创业"，实际上是对"沂蒙精神"的一个充实完善，继往是为了开来。

2004年10月，时任临沂市委书记李群在《人民日报》撰文《促进经济社会全面发展的精神力量》，首次提出了"沂蒙精神"的三个特质：一是沂蒙精神具有鲜明的与时俱进的品质，二是沂蒙精神具有很强的开放兼容性，三是沂蒙精神具有强大的实践功能。这种阐释显然突破了历史和地域的限制，赋予了"沂蒙精神"新的内涵和鲜明的时代精神特色。

2005年8月16日，"沂蒙精神"走进北京，被概括为"民族精神的具体体现"。为纪念中国人民抗日战争胜利暨世界反法西斯战争胜利60周年，在国家博物馆举行了"沂蒙精神"大型展览。展览以抗日战争和山东军民的牺牲奉献为重点，以展示山东特别是沂蒙老区的新发展、新成就为着力点，分为红色的热土、可敬的人民和伟大的实践三个部分。

时任中央政治局常委李长春参观展览后指出："在血与火的革命战争年代，沂蒙人民在中国共产党的领导下，前赴后继，浴血奋战，用小车推动历史，为中国革命事业的胜利创立了光辉业绩，铸就了伟大的沂蒙精神。"①

时任中宣部部长刘云山则指出："现在我们提倡井冈山精神、长征精神、延安精神、西柏坡精神，再加上沂蒙精神、太行精神，所有这些都是我们民族精神的具体体现，正因为有了这些精神，才形成了无坚不摧的民族精神。我们今天纪念抗日战争胜利 60 周年，一个很重要的内容就是要大力弘扬包括民族精神在内的时代精神。当然，民族精神里头就包括伟大的沂蒙精神。"

展览设计师洪麦恩教授说："与井冈山精神、长征精神、延安精神、西柏坡精神相比，沂蒙精神最具个性的特色，集中反映了中国人民在抗日战争和解放战争时期，对中国共产党全心全意的拥护和对人民子弟兵毫不保留的支持。党与群众血肉相连的伟力在这里体现得最典型、最集中、最感人，人民是一面镜子。"

一句话，"沂蒙精神"的本质就是"爱党爱军"，体现出来的是党、军队与人民之间血浓于水的关系。这是中国革命胜利的根本保证。把它概括为"民族精神的具体体现"，就突破了历史和地域的限制，具有了普遍的意义。

如何认识沂蒙精神是民族精神的具体体现？两个方面：文化沃土和红色热土的培育。

---

① 2011 年 6 月 19 日至 20 日，李长春在视察临沂时，再度阐释了沂蒙精神的时代内涵和现实意义："这种精神，用在抗日战争，我们能够赢得民族的独立；用在解放战争，能够使人们当家做主人；用在脱贫致富，能够很快地改变贫穷落后面貌。在新的历史时期，临沂人民大力弘扬伟大沂蒙精神，实现了脱贫致富。现在我们全面建设小康社会，更需要沂蒙精神。"这实际上肯定了沂蒙精神的永恒价值。

（一）文化沃土

有作家这样描绘沂蒙山：

八百里沂蒙那巍峻绵亘的山峦，似虎似狮似剑似戟，若游若吟若飞若啸，给人以"群峰削玉九千仞，乱石穿空一万枝"的雄浑与博大。山上突兀之山曰"崮"，崮是沂蒙山脉的峥嵘头角：一条腿的锥子崮，两条腿的仙人崮，三条腿的鳌子崮，四条腿的板凳崮，油篓崮，盘龙崮，马头崮，抱犊崮，焦赞崮，孟良崮……七十二崮是造物主于天地混沌中，从大海的浴盆里捧出的奇绝的杰作。山有水方活，水得山而媚。沂河、沭河、汶河如三姐妹，披珠戴玉，从沂蒙山的怀抱中走来，一路上且歌且舞，用那浸润的歌喉唱酥了山丘，又给沂蒙山营造了临（沂）、郯（城)、苍（山）大平原。这平原沃野上，少了大山的雄峻之态，多了水乡的清秀之姿，水似碧罗带，稻若绿绒毯……①

沂蒙大地东临黄海，背靠泰山。境内山峦起伏，7000余座山头群峰竞秀，400多条河流曲折蜿蜒、奔流不息。蒙山为"岱宗之亚"，主峰海拔1156米，它西连泰岱，东接沂河。蒙山相邻有沂山，沂山海拔1032米。沂蒙大地的山山水水，为生活在这里的人们提供了基本的生存条件和衣食之源，使沂蒙人民在这块土地上繁衍生息，创造着灿烂的文明。这里大山仁厚、绿水通灵，文化底蕴深厚。

沂蒙北部山区距今四五十万年前的沂源猿人开创了沂蒙的史前文化，这种沂蒙史前文化成为东夷文化的摇篮与母体。沂源猿人不仅是沂蒙文化而且是齐鲁文化纵向承续的最早文化源头。西周建立之后，经过周公东征和齐鲁建国等历史变化，东夷文化逐渐失去了其独特地位，而开始了与周文化的交汇融合。当时的沂蒙山区，分别辖属于齐鲁两国。太公推行"因其俗，简其礼"的方针，东夷文化得以继续存在，以支

---

① 李存葆、王光明：《沂蒙九章》，作家出版社1992年，第7页。

流文化的身份构成了齐鲁文化的重要一极。而鲁国一带，由于伯禽推行"变其俗，革其礼"的政策和"尊尊、亲亲"的方针，东夷文化较多受到同化。所以，在西周时代，宗周文化的一整套典章制度、文化礼俗在沂蒙地区推广开来。春秋战国时期，齐、鲁文化日渐融合。这时的沂蒙文化在保持自己亚区域文化特征的基础上，既受到鲁国宗周文化诗、书、礼、乐之风的影响，又受到齐文化务实、变革和开放精神的影响。在思想界的争鸣中，沂蒙主要有儒家和墨家。在强大的宗周文化势力影响之下，以儒家典籍文化为主要形式的高雅文化进入该地区。该地离孔子故里曲阜不过数百里，孔子曾周游讲学来过沂蒙腹地，并登过东山（蒙山）。① 孔子的高足子路、闵子骞、曾参等皆为沂蒙人。荀子虽为赵国人，却在兰陵赴任，终老沂蒙。孔、孟、荀前后两百年间在此著书立说，讲学传人、周游列国、出任公卿，活动范围广且深，对沂蒙地区的思想意识、风俗习惯、生活方式等都产生了深远影响，使儒家文化"仁""礼""信"精义在此奠定了基础。此外，墨家思想在沂蒙地区尤其民间也影响甚广，形成"尚义"的传统，表现在对"侠"文化的推崇。②

　　这样，在几千年的文明进程中，形成了沂蒙人独具特色的文化性格：

　　一是尽忠尽孝。沂蒙人特别忠贞，对国家忠心耿耿，视民族利益高于一切，热爱祖国，维护统一。沂蒙山区是忠孝文化孕育的古老沃土。我国古代著名的二十四孝中，七孝出在沂蒙山区，如郯子鹿乳奉宗，仲由为亲负米，闵损单衣顺母，曾母啮指心痛，王祥卧冰求鲤等，流传千古，妇孺皆知。忠是孝的升华，忠公体国的沂蒙先贤家喻户晓：一代贤相诸葛亮，鞠躬尽瘁，死而后已，是历代敬仰的忠君典型；大书法家颜真卿和他的堂兄颜杲卿，忠肝义胆，一身正气，面对叛逆，泰然自若，

---

① 《孟子》曰："孔子登东山而小鲁。"
② 王万森、周志雄、李建英：《沂蒙文化与现代沂蒙文学》，齐鲁书社 2006 年版。

慷慨赴死；民族英雄左宝贵，侠肝义胆，抗击侵略，血染异域，壮烈殉国。

二是仗义豪侠。在长期的历史进程中，在与大自然进行抗争和同反动势力进行斗争的进程中，形成了沂蒙人敢于斗争、爱憎分明的正义感和不畏强暴的反抗精神。沂蒙人仗义，敢为朋友两肋插刀，讲大义不自私，甘于奉献，勇于舍生取义。

三是自强不息。特殊的地理环境，造就了沂蒙人民坚忍不拔、顽强拼搏的禀性。面对艰难险阻，沂蒙人百折不挠，特别能吃苦，特别能战斗。

沂蒙山人这种醇厚的民风和沂蒙山区群山绵延的地理环境，特别适合开展游击战争，建立沂蒙山区为中心的山东革命根据地是中共所做出的正确战略决策。

（二）红色热土

30 年代初，当土地革命燎原烈火烧遍大江南北时，沂蒙山区就发生过多次由共产党领导的武装暴动，并先后成立"中国工农红军鲁南游击纵队""中国工农红军鲁南游击总队"。1938 年 1 月，中共中央向山东省委发出指示信，要求山东抗日武装"努力向东发展，尤以莒县、蒙阴等广大地区为中心"。这年 5 月又明确指示，创建以沂蒙山为中心的山东抗日根据地。9 月，中共苏鲁边区省委（不久改成中共中央山东分局）遵照中央建立沂蒙革命根据地的指示南迁沂蒙。不久，中央派遣大批干部进入沂蒙山区。沂蒙革命根据地的建立，以 1939 年 8 月下旬八路军 115 师罗荣桓、陈光率部到达沂水王庄为标志。1940 年 8 月，山东省战时工作推行委员会（省政府前身）在沂南县青陀寺成立后，各级抗日民主政权在沂蒙山区普遍建立起来，并形成了鲁中、滨海、鲁南三大战略区。1942 年后，山东省的党政军首脑机关均驻扎于此，民主根据地内的政治、经济和文化建设的工作，多是在这里先行试点，待取得经验后再向全省其他地区推广的，沂蒙革命根据地也因此被人们誉为"小延安"。经过8年的抗日战争，中共在山东建立了力量雄厚的革命根据地。在这里，共产党不仅在政治、军事上大规模投入，在文化建设上也是不遗余力。中共山东省委机关报《大众日报》在沂蒙办刊八年，还有《战地文艺》《战士报》《民兵》《前卫报》《前进报》《鲁南时报》等报刊纷纷应运而生，文艺宣传团体如雨后春笋，纷纷涌现，如战士剧社、抗大一分校文工团、山纵鲁艺宣传大队、黎明剧社、省妇救会姊妹剧团、沂蒙国剧社等，剧运成为空前的盛举。著名的《沂蒙山小调》《跟着共产党走》就是这时创作的。这些报刊和文艺宣传为新民主主义革命文化的传播起了巨大的作用，提高了沂蒙人民的文化素质，促进了沂蒙文化与新民主主义革命文化的融合。

抗战胜利后，国民党发动内战，把陕北和山东两个解放区作为重点进攻地区。如果说延安作为中共中央所在地，早就为国民党垂涎三尺，那么，山东解放区也令国民党如此青睐，就别有原因。齐鲁大地自古乃兵家必争之地。山东地处华北、东北、华东三大战略区域之交，人口众多，资源丰富，战略位置非常重要。中共在这里有深厚的群众基础，人心向背决定战争的胜负。中共华东局、新四军军部就设在临沂，使这里成为山东以至华东的革命指挥中心。

在长达12年的革命斗争中，沂蒙山上，沂河岸边，到处可见沂蒙父老英勇杀敌的身影；密林深处，青纱帐中，沂蒙大地处处都是杀敌的战场。蒙山沂水间累计发生过大小战斗四千余次，掩埋过十万将士的忠骨。1961年，毛泽东在回忆这段历史时曾经说过："山东把所有的战略点线都抢占了和包围了，只有山东全省是我们完整的、最重要的战略基地。北占东北，南下长江，都主要靠山东。"陈毅也说过："我进了棺材也忘不了沂蒙山人，他们用小米供养了革命，用小车把革命推过了长江。"诚哉，斯言。战争是军事力量的比较，但其背后是物质力量和人心向背的较量。在战火纷飞的革命岁月里，沂蒙山人勒紧腰带，推着独轮车，将中国革命一程又一程地送向胜利。

作为小说《红嫂》故事背景的孟良崮战役，是解放军敢打硬仗恶仗的范例，小说中排长彭林的战场表现可见一斑。战役全歼国民党五大主力之一的王牌军七十四师，令蒋介石闻讯后口吐鲜血。这场战役中沂蒙人"砸锅卖铁，支援前线"倾其所有，支前民工九十多万人，保证了几十万大军的生活供应和战场运输任务。原国防部长迟浩田将军，当年参战时是一名连指导员，他在记叙诗《伟哉，孟良崮》中深情地写道：

"八百里沂蒙八百里情，每一回寻觅总是心潮难平……"孟良崮血战惊天动地，"几粒子弹穿吻我腿骨，一片热血洒进我厚爱的土层。山崖旁，温暖的大手，把我扶上担架；农舍里，慈爱的目光，伴我迎来一个个黎明；好乡亲，一勺一勺喂我汤水；好乡亲哪，一遍一遍把我伤口洗净；独轮车载我走过山水几道，沂蒙山给了我第二次生命"。

特殊的地理位置、深厚的文化沃土、淳朴忠勇的沂蒙山人，决定了中国革命必然选择沂蒙山。孔子曰："君子义以为上"。在沂蒙人民看来，爱党、爱军是自己应当坚持的最大的义。"革命是历史的火车头"，这句已不合时宜的话对沂蒙山人来说，却是再合适不过了。20世纪上半叶的山东，"革命"是关键词，如火如荼的革命热情，如梦如痴的革命理想不仅唤起了沂蒙人文化灵魂的时代自觉，而且"抗日战争和解放战争对沂蒙山人的影响很大，它使沂蒙山人见到了外面的世界，改变了很多沂蒙山人的命运，战争对沂蒙山人实际上是一次解放"。① 五四运动以来的启蒙运动对沂蒙山影响甚小，这里不存在救亡压倒启蒙的问题，相反，救亡本身是沂蒙山人最大的启蒙，这一片古老文化的沃土在战争中升华为红色的热土，才养育了用乳汁救伤员的"红嫂"。正如学者魏建在探讨沂蒙精神的源头时所指出，沂蒙精神的文化源头更重要的

---

① 周志雄、李剑英：《长长的流水，脉脉的温情——作家苗长水访谈录》，《当代小说》2003年第12期。

是红色文化，没有红色文化就没有沂蒙精神；红色文化和沂蒙本土文化、齐鲁文化相互建构，沂蒙文化支持着红色文化，红色文化又不断强化、提升着沂蒙文化。①

三、长期执政视域中的"红嫂精神"

古希腊神话中，有一位英勇无敌的英雄叫安泰，是地神盖娅的儿子。他战无不胜的秘密武器在于，每当与敌人决战遇到困难时，只要往他的母亲——大地身上一靠，便获得新的无穷无尽的力量，因此任何敌人也不能战胜他。后来，敌人获知了这一秘密，便想方设法使他脱离和大地母亲的联系，举到空中把他扼死了。如果我们把中共比作安泰，那么人民群众就是大地母亲。1941 年至 1942 年，日寇对山东根据地进行了万人以上"扫荡"9 次以上，千人以上"扫荡"70 余次，山东解放区被大量包围分割，根据地范围严重缩小，生存面临严重困难。1942 年 4 月，中央派刘少奇由苏北来到沂蒙革命根据地指导工作，他说："群众是共产党的母亲，党是群众的儿子。……脱离群众是共产党员最危险、最严重、最应该受到责罚的事情。"② 由于正确地贯彻执行了党的群众路线，深入发动群众，开展减租减息等中心工作，山东抗日根据地很快扭转了一度出现的被动局面，党的各级群众组织、抗日武装力量都有了飞速的发展。到 1945 年，山东根据地共产党员由不足 2000 人发展到近 20 万人；军队由零发展到 27 万人，民兵发展到 71 万人，还有自卫队 200 余万人。党员、军队和民兵分别占全国我党、我军和民兵总数的五分之一。山东抗日根据地成为共产党领导的 19 块抗日根据地中唯一的建制省，也是其中唯一的一块主要依靠地方党组织的力量创建和

---

① 曲艺、汲广运：《沂蒙精神的时代内涵和新使命》，《临沂大学学报》2012 年第 2 期，第 8 页。

② 转引自韩延明：《沂蒙精神的血脉与真谛》，《高校辅导员》2011 年第 10 期。

发展起来的省级解放区。① 革命战争年代，人民群众是党的衣食父母和生存基础，没有与我们党和军队同心同德的人民群众的支持，党不仅难以取得执掌全国政权，恐怕早已被国内外反动势力扼杀在襁褓之中了。

　　一个政党在野时和执政后是有很大区别的。中共在夺取全国政权的过程中，几乎一直处于强大的国外帝国主义和国内反动军阀绞杀的险恶环境中，这种处境成为中共密切联系群众的外在压力和动力，所以脱离群众的事情较少发生。中共意识到自己要生存和发展，就得赢得人民群众的衷心拥护和支持，所以把群众的利益放在心上，把群众当亲人，铸就了党同人民群众血肉相连的"红嫂精神"。执政之后，事关生死存亡的外在压力和动力不复存在了，脱离群众不会马上有性命之忧了，于是有些人开始怠慢群众，甚至筑起有形无形的墙和百姓隔离开来。邓小平在改革开放之初就指出："为什么过去很困难的局面我们都能渡过？根本的问题是我们的干部党员同人民群众一起苦。""现在的物质条件比那个时候好一些……为什么群众对我们还有那么多的意见？这确实同我们脱离群众，特别是同高级干部脱离群众有直接关系。"② 包括苏共在内的一大批执政党丧权亡党的教训都说明，如果一个政党脱离了它所代表的民众，从人民之中爬到了人民之上，变成了一个纯粹争权夺利的工具，由执政为民蜕变成弄权为己，那就失去了执政的坚实基础和丰厚资源。"水能载舟，亦能覆舟"。历史已经证明中共最大的政治优势是密切联系群众，最大的危险是脱离群众。③ 胡锦涛在庆祝建党90周年大会上的讲话中指出：90年来党的发展历程告诉我们，来自人民、植根人民、服务人民，是我们党永远立于不败之地的根本。

　　"红嫂精神"是中共领导人民在长期的革命斗争中形成的宝贵的精

---

　　① 邹焕梅、时新华：《群众路线视域中沂蒙精神生成动力机制研究》，《山东青年政治学院学报》2013年第4期。

　　② 《邓小平文选（第2卷）》，人民出版社1994年版。

　　③ 李抒望：《"红嫂精神"的当代价值》，《桂中论坛》2005年第9期。

神财富，也是长期执政深厚的执政资源。"红嫂精神"历久弥新、永葆活力的真谛在于，只有坚持以人为本，执政为民，真正做到始终保持同人民群众的鱼水关系和血肉联系，人民群众才会把心交给党，坚定地跟党走，从而巩固党的执政地位。党的各级干部要常温"红嫂精神"，常想当年"红嫂"喂奶，常怀今日"感恩"之心，常思律己"立身"之本，常存忠信"做人"之德，才能竭尽全力回报人民群众的养育之恩，真心实意、全心全意地为人民服好务，当好人民公仆。知恩图报，居安思危，才能不被人民群众所抛弃。①

第三节 《红嫂》的社会经济价值

一、沂蒙"红嫂精神"化政治优势为文化优势

沂蒙"红嫂精神"获得几代中央领导人的认可，其内涵已被提升到与井冈山精神、延安精神等一样的高度，都是中华民族精神的集中体现，这是沂蒙山区巨大的政治优势。但长期以来只停留在政治宣传层面，而且由于沂蒙"红嫂精神"的形成缺少领袖人物的直接参与，知名度还不够高。如何化政治优势为文化优势，打造弘扬沂蒙精神的有效载体，成为当地宣传文化部门的头等任务。新世纪以来他们选择了创作具有高影响力、高辐射力的艺术精品这个途径，树立起"文化资本"的理念，精心打造"沂蒙印象"。通过文化体制改革和加大财政投入，

---

① 《人民日报》2011 年 9 月 6 日发表孙守刚等的文章《大力弘扬沂蒙精神 建设核心价值体系》，文章指出：当前我国经济结构、社会结构和利益格局发生深刻变化，党群干群关系面临不少新情况、新问题。要教育广大党员特别是领导干部牢固树立以人为本、执政为民的基本理念，切实解决好"相信谁、依靠谁、为了谁"的问题，做到心里装着群众，凡事想着群众，工作依靠群众，一切为了群众。努力构建新时期和谐融洽的党群干群关系，对于增强党的执政能力、巩固党的执政地位意义重大。

将沂蒙山区可敬的人民、秀美的风光和崇高的精神，以高度艺术化的方式，唯美而生动地展现在世人面前，极大提升了临沂城市形象的知名度和美誉度。实践证明，一个地区越是拥有稀缺性的文化资源，越能拥有更强大的文化再生能力，进而在产业化运作中转化为文化资本的相对优势。

除了电影《沂蒙六姐妹》、电视连续剧《沂蒙》和现代柳琴戏《沂蒙情》等沂蒙影视戏曲外，2009 年临沂市文化部门还创作演出了国内首部红色芭蕾——大型水上实景演出《蒙山沂水》，荣获中国舞蹈最高奖"荷花奖"特别奖。

（一）文化龙头："临沂印象"《蒙山沂水》

"沂蒙红嫂""沂蒙六姐妹""沂蒙母亲"等红色资源在全国具有唯一性和唯美性，是临沂市区别于其他地域的文化特色。2009 年，临沂市宣传文化部门集沂蒙红嫂故事、沂蒙山水风情和沂蒙历史文化于一体，汇聚全国各路艺术精英，打造了国内首部水上红色文化①大典《蒙山沂水》。目前已演出 500 多场次，国内外观众 50 多万人，受到业界和社会好评。

《蒙山沂水》的运作按照"政府推动、市场运作、公司经营"的原则，成立了《蒙山沂水》演艺公司，总投资 6000 多万元。主舞台搭建在美丽的沂河湖心岛上，东西长 120 米，南北宽 60 余米，舞台最高处近 30 米，主舞台及舞台前水面占地 8000 余平方米，可同时容纳观众 2000 多人。每年 5 ~ 11 月的每周二至周六晚上演出，票价从 168 到 680 元不等，2013 年实现演出收入超过 600 万元，取得了社会效益和经济效益的双丰收。

---

① 红色文化是指中国共产党领导中国各族人民在革命斗争和建设实践中所形成的伟大革命精神及其载体。陈世润、李根寿：《论红色文化教育的社会价值》，《思想政治教育研究》2009 年第 4 期。

在创作团队上，《蒙上沂水》邀请了总政歌舞团副团长李福祥为总编导，由著名词作家王晓岭、任卫新，舞美设计师李文新，服装设计师张柏源，音乐总监马久越等加盟，成立了精英创作团队。《沂蒙山小调》采用了著名歌唱家彭丽媛的原唱，主题歌《我的家乡飞出一支歌》由宋祖英演唱。面向全国海选演员，演员总数达到 1000 多人，阵容超过了国内任何一部实景演出。

在表现形式上，《蒙山沂水》既借鉴了《印象刘三姐》《禅宗少林》的表现手法，又立足临沂实际，依托沂河两岸的现代城市景观，巧借沂河中心岛，综合利用声光电等各种科技和艺术手段，把沂蒙 2500 年的历史搬上舞台，全新演绎沂蒙印象。

全剧除序幕、尾声外，由山高水长、地灵人杰、热土情深和放歌沂蒙四个部分组成。脍炙人口的《沂蒙山小调》以不同风格贯穿始终。专门为该剧创作的十四首音乐，或古风古韵，或宏伟激越，或优美抒情，随着音乐的明亮变化，合唱队、舞蹈队、武术队、模特队、街舞队次第登场，近千名演员各展风姿。红色沂蒙、历史沂蒙和现代沂蒙的艺术再现，呈现出一道大气磅礴、气势恢弘、唯美抒情的视听盛宴，给观众一种"沂蒙小调唱大歌"的强烈冲击。其主要内容特色有三个方面：

其一，再铸经典"水上红色芭蕾"。由于现代革命京剧《红嫂》和芭蕾舞剧《沂蒙颂》的举国传播，红嫂形象成为永恒的经典，"红色芭蕾"也成为人们记忆中永远的风景。《蒙山沂水》借鉴芭蕾舞剧的表现手法，依托宽阔的沂河水面，植入更多的现代元素，艺术再现了"乳汁救伤员""女子火线桥""小车运军粮""送郎参军""赶制军鞋"等感人场景，淋漓尽致地展现了沂蒙红嫂的博爱和奉献精神。

其二，打造水上红色文化大典。"沂蒙精神"的精髓是爱党爱军、无私奉献，《蒙山沂水》很好地演绎了这一红色文化的特色。不仅把"百万人拥军支前、十万人血洒疆场"的众多经典故事搬上了舞台，经典的《沂蒙山小调》贯穿始终的同时，将《跟着共产党走》等经典红歌和原创新歌《沂蒙大调》《临沂赋》吟唱其间，历史与现实杂糅，亦山亦水，如梦如幻。它既与广西的《印象刘三姐》的主题不同（以自然风光为主），又有别于以山为主的《印象井冈山》，尽显独具特色的红色文化魅力。

其三，江北第一部内河大型实景演出。千里沂河穿城而过，八个西湖大的沂河水面，作为背景山峰的鹰窝峰，流光溢彩的都市风景线，以及星光闪耀的天穹，构成江北最大的山水剧场。演出以自然造化为实景舞台，放眼望去，沂河的水，倒影的山，幻化的灯光水幕，都市的点点灯火，给观众以如诗如梦的神奇感受。游客在中心岛上或乘小船在桨声灯影中欣赏河面灯船、水中火线桥、水面兰亭序等，别有风味，极具创意。①

《蒙山沂水》坚持常年演出，成为临沂市文化名市的一块金字招牌。实践证明，在价值多元化的时代，要系统、简练、唯美、直观地展示一个城市的文化和发展，莫过于一台好戏。临沂市以舞台演出剧《蒙山沂水》为依托，成功带动了旅游业的突破，实现了文旅一体化。

（二）红嫂故里游：沂蒙精神之旅

文化是旅游的精魂，旅游是文化的载体。"沂蒙红嫂"不仅仅是一个个感人故事的主人公，这四个字已经拥有了强大的象征意义，它是"沂蒙精神"最为鲜活生动的体现，"沂蒙红嫂"以其博大的胸怀和无私的奉献，赢得了后人的敬仰和赞美。到红嫂故乡走一走看一看，亲身感受一下那块养育了红嫂的热土，理应成为很多人的愿望。早有学者指出，"许多革命老区虽然地处偏僻，但其发展旅游的优势也正缘于此，大多数老区具备良好的生态环境、淳朴的乡土人情、鲜明的地域特色及民族情调等，只要在政策上给予倾斜、在资金上给予扶持、在规划上给

---

① 《到山东临沂看大型水上实景演出〈蒙山沂水〉》，http://www.cnwest.com，2009 年 8 月 19 日。

予指导、在开发上给予定位，就可以使其实现由革命圣地向旅游胜地的转化、实现由政治品牌向市场品牌的转化。"① 因而，临沂发展"沂蒙红嫂故里游"具有得天独厚的优势。借助红色之旅使区域精神得到更好的展示，产生良好的社会经济效益，井冈山、延安、瑞金、嘉兴等革命老区的成功实践都证明了这一点。贵州省遵义的长征镇，以红军"遵义会议"时候路过而得名，该地充分利用红色文化特色，建立了凸显当地主题的饮食、娱乐、风情于一体的黔北风情一条街，力求将黔北饮食文化底蕴、民居建筑和当年红军不畏艰辛勇往直前的精神结合起来，催生出以红色文化为生计的农户家庭，使红色文化遗产显化为村民的经济收入，带动了地方经济发展。长征镇现已成为贵州吸引全世界观光客的"核心"旅游资源，获得贵州省命名的"亿元镇"称号。②

首先是开发红色旅游景点。临沂市有代表性的红色景点有 60 多处。

"红嫂纪念馆"：2002 年在沂南县青驼镇落成开放，红嫂原型明德英等 36 位战争年代的沂蒙红嫂的感人事迹，以图文并茂的形式向世人展示。展馆面积 300 多平方米，展板 120 多块，内容有江泽民等党和领导人的题词以及接见红嫂人物的珍贵照片，有反映抗日战争、解放战争时期沂蒙红嫂送郎参军、护理伤员、缝军衣、做军鞋、交军粮等拥军支前活动的历史图片及一些实物资料。

"孟良崮战役遗址"：孟良崮位于蒙阴县与沂南县交界处，山势峻峭，主峰与大崮顶、芦山大顶成鼎立之势，突兀于群山之上。相传宋朝杨家将领孟良曾屯兵于此，故名。1947 年 5 月华东野战军在此全歼国民党七十四师，击毙师长张灵甫，扭转了战局。这也是红嫂故事发生的背景。现战役指挥所、防空洞、击毙张灵甫处等旧址犹存。1954 年，国务院拨款修建了孟良崮烈士陵园，后建孟良崮烈士纪念馆，陈列战役的文物史料。

---

① 刘争先：《红色资源的价值及开发运用原则探析》，《当代经理人》2006 年第 21 期。

② 刘琨：《红色文化的经济价值和品牌效益研究》，《人民论坛》2012 年 2 月。

"华东革命烈士陵园"：1952 年落成，坐落在临沂城东部沂河西岸金雀山、银雀山两山之间的平地上。南北长 650 米，东西宽 300 米，占地 290 亩，规模宏大，是全国爱国主义教育示范基地。陵园内主要纪念物有革命烈士纪念塔、纪念堂、战史陈列馆以及罗炳辉、汉斯·希伯等著名烈士墓。纪念堂内的石碑上镌刻着六万多烈士的英名，其中一半以上是沂蒙山人。

"沂蒙革命纪念馆"：2013 年 4 月 26 日正式开馆，坐落于红嫂广场东侧，毗邻华东革命烈士陵园。该纪念馆是国内一流的展馆，融合传统和现代元素，运用图片、影视资料、实物、雕塑、场景复原、声光电等多种形象直观的形式和高科技手段，全面展示了沂蒙精神的深厚内涵，凸显了沂蒙红色文化的时代特征。纪念馆主体建筑面积 1.9 万平方米，设有沂蒙精神展厅、群众路线教育展厅、中共临沂党史展厅和红色影院、多功能教育厅等，再现从撒播革命火种，经历抗日战争、解放战争，再到改革开放以来的伟大历程。

"渊子崖村民自卫战遗址"：坐落于沭河东岸的莒南县。渊子崖自卫战是我国抗战史上最著名、最惨烈的一场村民自发抗击日寇的战斗。1941 年 12 月 20 日，1000 多名装备精良的日伪军包围了渊子崖村，全村 310 名村民同仇敌忾，拿起土枪、铁锨、铡刀等与敌人浴血搏斗。这场战斗共消灭日伪军 120 余人，村民 147 人牺牲。当时延安《解放日报》为此发表社论，称该村为"村自为战的楷模"。该村抗日自卫战碑文曰："云山苍苍，沭水泱泱，烈士之风，山高水长。"如今在中国革命历史博物馆里还陈列着当年用的铁锨等杀敌武器，向世人诉说着那场战斗的惨烈。

"红嫂广场"位于临沂市沂州路中段，毗邻华东革命烈士陵园，占地面积 4.5 公顷。总体布局为一山一园两广场，即梅花山、樱花园、红嫂主题广场和林荫广场。广场以红嫂形象为大型广场主题雕塑，穿插部分特色小型雕塑，着重体现蒙山、沂水、红心、和平女神与沂蒙山川同在，歌颂传承和发扬光大红嫂精神。

还有中共中央山东分局旧址、八路军115师司令部旧址、抗大一分校旧址等分布在沂蒙山各地。将这些红色旅游景点开辟为"红嫂故里游"专线，与沂蒙山优美的自然风光和深厚的历史文化结合起来，突出"红色风情""生态沂蒙""文韬武略""地质奇观"四大主题，共同打造"沂蒙精神之旅"的品牌。近年来，红色旅游不仅扩大了"沂蒙红嫂精神"的影响面，提升了临沂市的文化品位，而且已经发展成为临沂文化产业的主导产业之一，被列为全国12个重点红色旅游区和30条红色旅游精品线路之列。2009年电视连续剧《沂蒙》播放后，前往拍摄地"红嫂"故里——沂南县常山庄村旅游的人络绎不绝。临沂市2013年接待国内外游客突破4760万人次，红色旅游综合收入413亿元，创造了可观的社会经济价值。红色文化资源具有良好的知名度和品牌效应，让红色经典"复活"在中华民族的土地上，让人们在追寻那段激情燃烧的岁月时，既能感悟历史、缅怀先烈，又能形成以红色文化品牌为龙头的核心产业和支柱产业，以及相关的配套产业和衍生产业，推动社会主义先进文化发展。①

二、沂蒙"红嫂精神"化政治品牌为经济品牌

沂蒙"红嫂精神"是由中国共产党人和沂蒙人民在革命实践中共同创造的一种极具中国特色的先进文化，是中华民族爱国统一、勤劳勇敢、自强不息、包容厚德的民族精神的集中体现。社会主义市场经济环境下，不仅具有重大的政治文化价值和教育精神价值，同样具有重大的经济价值和品牌价值，也日益成为带动区域经济发展的新的增长点。

2011年10月，国务院办公厅下发《关于山东沂蒙革命老区参照执

---

① 刘琨：《红色文化的经济价值和品牌效益研究》，《人民论坛》2012年2月。

行中部地区有关政策的通知》，确定对沂蒙革命老区 18 个县市区，在安排中央预算内投资等资金时，参照执行国家扶持中部地区的有关政策。同时，在农业农村、基础设施、产业发展、社会事业、扶贫开发和生态建设等六个方面，中央预算内资金、中央转移支付以及其他相关资金将加大扶持力度，适当降低中央投资项目的配套比例。这项政策争取到的中央资金比原来翻了一番以上。"化精神为物质"，这是中央对沂蒙老区以往巨大奉献的回报，也是加快沂蒙老区发展的重大机遇。对沂蒙"红嫂精神"的传播，不能囿于历史上的贡献、政治上的价值和文化属性，而必须将其与发展市场经济和振兴临沂经济紧紧结合起来。

首先，"物以稀为贵"是市场经济的基本价值规律。沂蒙"红嫂精神"在全国具有唯一性和稀缺性，这是打造临沂经济品牌的巨大资本。市场经济条件下的产品竞争，集中体现在质量和品牌竞争，谁的产品拥有更高的知名度和更多认同感的消费群，谁就能占领市场竞争的高地。随着沂蒙红色影视剧的传播，消费者对沂蒙产品的认同感与日俱增，沂蒙"红嫂精神"的优秀特质铸就了巨大的品牌价值。人们提起"红嫂"就想起"沂蒙"，看到"沂蒙"就想到"红嫂"，"沂蒙"与"红嫂"并举，举世闻名。临沂人应有效开发利用了这个无形资产，形成沂蒙区域品牌、企业品牌、商品品牌和劳务品牌体系。现在"沂蒙苹果""沂蒙老曲""沂蒙卫士""沂蒙铁军""红嫂影视基地""红嫂煎饼""红嫂保姆""红嫂家政"等品牌已在消费者心中竖起良好形象。当然还必须进一步抓好沂蒙红嫂品牌的规划建设，大到临沂城、各县城和乡村总体建筑风格，小到企业产品的包装设计，包括社会文化、企业文化和餐饮文化等，都要全方位体现沂蒙风土人情和产品特色，构建起沂蒙经济品牌的识别体系。① 临沂区域形象包括沂蒙经济品牌，可以定位在红、绿、蓝、金四色一体上，以"金色"为底，"红绿蓝"三色相间，构筑当代沂蒙区域形象标识。"红色"代表沂蒙人的政治本色，永远跟党走，始终爱戴人民军队；"绿色"是沂蒙风光，风吹草低见牛羊的自然景观；"蓝色"代表沂蒙民间的淳朴，沂蒙人民长期制作使用蓝色白花手工印刷布，如红嫂围的蓝围裙、戴的蓝头巾都是典型区域标识；"金色"象征着沂蒙大地的丰收，是沂蒙"红嫂精神"社会经济价值的集中体现，也是传承弘扬沂蒙精神的根本目的。

其次，沂蒙"红嫂精神"所造就的"软环境"是招商引资的优势资源。沂蒙精神是沂蒙山人世世代代优秀品格的提炼与凝结，是千百万沂蒙人的群体意识和共同的价值取向，它所体现的诚实守信、淳朴善良、热情好客和吃苦耐劳都是市场经济主体不可多得的优秀品质。实行市场经济这么多年来，社会上出现了大量的诚信缺失、见利忘义和以权谋私等消极现象，诚信度下降严重影响了社会主义市场经济体系的建设。而沂蒙人历来讲诚信、重承诺，民间有"吐口唾沫砸个坑"之说。实现沂蒙精神的价值转换就是要大力宣传沂蒙地区山好水好人更好的投资环境，运用好"红嫂"这块金字招牌，吸引四面八方的人才、技术、资金来开发建设革命老区。进入新世纪以来，沂蒙开发开放步入了快车道。2013 年临沂市实现生产总值 3336 亿元，培植了一大批优势明显、信誉突出、具有竞争力的大企业集团，公共财政收入超过 216 亿元。目前临沂市城区人口有 160 万人，是山东第三大城市，也是淮河流域城区人口最多的大城市。2011 年荣登地级市全国文明城市榜首，彻底颠覆

---

① 企业标识系统是英语 Corporate Identity System 的对译词，简称 CIS，指的是企业组织使用统一的象征符号系统来塑造、保持或更新企业形象的活动，所采用的象征符号一般为具有独自特色的视觉图案。企业标识系统一般由三个要素构成：一是企业理念与价值标识，二是行为规范标识，三是视觉或听觉形象标识。CIS 活动是组织内传播和组织外传播的统一。CIS 宣传，主要是利用普遍接触和重复记忆机制来系统塑造企业形象的宣传活动，其效果非常显著。在现代社会里，除了企业以外，其他机构、团体等社会组织也都普遍开展了 CIS 宣传活动。

了人们对革命老区的传统印象，城市影响力显著增强。2010～2013年连续四年入选福布斯中国大陆最佳商业城市50强。在中央电视台经济生活大调查中，临沂跻身居民幸福感最强的十大地级城市，在全国城市文明指数和未成年人思想道德建设两项工作测评中，得分均列地级城市第一名。"土货不出、外货不入"的"四塞之崮"，已经发展成商贾云集的物流之都，形成了"南有义乌，北有临沂"的全国商贸新格局。沂蒙"红嫂精神"这一文化"软实力"已成为激励千万沂蒙儿女建设幸福家园的不竭动力。

结 语

　　"红嫂"是 20 世纪主流意识形态塑造的重要文艺作品的人物形象之一。"红嫂"的故事以军民鱼水情为主题思想，以或通俗或高雅的艺术形式表现主流意识形态，从中可以看到中国文艺对革命往事的艺术塑造和历史传播。其传播形式的演变大致经历了三个阶段：第一阶段，从小说文本诞生到成为"准样板"（1961～1976 年）；第二阶段，"文革"结束后到 20 世纪 90 年代末（1977～2000 年）；第三阶段，进入新世纪至今（2001 年以来）。每一个阶段因传播形式的不同，传播动力的不同，其传播效果和影响力也不同。

　　第一阶段，"红嫂"的塑造过程经过了民间故事、短篇小说、京剧、芭蕾舞剧等艺术形式，在所谓探索艺术的革命化、大众化、民族化方面，成为一时的"准样板"。这一阶段的传播动力是官方意识形态的强大政治威力，从传播过程上说是一种主动与国家意识形态结盟自上而下的传播，可以用"枪杆子"打下来的江山还需要"笔杆子"来描绘。尽管 1961 年小说《红嫂》发表时新生的人民政权已经很牢固，但是这篇小说富于象征意义的主题还是受到毛泽东等人的青睐，受到官方和人民日报等主流媒体的褒扬，成为对民众进行"劝服"的经典。不是"样板"胜似"样板"，达到了预期的传播效果。

　　在第二个阶段，随着"文革"的结束和对极"左"思潮的清算，"红嫂"沾样板戏的"光"其传播也陷入沉寂。虽然"高、大、全"的英雄形象遭到受众唾弃，但这并不等于"红嫂"所包含的价值观念已经过时。很快，随着80年代初《高山下的花环》走红，"红嫂精神"再次引起人们的关注。尤其是时任中共中央总书记胡耀邦以个人名义购买2000册《高山下的花环》赠送给老山前线将士的新闻报道后，"红嫂精神"重新被官方置入传播系统的议程设置之中，对于缓解80年代改革开放初期良莠不齐的各种价值观念的冲击和震荡，发挥了减压作用。这与当时的"女排精神"一起形成了"团结起来，振兴中华"的良好舆论导向。90年代末京剧《红嫂》的复排与电影《红嫂》的拍摄是对"红色经典"回归热的迎合。但与同期的大多数"红色经典"改编受商业利益驱动不同，它来自文化的推动，基本上是精神层面的怀旧心理，尤其是年龄稍长的人们对于《红嫂》的优美唱腔，以及那种一往无前的战斗精神、不求索取的奉献精神和昂扬向上的乐观精神的怀念。当然也不排除官方的推动，只不过政治走到了幕后，电影《红嫂》就是配合建军70周年庆典拍摄的。

第三阶段，以小说《红嫂》为母本改编的影视戏曲的推出，是文化与经济的双重推动，但其内在动力主要是经济。"红嫂"隐含的价值意义不仅是新中国的符号资本，成为国家现代化进程中重塑集体记忆的重要文化遗产，而且对于发展沂蒙区域经济具有直接的推动作用。所以，新世纪以来中共临沂市委借助影像媒介工具的优势，大力打造红嫂系列影视剧，激活"红嫂精神"潜在的商业属性，提升沂蒙山区知名度，实现"文艺搭台，经济唱戏"。这种组合式传播的速度、范围和效果都取得了与前两个阶段不同的结果。

综上所述，三个阶段传播的动力不同，效果各异。第一个阶段政治在前，文化在后，重在灌输式教育；第二个阶段文化在前，政治在后，重在发挥艺术审美的功能；第三个阶段文化在前，经济在后，借助文化体制改革的时机，追求经济效益和社会效益的双赢。由50年的传播史可以看出，政府权力在"红嫂"传播中一直是不可或缺的，时强时弱，时隐时现。这个故事的核心情节和价值显现已经成为"政治无意识"，任何形式的改编都变成了"形式的意识形态"，得到了执政当局的悉心呵护。正如美国当代文化批评家 F. 詹姆逊在他的《政治无意识》一书中所指出的：每一种艺术形式都负载着特定的生产方式及意识形态所规定的意义。在艺术形式的生成、发展及演变过程中，当过去时代的形式因素被后起的文化体系所重构并进入新的文本时，它们的初始信息并没有被消灭，而是与后继的各种其他信息形成新的搭配关系，与它们共同构成全新的意义整体。①

　　虽然《红嫂》小说文本问世后不同艺术形式改编的价值诉求不一，或者说是具体的意识形态内容有差异，但军队作为国家政权支柱的地位没有变，靠"枪杆子"取得的政权仍然需要"枪杆子"来保护。所以，只要国家政权的性质不变，红嫂故事"爱党爱军、无私奉献"的核心价值取向就会一直得到推崇和弘扬。不难看出，在这个价值多元的时代，"现代意义的审美并非一块远离尘世的飞地，而是充满维护权力和消解权力的独特形式，体现出鲜明的意识形态性。也就是说，审美本身就是一种话语权力或权力镜像，就是一种意识形态话语，而不仅仅是反映或者体现某个利益集团的意识形态观念、方针和路线"②。

---

　　① ［美］弗雷德里克·詹姆逊：《政治无意识》，王逢振、陈永国译，中国社会科学出版社 1999 年版。
　　② 傅其林：《从"形式的意识形态"理论审视文学审美意识形态论的合法性》，《文化与诗学》2009 年第 2 期。

主要参考文献

1. 陈抱成：《中国的戏曲文化》，中国戏曲出版社 1996 年版。

2. 陈力丹：《舆论学—舆论导向研究》，中国广播电视出版社 1999 年版。

3. 陈龙、陈一：《视觉文化传播导论》，上海三联书店 2006 年版。

4. 陈美林等：《章回小说史》，浙江古籍出版社 1998 年版。

5. 陈平原：《中国小说叙事模式的转变》，上海人民出版社 1988 年版。

6. 陈少明：《儒学的现代转折》，辽宁大学出版社 1992 年版。

7. 陈思和：《鸡鸣风雨》，学林出版社 1994 年版。

8. 陈思和主编：《中国当代文学史教程》，复旦大学出版社 1999 年版。

9. 程光炜：《文学想象与文学国家——中国当代文学研究（1949—1976）》，河南大学出版社 2005 年版。

10. 崔维志、唐秀娥：《山东解放战争纪实》，中国文史出版社 1995 年版。

11. 崔维志、唐秀娥：《山东抗日战争纪实》，新华出版社 1995 年版。

12. 戴嘉枋：《样板戏的风风雨雨》，知识出版社 1995 年版。

13. 戴俊潭：《电视文化与农民意识变迁》，山东人民出版社 2012 年版。

14. 戴元光：《传播学研究理论与方法》，复旦大学出版社 2003 年版。

15. 戴锦华：《镜与世俗神话》，中国人民大学出版社 2004 年版。

16. 丁帆：《重回"五四"起跑线》，人民文学出版社 2004 年版。

17. 董健、丁帆、王彬彬主编：《中国当代文学史新稿》，人民文学出版社 2005 年版。

18. 董学文主编：《西方马克思主义美学的新维度》，北京大学出版社 1990 年版。

19. 董跃中：《武侠文化》，中国经济出版社 1995 年版。

20. 董之林：《旧梦新知："十七年"小说论稿》，广西师范大学出版社 2004 年版。

21. 杜维明：《儒家传统的现代转化》，三联书店 1992 年版。

22. 樊星：《当代文学与地域文化》，华中师范大学出版社 1997 年版。

23. 范伯群主编：《中国近现代通俗文学史》，江苏教育出版社 2000 年版。

24. 方建移、章洁编：《大众传媒心理学》，浙江大学出版社 2007 年版。

25. 方锡德：《中国现代小说与文学传统》，北京大学出版社 1992 年版。

26. 费孝通：《乡土中国》，三联书店 1985 年版。

27. 冯双白：《新中国舞蹈史（1949—2000）》，湖南美术出版社 2002 年版。

28. 顾保孜：《实话实说红舞台》，中国青年出版社 2005 年版。

29. 关勇：《传统"忠义"思想及其现代价值》，曲阜师范大学硕士论文，2008 年。

30. 郭庆光：《传播学教程》，中国人民大学出版社 1999 年版。

31. 郭镇之：《中国电视史》，中国人民大学出版社 1991 年版。

32. 韩颖琦：《中国传统小说叙事模式化的"红色经典"》，人民出版社 2011 年版。

33. 贺仲明：《一种文学与一个阶层——中国新文学与农民关系研究》，人民出版社 2008 年版。

34. 洪子诚：《中国当代文学史》，北京大学出版社 1999 年版。

35. 胡风：《论民族形式的问题》，海燕书店 1947 年版。

36. 胡兴荣：《新闻哲学》，新华出版社 2004 年版。

37. 胡星亮：《二十世纪中国戏剧思潮》，江苏人民出版社 1995 年版。

38. 胡志毅：《现代传播艺术—— 一种日常生活的仪式》，浙江大学出版社 1997 年版。

39. 黄宏等：《沂蒙精神》，人民出版社 2008 年版。

40. 黄越：《图说芭蕾》，上海文化出版社 2006 年版。

41. 黄竹：《齐鲁文化》，辽宁教育出版社 1991 年版。

42. 惠雁冰：《"样板戏"研究》，中国社会科学出版社 2010 年版。

43. 季桂起：《中国小说体式的现代转型与流变》，山东大学出版社 2003 年版。

44. 蒋春堂：《政府形象探索》，中国国际广播出版社 2001 年版。

45. 金芹芹：《文学传播媒介对于文学活动的意义》，上海师范大学硕士论文，2009 年。

46. 金元浦：《文学解释性》，东北师范大学出版社 1998 年版。

47. 金耀基：《从传统到现代》，中国人民大学出版社 1999 年版。

48. 康长福：《二十世纪中国乡土小说流变》，中国戏剧出版社 2000 年版。

49. 孔范今、施占军主编，陈晨编选：《中国新时期文学史研究资料》（上、中、下），山东文艺出版社 2006 年版。

50. 李宏：《传媒政治》，北京广播学院出版社 2006 年版。

51. 李良荣：《新闻学概论》，复旦大学出版社 2001 年版。

52. 李欧梵：《现代性的追求》，三联书店 2000 年版。

53. 李杨：《抗争宿命之路——"社会主义现实主义"（1942—1976）研究》，时代文艺出版社 1993 年版。

54. 李遇春：《权力·主体·话语》，华中师范大学出版社 2007 年版。

55. 李元书：《政治体系中的信息沟通——政治传播学的分析视角》，河南人民出版社 2005 年版。

56. 李泽厚：《美学三书》，安徽文艺出版社 1999 年版。

57. 李泽厚：《中国思想史论》（上、中、下），安徽文艺出版社 1999 年版。

58. 梁茂春主编：《中国音乐通史教程》，中央音乐学院出版社 2005 年版。

59. 梁漱溟：《东西文化及其哲学》，商务印书馆 1987 年版。

60. 林继富：《民间叙事传统与故事传承》，中国社会科学出版社 2007 年版。

61. 丁凤云主编：《沂蒙红色文化与沂蒙精神》，山东人民出版社 2012 年版。

62. 临沂地方史志编撰委员会编：《临沂地区志》，中华书局 2001 年版。

63. 临沂地区妇联主编：《沂蒙红嫂》，黄河出版社 1990 年版。

64. 临沂市地方志办公室编：《蒙山志》，齐鲁书社 1999 年版。

65. 刘华蓉：《大众传媒与政治》，北京大学出版社 2001 年版。

66. 刘建明、纪忠慧、王莉丽：《舆论学概论》，中国传媒大学出版社 2009 年版。

67. 刘若愚：《中国之侠》，周清霖等译，三联书店 1991 年版。

68. 刘守华等编：《民间叙事文学研究》，华中师范大学出版社 2005 年版。

69. 刘祥安：《话语的真实与现实》，江苏人民出版社 2005 年版。

70. 刘晔原：《电视剧批评与赏析》，中国人民大学出版社 2004 年版。

71. 刘英华主编：《沂蒙文化发展研究》，山东人民出版社 1994 年版。

72. 鲁迅：《中国小说史略》，人民文学出版社 1973 年版。

73. 毛凌滢：《从文字到影像：小说的电视剧改编研究》，四川大学出版社 2009 年版。

74. 茅盾：《茅盾论创作》，上海文艺出版社 1980 年版。

75. 孟繁华：《传媒与文化领导权》，山东教育出版社 2004 年版。

76. 孟华：《符号表达原理》，青岛海洋大学出版社 1999 年版。

77. 孟宪海、汲广运：《临沂文化通览》，山东人民出版社 2012 年版。

78. 孟悦、戴锦华：《浮出历史地表》，河南人民出版社 1989 年版。

79. 穆敏：《山东抗日根据地的文化》，中共党史出版社 2005 年版。

80. 南帆：《文本生产与意识形态》，暨南大学出版社 2003 年版。

81. 南帆：《文学的维度》，中国人民大学出版社 2009 年版。

82. 欧阳英：《重读毛泽东》，人民出版社 2006 年版。

83. 彭林：《中华传统礼仪概要》，高等教育出版社 2006 年版。

84. 乔力、李少群：《山东文学通史》（上、下），山东教育出版社 2003 年版。

85. 荣格：《心理学与文学》，三联书店 1987 年版。

86. 沙莲香主编：《中国民族性》，中国人民大学出版社 1989 年版。

87. 山东省文化厅史志办公室、鲁中南革命文化史料征集协作组编：《难忘的历程·鲁中南篇》，山东文艺出版社 1991 年版。

88. 邵汉明：《中国文化精神》，商务印书馆 2000 年版。

89. 申丹：《叙述学与小说文体学研究》，北京大学出版社 2004 年版。

90. 盛希贵：《影像传播论》，中国人民大学出版社 2005 年版。

91. 师永刚等：《样板戏史记》，作家出版社 2009 年版。

92. 司马云杰：《文化悖论——关于文化价值悖谬及其超越的理论研究》，陕西人民出版社 2003 年版。

93. 宋永毅编：《中国文化大革命文库》，香港中文大学中国研究中心 2002 年版。

94. 谭君强：《叙事理论与审美文化》，中国社会科学出版社 2002 年版。

95. 汤哲声、李卫国：《人生之惑与生死之谜》，江苏人民出版社 2005 年版。

96. 汤哲声：《流行百年：中国流行小说经典》，文化艺术出版社 2004 年版。

97. 汤哲声：《中国当代通俗小说史论》，北京大学出版社 2007 年版。

98. 汤哲声：《中国文学现代化的转型》，南京大学出版社 1995 年版。

99. 汤哲声：《中国现代通俗小说流变史》，重庆大学出版社 1999 年版。

100. 唐小兵：《再读：大众文艺与意识形态》（增订版），北京大学出版社 2007 年。

101. 唐小兵：《再解读：大众文艺和意识形态》，香港牛津大学出版社 1993 年版。

102. 田广清：《和谐论—儒家文明与当代社会》，中国华侨出版社 2000 年版。

103. 童兵：《马克思主义新闻经典教程》，复旦大学出版社 2002 年版。

104. 童庆炳、陶东风主编：《文学经典的建构、解构和重构》，北京大学出版社 2007 年版。

105. 汪凯：《转型中国：媒体、民意与公共政策》，复旦大学出版社 2005 年版。

106. 王安忆：《心灵世界——王安忆小说讲稿》，复旦大学出版社 1998 年版。

107. 王朝闻：《美学概论》，人民出版社 1981 年版。

108. 王德威：《想象中国的方法—历史、小说、叙事》，三联书店 1998 年版。

109. 王国维：《王国维论文集》，中国戏剧出版社 1984 年版。

110. 王万森、周志雄、李建英：《沂蒙文化与现代沂蒙文学》，齐鲁书社 2006 年版。

111. 王喜绒等：《生态批评视域下的中国现当代文学》，中国社会科学出版社 2009 年版。

112. 王晓明：《二十世纪中国文学论》，东方出版中心 2003 年版。

113. 王晓明主编：《在新意识形态的笼罩下——90 年代的文化和文学分析》，江苏人民出版社 2001 年版。

114. 王学泰：《水浒与江湖》，中国工人出版社 2004 年版。

115. 王瑶主编：《中国文学研究现代化进程》，北京大学出版社 1998 年版。

116. 王宇：《大众媒介导论》，中国国际广播出版社 2003 年版。

117. 魏建、贾振勇：《齐鲁文化与山东新文学》，湖南教育出版社 1996 年版。

118．温敬元：《中国共产党的执政基础建设研究》，中央党校出版社 2001 年版。

119．温儒敏：《中国现代文学批评史》，北京大学出版社 1993 年版。

120．文贵良：《话语与生存——解读战争年代文学（1937—1948）》，上海世纪出版集团 2007 年版。

121．吴道毅：《在传统与现代之间——新英雄传奇小说研究》，湖北人民出版社 2006 年版。

122．吴飞：《传媒影响力》，中国传媒大学出版社 2005 年版。

123．吴光正：《中国古代小说的原型与母题》，社会科学文献出版社 2002 年版。

124．吴同宾：《京剧知识手册》，天津教育出版社 1995 年版。

125．吴向北：《触摸作家潜在意识》，中国社会科学出版社 2009 年版。

126．吴义勤：《中国新时期文学的文化反思》，江苏文艺出版社 2009 年版。

127．夏建中：《文化人类学理论流派》，中国人民大学出版社 1997 年版。

128．夏晓虹编：《梁启超文选》，中国广播电视出版社 1992 年版。

129．夏志清：《中国现代小说史》，刘绍铭、李欧梵等译，复旦大学出版社 2005 年版。

130．谢柏梁：《中国当代戏曲文学史》，中国社会科学出版社 1997 年版。

131．谢冕：《论二十世纪中国文学》，中国人民大学出版社 2009 年版。

132．谢新洲：《网络传播理论与实践》，北京大学出版社 2004 年版。

133. 徐东升：《沂蒙精神与社会主义核心价值体系研究》，中央文献出版社 2012 年版。

134. 徐洪兴主编：《二十世纪哲学经典文本——中国哲学卷》，复旦大学出版社 1999 年版。

135. 徐斯年：《侠的踪迹》，人民文学出版社 1995 年版。

136. 许晨：《样板戏内部新闻》，黄河出版社 1990 年版。

137. 许苏民：《文化哲学》，上海人民出版社 1990 年版。

138. 阎浩岗：《"红色经典"的文学价值》，人民出版社 2009 年版。

139. 杨鼎川：《狂乱的文学年代》，山东教育出版社 1998 年版。

140. 杨桂柱：《红嫂第一人明德英》，中国文化艺术出版社 2009 年版。

141. 杨厚均：《革命历史图景与民族国家想象——新中国革命历史长篇小说再解读》，湖北教育出版社 2005 年版。

142. 杨义：《文化冲突与审美选择：二十世纪中国小说的文化分析》，人民文学出版社 1988 年版。

143. 杨义：《杨义文存·中国叙事学》，人民出版社 1997 年版。

144. 叶长海：《中国戏剧学史稿》，上海文艺出版社 1986 年版。

145. 叶舒宪：《神话—原形批评》，陕西师范大学出版社 1986 年版。

146. 衣俊卿：《文化哲学》，云南人民出版社 2001 年版。

147. 于平：《中国当代舞剧发展史》，中国音乐出版社 2004 年版。

148. 余岱宗：《被规训的激情——论 1950、1960 年代的红色小说》，上海三联书店 2004 年版。

149. 俞吾金：《意识形态论》（修订版），人民出版社 2009 年版。

150. 曾庆瑞、卢蓉：《中国电视剧的审美艺术》，北京广播学院出版社 1997 年版。

151. 詹姆逊：《政治无意识》，王逢振、陈永国译，中国社会科学出版社 1999 年版。

152. 张岱年：《中国知识分子的人文精神》，河南人民出版社 1994 年 5 月版。

153. 张光芒：《中国当代启蒙文学思潮论》，上海三联书店 2006 年版。

154. 张国良：《现代大众传播学》，四川人民出版社 1998 年版。

155. 张炯：《新时期文学格局》，陕西人民教育出版社 1991 年版。

156. 张克非：《公共关系学》，高等教育出版社 2001 年版。

157. 张昆：《大众媒介的政治社会化功能》，武汉大学出版社 2003 年版

158. 张昆：《政治传播与历史思维》，华中科技大学出版社 2010 年版。

159. 张岚：《本土视阈下的百年中国女性文学》，中国社会科学出版社 2007 年版。

160. 张鸣：《乡村社会权力和文化结构的变迁（1903—1953）》，广西人民出版社 2001 年版。

161. 张全之：《火与歌——中国现代文学、文人与战争》，新星出版社 2006 年版。

162. 张韧：《新时期文学现象》，文化艺术出版社 1998 年版。

163. 张晓峰、赵鸿燕：《政治传播研究》，中国传媒大学出版社 2011 年版。

164. 张文红：《伦理叙事与叙事伦理》，社会科学文献出版社 2006 年版。

165. 赵光怀：《吏员制度与秦汉政治》，山东人民出版社 2012 年版。

166. 赵劲夫：《市场经济中的政府形象》，中央党校出版社 1996

年版。

167. 赵园：《地之子：乡村小说与农民文化》，北京十月文艺出版社 1993 年版。

168. 郑传寅：《中国戏曲文化概观》，武汉大学出版社 1993 年版。

169. 中共临沂市委编：《抗日战争的艰难岁月》，中央文献出版社 2001 年版。

170. 中共临沂市委编：《沂蒙红嫂颂》，中央文献出版社 2002 年版。

171. 中共临沂市委研究室主编：《中共沂蒙党史大事记》，山东人民出版社 1992 年版。

172. 中共山东省委党史资料征集委员会编：《山东抗日根据地》，中共党史资料出版社 1989 年版。

173. 《临沂百年大事记（1840—1949）》，临沂地区地方史志办公室编，山东人民出版社 1989 年版。

174. 《山东省文化艺术资料汇编》，山东省文化厅史志办公室编印（内部资料）。

175. 周海波：《传媒时代的文学》，人民文学出版社 2007 年版。

176. 周宪：《超越文学：文学的文化哲学思考》，上海三联书店 1997 年版。

177. 周宪：《中国当代审美文化研究》，北京大学出版社 1997 年版。

178. 周扬：《马克思主义与文艺》，作家出版社 1984 年版。

179. 周扬：《周扬文集》，人民出版社 1985 年版。

180. 周涌：《影视剧作艺术》，中国传媒大学出版社 2005 年版。

181. 周涌：《影视剧作元素与技巧》，中国广播电视出版社 1999 年版。

182. 周忠元：《20 世纪上半叶的"俗文学研究"》，山东人民出版社 2012 年版。

183．朱德发：《现代中国文学英雄叙事论稿》，山东教育出版社 2006 年版。

184．朱德发：《中国五四文学史》，山东文艺出版社 1986 年版。

185．朱栋霖、丁帆、朱晓进主编：《中国现代文学史（1917—1997）》，高等教育出版社 1990 年版。

186．朱栋霖：《心灵的诗学——朱栋霖戏剧论集》，江苏人民出版社 2005 年版。

187．朱国华：《文学与权力》，华东师范大学出版社 2006 年第 1 版。

188．朱立元主编：《当代西方文艺理论》，华东师范大学出版社 2005 年版。

189．朱民：《抗日战争中的大众日报》，中国社会科学出版社 1987 年版。

190．朱寿桐：《朱寿桐论戏剧》，江西高校出版社 2002 年版。

191．祝克懿：《语言学视野中的"样板戏"》，河南大学出版社 2004 年版。

192．宗白华：《艺境》，北京大学出版社 1999 年版。

193．邹广文主编：《当代中国大众文化论》，辽宁大学出版社 2000 年版。

194．【德】哈贝马斯：《公共领域的结构转型》，上海学林出版社 1999 年版。

195．【德】马克斯·韦伯：《新教伦理与资本主义精神》，三联书店 1992 年版。

196．【法】阿尔都塞：《哲学与政治：阿尔都塞读本》，吉林人民出版社 2003 年版。

197．【法】福柯：《规训与惩罚》，三联书店 1999 年版。

198.【法】罗兰·巴尔特:《符号学原理》,中国人民大学出版社2008年版。

199.【法】热奈特:《叙事话语新叙事话语》,中国社会科学出版社1990年版。

200.【加】麦克卢汉:《理解媒介——论人的延伸》,商务印书馆2000年版。

201.【捷】米兰·昆德拉:《小说的艺术》,上海人民出版社1995年版。

202.【美】费正清:《剑桥中华人民共和国史（1949—1965)》,上海人民出版社1990年版。

203.【美】华莱士·马丁:《当代叙事学》,北京大学出版社1990年版。

204.【美】马文·哈里斯:《文化人类学》,东方出版社1988年版。

205.【美】苏珊·朗格:《情感与形式》,中国社会科学出版社1986年版。

206.【美】韦勒克、沃伦:《文学理论》,三联书店1984年版。

207.【苏】巴赫金:《文艺学中的形式方法》,中国文联出版公司1992年版。

208.【意】安东尼奥·葛兰西:《狱中札记》,人民出版社1983年版。

（注:此书目不包括单篇论文和作家作品）

后 记

本书是在我博士学位论文的基础上修改、补充而成的。

我是一个志大才疏的人。年轻的时候，不知天高地厚，读着领袖的诗词"自信人生二百年，会当水击三千里"，立下志向要做"三士"：思想上做"共产主义战士"，身体上做"大力士"，学问上做"博士"。光阴荏苒，一晃青春已失，"壮志"未酬。承蒙汤哲声教授厚爱，不嫌我愚笨收到门下。汤老师深厚的学术造诣、严肃的治学品格和稳健从容的气度，无不让我折服。汤老师宽容慈祥，对于中年求学的我深受工作和家庭的拖累非常理解，总是多方给予照顾和关爱。师恩浩荡，满心的感激非叩谢言语可表达其万一。

这篇论文的写作一波三折，甘苦自知。最初选题，老师想让我写近现代的山东小说，因为齐鲁之邦，山水雄浑，河海浩荡，儒、道、侠的故事特别多，齐鲁文化视野下的近现代山东小说研究应当能做一篇好文章，但由于我学养和才力欠缺，最终放弃了选题。现在的题目其实也是山东"特产"，是老师在我前一阶段论文写作基础上"指定"的，便于我查阅资料，兼顾工作和家庭。开始没有信心，所以迟迟不敢动笔。但老师是宽容的也是负责的，从论文的立意、结构到字、词、句都得到老师的悉心指点。在此，谨向参加我论文答辩并给予关爱和支持的范伯群教授、朱栋霖教授、刘祥安教授、李勇教授、汪卫东教授、陈子平教授等表示诚挚的谢意。感谢在苏州大学求学期间给我诸多帮助的宋桂友、孟召平、张厚刚、赵永刚、胡明宇、石娟、禹玲等同学和朋友。感谢我的学生杜庆祥、郇恒吉、韦仁杰牺牲休息时间帮我打印文稿。感谢我的妻子王希莲和女儿孙瑞璇，是她们无怨无悔的付出，陪伴我度过了那段难忘的时光。

本书的出版，得到了临沂大学传播学研究中心的大力支持，衷心感谢赵光怀教授、杨中举教授、李伟书记、赵勇处长的鼎力相助。特别感谢山东人民出版社王晶主任、责任编辑马洁女士为本书的修改完善提出了许多有益的建议和中肯的意见，尤其是马洁女士不辞辛苦为作者服务、对读者负责的敬业与友善精神，给我留下了深刻的印象。此外，在本书写作中，曾参考过众多学者的文献资料和思想观点，无法一一提及，一并致谢！书中错漏之处，恳请方家不吝教正！

孙士生

2014 年 10 月